U0368873

藝術當代性論評

[增订版]

王文章 著

生活·讀書·新知 三联书店

图书在版编目（CIP）数据

艺术当代性论评／王文章著．—增订版．—北京：生活·读书·
新知三联书店，2018.10
ISBN 978 – 7 – 108 – 06139 – 3

Ⅰ．①艺…　Ⅱ．①王…　Ⅲ．①文艺评论－文集
Ⅳ．① I06-53

中国版本图书馆 CIP 数据核字（2018）第 011908 号

特邀编辑	贾宝兰
责任编辑	唐明星
装帧设计	薛　宇
责任印制	宋　家
出版发行	**生活·讀書·新知** 三联书店
	（北京市东城区美术馆东街 22 号 100010）
网　　址	www.sdxjpc.com
经　　销	新华书店
印　　刷	北京市松源印刷有限公司
版　　次	2018 年 10 月北京第 1 版
	2018 年 10 月北京第 1 次印刷
开　　本	635 毫米 × 965 毫米　1/16　印张 17
字　　数	196 千字
印　　数	0,001 – 3,000 册
定　　价	49.00 元

（印装查询：01064002715；邮购查询：01084010542）

目　录

道Ι艺Ι探Ι论

文 | 艺 | 评 | 论

再版前言

本书于 2013 年 4 月出版后，很快售罄。收入本集的文章，大都是结合我所从事的文化艺术实际工作，从艺术作品或艺术现象入手，对所见所感所思的文字记录，难以谈到系统性、深刻性。但这样一本书为什么会受到不少读者的欢迎呢？我想，应该是它所关注和议论的中心问题，即艺术的当代性问题，是文艺领域甚至社会领域普遍关注的一个问题。由此，也引起读者对这本书的兴趣。

艺术的当代性问题，历来是艺术史关注的核心问题之一。最有鲜活生命力的艺术是当代的艺术。任何时代的艺术，任何艺术的发展和创新，都是因为时代的需求而产生的。随着当代社会生产方式跨越式的现代化演进，人们的生活方式、思维方式、情感表达方式、审美体验方式及由此而来的思想、观念、意识的变化，也使得现代人建构自我的方式在异变，这必然要求艺术的现代性。这种现代性主要体现在当代的艺术创作所表现的时代精神与表现形式的创新，它的价值观和审美取向应该是符合时代社会本质的以文艺的方式把握世界的正确反映，也即艺术当代性的追求。毫无疑问这种艺术的当代性不可能是与传统联结的横断面式切割，相反，处于现代时空之中的人们，有时对文化传统的依恋，对精神家园的眷顾，反而比以往更强烈，艺术创作正是在这样的纠缠中揭示人生的意义和生命的价值。当然，艺术面对社会当代性的态度，首先会是更直接地介入现实生活，关注当下人们的生活状态、生存状态和内心世界。现实生活永远是作家、艺术家开掘、提炼、概括并以独特的发现眼光、独特的形式表现去展现思想、情感的无尽资源。自然科学以发现的探索去认识世界，艺术创作以创造的独特性去表现世界，后者展现的世界应该像现实生活一样绚丽多彩，但应以生命体验深刻性的表达，使之比现实生活更能触及人的内心情感。

当代性是决定艺术特质的重要因素之一。艺术家不论面对何种题材，着眼的角度都不会脱离当下。无分中外，有远见的艺术家都会殚精竭虑寻求艺术的当代性表达。石涛一句"笔墨当随时代"，正中艺术灵魂之鹄的。像作为中国传统主体艺术的戏曲、国画、书法等千百年传承，在沿袭传统与改革创新的对立统一中演进，中国文化的精神气象充盈其中，因而生生不息，常传常新。近代西方的文艺复兴，实质是为现代资本主义文明奠定思想与价值观基础的思想运动，依势而起的艺术创新，正因"创新"而创造了杰出的艺术辉煌时代。近百年的中外艺术史，更是艺术呈现方式追新逐异、花样翻新的前所未有时期。艺术长河奔涌不息，它蕴含的就是历史与当代、继承与创新的关系问题。无疑，艺术创作从题材、体裁、内容、形式到风格、流派等有无尽的丰富性、多样性，人们艺术欣赏的需求也是多层次、多样性的，艺术创作应当满足人们不同的欣赏需求。当然有追求的艺术创作既要与时代审美趋向相一致，又应以卓越的艺术品格去引领人们的欣赏需求。只有善于汲取源头之水，又能把当代创造的活水融入其中，艺术长河才能汇聚奔腾的气势和翻卷绚丽的浪花，才能显现那些具有独创性的艺术家的创造之美。

我们审视近当代的艺术创作，艺术家们的多样性探索尝试和艺术作品呈现的多样性形态都是前所未有，中外都是如此。从"一战"后的达达主义到20世纪60年代的美国前卫艺术运动，都以标新立异的视觉冲击消解传统艺术美学。中国20世纪80年代初萌生的当代艺术等，也同样以反传统的面貌表达自身的社会思考。不管是以现实主义标领呈现的审美艺术创作形态，还是强调艺术材质和形式的独立价值的现代艺术潮流，以及所谓极少主义艺术，都是现代社会艺术发展进程中艺术表现可能性的探索，有它的必然性。有的探索在艺术发展进程中只是昙花一现，或许只在艺术语言的积淀中留下些微痕迹，这也自有它的价值。但从艺术角度讲，审美愉悦与精神领域的形象创造，仍然是极多数人从艺术欣赏和艺术创作整体认同艺术的重要尺度。特别是在今天文化产业、文化市场现状下，文化载体的物质化，文化包装的繁杂性，所谓"文化工业"等已使得不少人认为艺术已是物质性的社会生产，不再属于审美和精神创造之时，我们更应突出强调艺术创造要保持它的纯洁性、显现它的真善美、提升它的精神文化品格。从本质上讲，艺术是为多数人的，不是为少数人的，很多艺术大家是以其作品的雅俗共赏和文化品格的引领为公众、市场和艺术史所肯定。当代中国正经历着一场最为广泛而深刻的社会变革，以实现中华民族伟大复兴中国梦的实践创新影响世界现代进程，文艺自然应以自身的方式反映这一人类历史的壮举。我所熟悉的很多艺术家正以自己最擅长的形式和从认知最深刻的角度，或从正面或从侧面尝试把握和表现这一当代社会进程。艺术理论工作者在研究认识时代变革的基础上，既要研究宏观的艺术进程，又要以艺术家的创作实践和作品及文艺现象为对象研究当代创作，为艺术创作助力，这是义不容辞的责任。

本书出版大半年之后，出版社即告知我可以再版。此间不少读到本书的艺术家和从事艺术理论研究及艺术教育工作的朋友，也以各种方式表达他们对本书提出问题的兴趣和不少观点的认同。这都使我觉得它的再版，或可引发更多读者对艺术当代性问题的讨论和关注。借这次再版增添了对几位艺术家新的评论，并写了以上的感言，就教于读者朋友。

再版过程中，三联书店就本书的再版、设计提出了很好的意见，做了用心的编辑工作。在此，谨表衷心的感谢。

王文章

2017 年 7 月 6 日

自 序

　　因工作岗位的职责，也因为自己喜爱的原因，从事艺术管理三十六年来，看过千多场的舞台演出，看过很多的美术和艺术展览，还参与过不少作品或演出的创作过程。此间，与很多艺术家和专家学者间的切磋交流，成为同道的乐事。在艺术欣赏与交流的过程中，留下了一些自己对作品的感悟、对艺术的理解、对文艺发展进程思考的文字。其中一部分可归入文艺论评的文章，收在这本集子中。这些文章，除一部分是从学理上探讨艺术的核心问题而尚可以"论"谓之外，其他多是以作品或艺术现象为研究对象的评析，则可以"评"谓之。这些文章虽大都不拘统一体例写来，但概括或研究的内容，都是艺术的现实问题，从不同的侧面体现了我对艺术当代性问题的认识，故以"艺术当代性论评"名之。

　　文艺论评，应该是论者基于阅读或欣赏的审美感悟，而对文艺作品本身或文学艺术家整体创作的审美分析。《文心雕龙·知音》云："缀文者情动而辞发，观文者披文以入情，沿波讨源，虽幽必显。"只有深入体味、研究艺术对象，才可能写出令人信服的论评文字。师心自任，旷语浮言，自难会心。文章唯诚，认真求实，有感而发，应该是文艺论评的基础。唯此，我写作这些文字，便尽可能从审美感受的角度去表达自己的理解，去揭示艺术家具有个性特征的审美创造。这本书中的另一部分文章，是为艺术家、学者的作品集或文集写的序言或评论。他们大都是我的师友、同事或学生，这些文章多是应命写作，但却不敢草率，每一篇都是在细研作品或文集的基础上写成，力求辨悉微奥，用心用力的程度，可以说都是从自己心里流出来的文字。这些文章大都不长，写作非循"简为文章尽境"之旨，而是多因难有比较完整的时间去铺陈挥洒文字，常抱言止而意犹未尽之憾。书中其他如谈艺术管理的文字，是试图从理论的角度去概括艺术管理的实践。现在研究艺术管理的人不断增多，全国有二十多所大学还开设了艺术管理类的专业，六十多所大学开设了这类的课程。书中的这些文字，刊载出来，期与读者交流。另外，媒体记者朋友的一些与艺术当代性问题相关的专访也附录在本书最后，一方面是这些文字也从不同方面表达了自己对这一问题的思考，另一方面也借此表达对这些朋友的感谢之意。同时，在本书文稿的搜集、整理、出版中，沈梅、方玉菊等同志给予了很多帮助，在此一并致谢。

古人云："操千曲而后辨音，观千剑而后论器。"闻多见广，谈艺论文或可中的。但最根本的，还在于论者是否能以独特的眼光发现，对作品或文艺现象做出符合艺术本质规律的客观揭示。在见、识及艺术鉴赏的感悟方面，自己欠缺尚多；并且，写作都是用工作之余的时间完成，难有时间从容思考，写出的文字虽基于真情实感而发，但谬误之处或存于文字而不自知。敝帚自珍，结集呈现于读者，既意在检而汇之，亦在交流而求得同道指正。

王文章

2012 年 12 月 19 日于澄怀轩

道 艺 探 论

中国艺术学的当代建构

中国现代意义上的艺术学，经过近三十年的探索，已经基本确立自己的专有研究对象领域，开始勾画比较清晰的理论框架体系，并且逐渐形成自身知识体系追求和学科建设追求的学术自觉。这样一种发展趋向，对于我们从艺术学学科的角度去对艺术现象做整体性、系统性的把握，从而深入研究作为一种社会历史现象和文化现象客观存在的人类艺术活动，具有前所未有的意义。这种意义首先是推动了研究视野的开拓与方法的创新，同时更重要的是顺应了新的时代艺术实践对理论变革和理论创新的内在要求。新的时代对艺术的研究，要揭示以精神领域的创造活动为主体的人类艺术活动这种社会实践的呈现形态，以及它与人类其他社会实践的联系，阐明其特殊的内部规律与外部规律。无疑，艺术学知识体系的完善，将会使当代艺术理论的研究呈现新的天地；同时，艺术学学科体系的确立，也会为我国当代艺术教育进入更高境界奠定坚实的基础。

一

今天我国现代意义上的艺术学的建构，发轫于广义的艺术学渐进积累的过程。一般认为，德国美术史家、艺术理论家康拉德·费德勒（Konrad Fiedler,1841—1895）首先从理论上对美和艺术做出划分，虽然他没有提出"艺术学"一词，却被人尊为"艺术学之祖"[1]。德国艺术史家、社会学家恩斯特·格罗塞（Ernst Grosse,1862—1927）较早将"艺术学"一词作为学科名称使用。他在《艺术的起源》（1894）和《艺术学研究》（1900）中以不同于美学研究的对象和方法的研究（如指出原始艺术的功利目的），显示艺术研究与传统哲学美学的分离。德国学者玛克斯·德索（Max Dessoir,1867—1947）于1906年出版的《美学与一般艺术学》和创办的《美学与一般艺术学杂志》，倡导了艺术研究与对美和美的知觉的研究的学科区分，主张艺术研究要以"艺术的本质研究"作为根本，但要着眼于艺术的一般事实发生的全部领域，对艺术的各个方面做综合的研究，并强调一般艺术学要作为与美学并列的一门学问来研究。在德索的倡导下，不少学者也指出艺术是一种文化现象，要在广阔的文化史背景中考察艺术的发展。以此为标志，脱胎于美学的艺术学应运而生，它开始成为一门拥有专门名称和专有研究对象领域的独立学科。但是，此后在艺术学研究领域，标志其学科体系整体特征的研究成果并不多，尽管它的方法论被广泛采用，而形成其完整体系的研究却一直处于探索之中。因此，我仍将它称为广义艺术学。

中国广义的艺术学的酝酿，始于19世纪末20世纪初西风东渐背景下现代意义上的艺术概念和艺术体系形成的过程。据现有资料，"艺术学"的学科名称，在我国初始出现于1922年商务印

---

[1] 参见竹内敏雄主编：《美学百科词典》，池学镇译，黑龙江人民出版社1987年版，第68页。

书馆出版的俞寄凡译日本黑田鹏信的《艺术学纲要》一书，此后中国一些学者相继在文章著述中使用"艺术学"这一学科称谓。如宗白华从德国留学回国，即曾以"艺术学"为题在大学讲课，并留下讲稿[1]。此后，张泽厚于1933年由光华书局出版了《艺术学大纲》；陈中凡1943年9月在《大学月刊》发表《艺术科学的起源、发展及其派别》的论文，阐述作为学科的艺术学和艺术科学。尽管他们对艺术学研究的方法论等提出了一些有价值的意见，但主要是以国外艺术学的基本话语体系做演绎，没有对中国艺术学本身的体系建构、研究对象领域提出多少创见。其间应当提到的是蔡仪于1942年出版的《新艺术论》，他以现实主义艺术理论体系的建构，显示了我国艺术学基础理论研究的一个重要成果。可以说，从20世纪20年代起的三十多年内，从广义的艺术学角度讲，有不少学者从这一学科的视角对艺术这一人类独特的社会实践活动进行研究并取得了些许成果。

今天，当我们以国际的视野来看艺术学研究的当代进展时，不能不注意到一个问题，那就是诞生一百多年的作为一个独立学科的艺术学的研究，与艺术自身多样化形态的迅猛发展相比，无论是从具有创新性的艺术学研究成果、代表性的理论大师还是从推动这一学科递进发展的理论等方面来看，都相对逊色得多，尚没有形成具有整体性的比较完整的研究体系。近一百多年来，在艺术的学术领域与艺术学相伴而起有时甚至是并用的一个词是"艺术科学"。黑格尔于1817—1829年在德国海德堡大学讲演"美

[1] 《宗白华全集》第一卷共收录两篇《艺术学》讲稿。一为《艺术学》（见第495—541页）；二为《艺术学（讲稿）》（见第542—582页）。两篇不尽相同，详见《宗白华全集》第一卷，安徽教育出版社1994年版。

学"，第一讲就提出"艺术的科学在今日比往日更加需要，往日单是艺术本身就完全可以使人满足，今日艺术却邀请我们对它进行思考，目的不再是把它展现出来，而在用科学的方式去认识它究竟是什么"[1]。格罗塞在他的《艺术的起源》中，详细阐述了"艺术科学的目的"与"艺术科学的方法"，并将其命题定义为"艺术史和艺术哲学合起来，就成为现在的所谓艺术科学"[2]。从19世纪的德语国家建立起的"艺术科学"（Kunstwissenschaft），旨在将艺术研究变成对客观事物的本质及其规律做出反映的像自然科学那样有规律可循的系统科学。"艺术科学"这一概念，也被引入了中国的艺术研究领域，像前面谈到的陈中凡《艺术科学的起源、发展及其派别》即指出："艺术科学（science of art），或简称艺术学，是对于艺术做科学的研究。"几十年来，"艺术科学"一词一直被我国的一些学者在艺术研究领域使用。但是在世界范围内，从第二次世界大战以后，尤其是20世纪60年代以来，作为构成"艺术科学"的最重要的分支"艺术史"基本上取代了"艺术科学"的内容，各大学研究艺术的系科大都名为"艺术史系"（Department of Art History）。同时，由于艺术史首先在德国，其后在西方一些国家逐步学科化，许多学者不断创造性地扩展艺术史的研究视野和探索跨学科的研究方法，西方艺术史研究带来的一系列重要成果的影响，基本上冲淡了"艺术科学"一词。与此相联系，也使得艺术学作为一门独立学科的整体认知显得无足轻重。

在我国，由于艺术学及其体系本来就是从西方引进，诸多探索也还没有与中国传统的具有独特审美理想和评价标准的艺术理

---

〔1〕 黑格尔：《美学》第一卷，朱光潜译，商务印书馆1979年版，第15页。
〔2〕 格罗塞：《艺术的起源》，蔡慕晖译，商务印书馆1984年版，第1页。

论交融和对接。由于尚不具本土生命力且自身理论基础薄弱，到20世纪40年代末，我国艺术学作为独立学科的自身知识体系的建构陷入沉寂。及至新中国成立，虽然以一批重要的艺术理论家、美学家为代表的学者，在艺术理论研究、艺术评论和美学研究领域收获了不少优异的成果，但由于政治上"左"的影响，特别是"文革"中"文艺为政治服务"的极端化，反映艺术规律和体现科学方法的整体性的艺术学研究根本无从谈起。中国进入改革开放新时期后的80年代以来，不少学者才开始致力于中国艺术学的研究并呼吁确立艺术学的学科地位。

二

新时期以来中国艺术学学科地位的确立，首先从教育体制中的学科体系设置架构的变化上反映出来。1990年和1997年，国务院学位委员会、国家教委重新修订颁布《授予博士、硕士学位和培养研究生的学科、专业目录》，两次颁布的"目录"中，都将"艺术学"作为一级学科隶属于"文学"这一大的学科门类之下。对于这一归属，国务院学位委员会艺术学科评议组的成员和艺术学界的专家学者，从21世纪之初就比较集中地提出意见，要求将艺术学科从文学隶属下独立出来列为单独的学科门类，文化艺术界的不少政协委员也提出了相同的观点。2011年2月13日，国务院学位委员会接受这一意见，正式决定将艺术学从文学门类中独立出来成为具有独立学科门类的艺术学科。

此前的2004年，国务院学位委员会批准中国艺术研究院为我国第一个隶属于"文学"这一大的学科门类之下的"艺术学一级学科"单位，使得中国艺术研究院拥有艺术学全部8个二级学科的博士学位授予权，并全面开始包括二级学科的艺术学在内的8个二级学科的博士研究生培养。此后，北京大学、清华大学、中国传媒大学、北京师范大学和南京艺术学院陆续被确定为艺术学一级学科单位，拥有艺术学博士学位授予权。中国艺术研究院在1978年经国家批准获得戏曲、音乐、美术三个专业的硕士学位授予权，1981年又获得三个专业的博士学位授予权，并分别在当时开始正式招收戏曲、音乐、美术三个专业的硕士、博士研究生。之后，中央音乐学院、中央美术学院等专业艺术院校也开始招收本专业的硕士、博士研究生。1994年6月，东南大学成立了我国综合性大学中第一个艺术学系，并获得二级学科艺术学的博士学位授予权，之后开始艺术学博士研究生的培养。此后，从北京大学、浙江大学、武汉大学、河北大学等开始，各大学艺术学系（院）如雨后春笋般发展起来。从艺术教育体制开始的对艺术学学科体系的逐步确立，以及我国艺术教育的快速发展，进一步推动了对艺术学知识体系的学理探讨。在这样的背景下，新时期艺术学学术研究受到空前重视并取得明显进展，它从1990年之后涌现的艺术学学术研究的一批成果和艺术学自身理论框架体系探索（元艺术学研究）的成果上体现了出来。而且重要的是，这些研究大都是建立在现代意义上的艺术学自觉基础上的研究，已同以往广义艺术学的研究有了根本性的区分。

在看到新时期以来我国艺术学学科地位的确立和学术研究取得重要进展的同时，也必须看到，艺术学学术框架体系的建构尚待展开，体现其知识体系建设的成果还不多。在《授予博士、硕士学位和培养研究生的学科、专业目录》（1997）中，在艺术学下的 8 个二级学科分别为艺术学、音乐学、美术学、设计艺术学、戏剧戏曲学、电影学、广播电视艺术学、舞蹈学。这样的架构，应是从我国艺术教育机构设置实际情况出发的一种艺术学科体系的设计，而并非是从艺术学学术研究出发的知识体系的建构。在目前，对艺术学自身学术框架体系建构的研究中，学者们已经注意到这一点，开始努力从艺术学本体知识体系的要求去讨论学科体系的建构问题。

中华文明源远流长，艺术门类众多，异彩纷呈。同时，在艺术发展的过程中，也积累了丰富的艺术理论成果。在艺术创作论、作品赏评及艺术发展演变等方面都有庞杂的艺术思想和艺术理论的积累，其中不乏精辟、深刻的理论见解。宗白华先生指出："中国各门传统艺术（诗文、绘画、戏剧、音乐、书法、建筑）不但都有自己独特的体系，而且各门传统艺术之间，往往互相影响，在审美观方面，往往可以找到许多相同之处或相通之处。"[1]在这样艺术品种和艺术形态千差万别而又有着内在普遍规律的中国传统艺术的基础上，进行中国艺术学学科体系的科学建构，自然是一件复杂的事情。关于艺术学学科体系的建构，不少著名学者都有独特的见解。从知识体系着眼的艺术学学科体系的建构，以艺术形态、艺术功能及艺术本体与外部世界的关系等不同角度切入，显然会有不同方向的设计。一般认为，以艺术理论研究的历史路径为基础做扩展性的设计，兼及现行教育体制下的艺术学学科体系实际需要，艺术学的研究可以分为艺术原理、艺术史和艺术批评三个部分。艺术原理主要是研究艺术活动的一般规律和基本理

---

[1] 宗白华：《美学与意境》，人民出版社 1987 年版，第 378 页。

论及其各门类的本质、特征、形态、功能，即对艺术本体的研究和阐释。"中国艺术学大系"以"论"称谓的各分卷，即指艺术原理，它不等同于包括对艺术本体研究和艺术同其他意识形态（如宗教）和经济等关系研究的狭义的艺术理论。所以以"论"称谓，是基于艺术原理虽然相对稳定，但在当代文化情境下，它发展变化的动态性已成为突出的特征。因之，期望艺术原理各分卷以更具开放性、动态性和当代性的揭示，更贴近艺术原理的本质；艺术史是历史地、具体地对艺术及其各门类的发生发展的演变过程及规律的考察、叙述和阐释；艺术批评是对一定社会历史时期的艺术作品、艺术家和艺术现象包括艺术流派、艺术思潮的分析和评价。这三个组成部分作为艺术学中各自独立的分支学科，又可细分为不同艺术门类的具体范畴。这样的构成，基本上可以把我们面对的艺术世界概括为一个有内在统一性的既显示各艺术门类的个性特征，又可把握其共同规律的作为艺术学研究对象的系统整体。

但是，从艺术与人类其他社会实践的联系来看，这样一个系统整体尚缺乏与外部的统一性。它在研究指向上，主要是"内部研究"。其"外部研究"，如艺术的时代背景、时代环境、发展的外因，特别是它与构成其发展有不可分割的重要作用的艺术经济、艺术管理、艺术市场等非本体因素的关系，都应该是在今天的艺术学研究中不可或缺的内容。艺术是一个具有动态流变性的范畴，从历时性与共时性因素来看，尤其如此。因此，除了艺术学体系中艺术原理、艺术史和艺术批评三个组成部分之外，另一个重要组成部分应是"艺术经营"的内容。这四个组成部分，共同构成从知识体系着眼的现代意义上的艺术学学科体系的基本内涵。

同时，我们还要看到，以多元化为主要特征的艺术的形态演变，及由此带来的其本体特质的某些变化，使得艺术本体与其外部产生更多向度的联系，即它与人类其他社会实践的联系出现更多交叉。艺术形态及其本体特质的变化，必然带来理论研究的创新性提示。我们或许可以从中找出它们的同一性，而将其归入艺术基本原理或艺术史、艺术批评的范畴，从而与明确属于"艺术经营"范畴的内容一起，构成上述艺术学学科知识体系。理论的科学概括，必须以社会实践和客观事实为依据，艺术学的研究尽可能以令人信服的概括去说明艺术现象，并以规律性的揭示指导新的社会实践，但不必为了建立所谓完整的框架体系而做硬性的归纳。因此，一些学者从艺术形态、艺术功能以及艺术本体与外部世界的关系等不同角度切入，而提出的艺术学学科体系的不同设计，只要言之成理，就有一定的合理性。我认为，除了以艺术原理、艺术史、艺术批评与艺术经营构成艺术学学科框架体系之外，基于传统的思路，从对艺术本体的研究与它同相关领域关系研究比较清晰地区分的角度考虑，从学理上，我们也可以将艺术学的研究分为艺术原理、艺术外延理论、艺术史、艺术批评四个部分。另外，作为完整系统的艺术学学科建构，特别是在初始的建构阶段，把对于艺术学自身的观念、方法、体系的研究与阐释的内容，也纳入艺术学体系或许更有必要，这一部分可称作元艺术学。元艺术学作为艺术学领域的"科学学"研究，是对于艺术学自身的认识和阐释，是艺术学中距离艺术实践最远的部分，它包括了诸如艺术研究方法论、艺术史学史、艺术批评史等。

　　"中国艺术学大系"的分卷，是立足于艺术原理、艺术史、艺术批评和艺术经营四个组成部分的学理规范，并以此构成整个艺学学科体系的整体研究成果。同时，本大系也可以看作从艺术原理、艺术外延理论、艺术史、艺术批评、元艺术学着眼构成的艺术学整体内涵。本大系各分卷的撰写，对于在艺术学学科体系框架下相对独立而又相互联系的各分支学科之间的边界，力求做出比较清晰的区分，如艺术原理的阐发，不能与艺术史等的阐述重叠，但对于可视作艺术外延理论的下一层次分支，不做严格的归类，可视作艺术经营的内容，也可视作其他分支下的内容。这样的考虑，不影响本大系的写作和艺术学学科体系框架的整体构成。正像艺术实践不会停滞一样，艺术学各分支学科内涵的科学归纳也是开放性的，可待不断地研究逐步明晰、逐步发展、逐步完善。

三

中国民族艺术以独特的创造法则和审美取向在世界艺术之林独树一帜。艺术创造的多样性和精粹性，艺术认知的深刻性和审美思想闪耀的光辉，都可与世界上任何国家、任何民族媲美。但不能否认的是，以现代学术眼光来看，我们缺乏对自己的艺术具有严密逻辑论证和系统理论体系建构的系统性、体系性的研究和把握，从历史的纵向上来看尤其是如此。比方讲以梅兰芳大师为代表的中国戏曲艺术表演体系的研究，至今没有显示出重要的成果，这些都不能不说是很大的遗憾。当代中国艺术的研究，要改变传统的、非学理性的、感性体悟式研究方式，不能再停留在无须确定学科边界的"广谱研究"。艺术学学科体系的建构无疑为我们改变这一艺术研究的状况提供了一种可能性。

艺术学在中国作为独立学科虽然已经确立，但仍处在学科建设的初始探索发展阶段。首先要明确我们建立的是中国的艺术学，它已不完全等同于西方学者提出这一概念时的内涵。建构和发展艺术学"本土化"的学科体系，核心是"中国艺术"的。它包含了两个主要内容，一是"民族性"，二是"当代性"。建构中国的艺术学，要在对中国艺术本体及其呈现形态（不同样式、种类、体裁及风格）内部规律的揭示中，表达独特的中华民族文化艺术特性；同时，要注意概括社会发展进程中呈现的艺术的时代特征。在艺术的分析中，要尽可能运用传统艺术概念和语言方式，运用中国人喜闻乐见的艺术形式去阐释艺术现象及论证艺术观念。另一方面，今天艺术的多元化形态及构成，已远远扩展了多少年来我们固守的艺术认识论的价值标准。这些也都需要我们在艺术学体系建构中表达民族性的同时，还要以理论创新的眼光为中国艺术学体系赋予鲜明的当代性。这种当代性既蕴含着对外来优秀艺术理论成果的吸纳，也体现着对新的艺术实践进行理论概括的时代要求；同时，在我们的理论叙述中，也要真实地表达社会主义核心价值观对当代的艺术发展已经和正在产生的重要影响。

建构中国艺术学知识体系，既要观照它与哲学、美学等知识体系的内在联系，同时又要以具有国际学术视野的坐标来审视中国艺术学体系的建构，比如不应改变多少年来持有偏见的"西方艺术中心论"而偏移为"东方艺术中心论"。有了正确的坐标，才会有"美美与共"的学术眼光。在这样的基础上，我们首先需要面对的是中国传统艺术理论资源的转化与发展。如果不能做到在这样一个深厚的"中国特色"的基础上对中国学术传统的继承与发扬，我们就很难建立起"中国的艺术学"。同时也必须认识到，今天努力建构具有中国特色的艺术学学科体系，开掘其蕴含的人文历史价值，弘扬中华民族优秀文化，既有着历史的必然性，也是中华民族文化复兴和在新的时代文化崛起的必然要求。在中国艺术学学科体系框架下梳理中国传统艺术理论资源，首先要正确认识和评价整体的中国艺术理论这样一个博大精深的独特的知识范畴。它集中地体现了中华民族的审美观念和审美理想，其中折射出中国哲学思想、文化精神、中华民族气质、生活方式乃至风俗习惯；它体现了中国历代艺术家相近的艺术理念和创作方式，诠释了灿烂的中华艺术的民族品格和共同的艺术特征。它是中国文化中最瑰丽、最生动、最活跃又最普遍的一部分。

早在先秦时代，中国古代先贤就开始了对艺术的思考并有所论述。或许由于夏商周三代提倡"礼乐"而乐舞兴盛的缘故，先秦诸子几乎都阐发过自己的音乐思想。荀子写出了《乐论》这样专门论述音乐的著作，《吕氏春秋》专设《大乐》《侈音》《适音》《古乐》《音律》《音初》《制乐》等论述音乐的篇目。它们可谓最早的中国艺术理论著述。当时的诸子百家各持其说，对于各门类艺术提出不同的看法，不过，其中影响较大的观点则是以儒家学说为代表的强调艺术风化道德的理论。例如"乐以安德""致乐以致心"的音乐理论，"善恶之状，兴废之戒焉"的绘画理论等。中国艺术理论在这一时期尚处于滥觞和发展阶段。汉末魏晋南北朝时期，在多元文化兴起的背景下，人们的思想空前活跃。这一时期，又产生了《非草书》《笔论》《笔阵图》《书论》等一批论书专著；产生了《画山水序》《魏晋胜流画赞》《古画品录》等画论、画史以及绘画品评的专门著述；产生了《声无哀乐论》等一批重要的音乐论著。几个主要艺术门类都出现了专门的史论著述，并提出一些命题，为某些门类艺术创作及批评确立了一些基本的法度和原则。如果说，在此以前的中国艺术理论尚有重善轻美的倾向，还较多关注于艺术同政教及日用的外在联系的话，而在这一时期则转向了对艺术自身的性质和特征的重视，艺术理论研究指向了艺术本体。这些著述也大体上确立了中国艺术理论偏重于感悟，善用类比，史、论与品评互融，重视技艺表现，不追求严整的理论体系等思维方式和表述方式。可以说，这一时期中国艺术理论达到了某种意义上的成熟和自觉。

在此基础上，中国的艺术经过盛唐时代的全面发展，尤其对多民族艺术的广泛吸收，有些艺术门类已经达到成熟的水平。中国艺术在与文学的交融发展中渐入佳境。以唐诗、宋词、元曲，唐宋以来的文学，宋元以来的文人画，宋元杂剧，明清传奇，清代地方戏曲等为标志的文学艺术蔚为大观。中国艺术在与文学交融的发展环境中，逐渐形成了自己独特的审美原则与评判标准。对中国传统艺术特质、理想与精神的阐发、概括和总结，一直是中国美学和艺术理论研究的核心问题。近代以来，王国维的"境界"说、宗白华的"错彩镂金"与"芙蓉出水"说等，都可看作一种艺术本体论的描述。中国传统艺术兼容并包，但具有整体的艺术精神。中国艺术理论的知识范畴是一个如阔大的海洋一样的宝库，它代表了中国古代艺术理论的最高成就，丰富地阐释了中国艺术的特征、价值和标准。

20世纪以来，中国艺术理论的发展进入一个新的阶段。20世纪是中国社会性质发生根本变化的百年，也是中国艺术形态演变最剧烈的百年，从而艺术史论的研究也发生了重大的转变。随着艺术形态的转型，随着西学东渐，近代以来的艺术史论研究也逐渐从概念向体系靠近，从拓展范围到专门划分，从史到论再到批评，无论是思维方式还是表述方式，都发生了重大变化。如前所述，自20世纪初开始，便出现了参照西方艺术研究知识体系的不同于以往古典研究形态的艺术学著作和艺术史论著述。它们以白话文代替文言文，重逻辑，重理性，并以史、论和批评的不同形式，取代了原来三者一体的模式。新中国成立后，马克思主义唯物史观和辩证方法给艺术研究者提供了科学的观点和方法，20世纪50年代中期到60年代初期，艺术理论研究一度有了长足发展。但是，由于"左"的思潮的影响，艺术史论研究和艺术批评长期受到困扰，不能正常进行。进入改革开放新时期以后，艺术研究出现了蓬勃发展的局面。改革开放为学术的发展开创了良好条件，艺术创作的繁荣和多元化格局提供了研究的现实基础。艺术批评的活跃，在更新艺术观念、促进创作健康发展及活跃艺术思想方面都发挥了积极的作用。这一时期艺术理论研究在广泛的艺术领域里展开，各种艺术史、论及批评的著作一部部相继问世。

中国艺术理论从先秦诸子开端，逐步形成了它的一些基本原则和著述的基本形态，从唐代以后一千几百年的时间里，不断深化和完备。20世纪以来，中国艺术研究开始从传统的古典形态向现代形态转型。这一转型远没有完成，但方兴未艾。

从以上的简要分析可以看出，我国极为丰富的传统艺术理论资源，为建构中国当代艺术学奠定了全面而坚实的历史基础。当然不可能把它照搬入当代艺术学体系，而要以创建性的消化、吸收与转换，探索传统经验型研究与西方体系型研究的有机融合，并进而形成创新的理论研究的观念、视角、方式与途径。实际上，我们只要做一些深入的分析，就可以清楚地看到，五十多年来，特别是改革开放三十多年来，我国艺术研究的一大批著作及有影响的论文，已经比较明显地疏离传统的古典艺术理论研究方式，试图以理性分析的方法解析艺术本体及艺术现象，甚至不少学者将外来的新的综合性研究方法作为自己艺术研究的方法论基础。但是，照搬和演绎都不会形成学术创见。中国艺术学的建设应该从中国艺术实际出发，在中国与西方两类学术传统的基础上，探索创造新的知识体系和研究方法，而且还需要我们一方面加强学科基础建设，另一方面不断拓展边缘学科，实现整个学科体系的开放与活跃，并在这种开放性、活跃性中实现艺术学学科建设的跨越式发展。

四

丰富多彩、生动活泼的艺术实践是艺术学兴起与发展的源头活水和现实依据。从 20 世纪初以来，随着中国社会性质的转变，中国艺术也开始了从古代形态向现代形态的转型。20 世纪 50 年代至 60 年代前期，出现了一大批优秀的现实主义艺术作品，成为新中国艺术的经典。近三十多年以来，中国艺术有了越来越良好的创作环境，从艺术观念到艺术表现形式，出现不断突破和开拓的趋势，百花齐放，百家争鸣，艺术形态呈现出多元化的发展局面。现代艺术为越来越多的人所接受。高雅艺术、民族民间艺术繁荣发展，大众通俗艺术也更加普及。从某种意义上说，艺术同生活更加接近与融合。近十多年来，数字艺术快速发展。在网络化、信息化时代，大众参与艺术的方式丰富多样。虽然人们对公共艺术的定义和范围仍存争议，但公共艺术的广泛参与性已是不争的事实。近六十年来特别是改革开放新时期以来，我国艺术创造的重大成就，以及近二三十年来我国艺术形态、艺术个性、艺术境界令人耳目一新的变化和与之相关联的艺术观念变革和审美趋向的演变，都为艺术理论研究的创新提供了现实的依据。同时，近五六十年来随着大量文物出土，特别是像秦始皇兵马俑、曾侯乙编钟、三星堆等重要文物与大遗址的发现，不断充实、丰富了中国艺术史原有的内容，修正甚至颠覆了其中某些成说定论。考古学的成果，将把艺术学特别是艺术史的研究提升到一个新的发展阶段。此外，全球化的信息时代，可以使我们借助现代科技手段，迅速获得国际视野内艺术学研究包括文字、图片、声音和影像在内的最前沿信息。借他山之石，可以使我们在参考、借鉴外来研究成果和方法的基础上进行自己的创新研究。在这样的情况下，建构当代中国艺术学，编撰一部体现今天中国艺术学研究整体面貌的书系，已是艺术学学科发展的必然。

正是因为当代艺术现象、艺术观念已经和正在发生着的重大变化以及新的史料包括地下文物的发现，许多学者形成了以上这样一种共识。2001 年年初，著名美学家、原中国艺术研究院副院长王朝闻先生向我提出，在这样一个新的时期，希望由我来牵头主编"中国艺术学大系"，集中国艺术研究院内外学者的共同努力，以新的学术观念和方法论，拿出实实在在的创新研究的成果，为建构中国艺术学学术体系奠定基础。我深知这一学术工程理论探索的难度和复杂性，我尊重先生，但不能从命，提出希望由他主持，开始这一实际上是由新的时代提出的学术任务。但先生坚决不同意，坚持由我担任主编，并决意推动开始此一工作。他亲自邀请了欧阳中石先生等若干位著名学者，包括中青年专家来讨论策划编撰问题。到了2003 年，先生又郑重提出要由我主编完成此事，并说这是一种责任。他还吟诵白居易的诗："千里始足下，高山起微尘。吾道亦如此，行之贵日新。"意在要我们以渐进的积累，去努力建构当代学术大厦。我请先生把诗句写下来，他写下诗句并题"应文章同志嘱画符，借唐人见识表我对既有趣又艰苦之艺术研究之期待"。他还说自己要抓紧修改及重写《审美谈》《审美心态》两书以纳入"大系"之中。"中国艺术学大系"的编撰筹备工作从 2001 年 10 月启动，2005 年至 2006 年开始确定各卷作者。令人惋惜的是，王朝闻先生于 2004 年 11 月 11 日逝世，他在去世的当月仍在修改着列入"大系"的《审美基础》。他的书桌上没有合上的是这本书的修改稿。先生最后一次住院期间，我去看望他，仍然与我讨论"大系"的编撰问题。先生念兹在兹，令人感动。我真切体会到前辈学者对后来者承担学术使命的深切期望，再没有理由不承担起这一责任。写作"大系"总序，忆及此情此景，心中难过，但也更坚定倾力用心完成"大系"的信念。此间，欧阳中石先生除承担中国书法史、论的撰写，也一直关心"大系"的编撰，多次给予指导性意见。中国艺术研究院内外的学者非常热心地参与这一学术工程，以严谨的学风和继承、创新的学术态度完成着各自承担的编撰任务。像青年学者张谦，为人朴实，学识、才气俱佳，他以坚韧的毅力抱病写作，真是与生命赛跑，去世前为自己最后的专著画上了圆满的句号。

五

"中国艺术学大系"试图以新的学术理念和方法重新叙述中国传统艺术及其当代新的演变形态，并阐发和概括新的艺术形态和艺术现象，包括已经民族化的外来的艺术门类，如电影、电视、摄影等等。"大系"既不是对艺术门类和整体艺术古老历史的过程回顾，也不是简单采用西方艺术学理念来解构中国艺术的文化整合，而是在深入研究、准确把握中国传统艺术法则、规律、审美原则，汲取、融合西方艺术学精髓，总结当今时代新的艺术形态特征的基础上，以适用于中国特色艺术学本质特点的科学的方法论，在中国艺术学体系建设的整体框架内，对中国艺术学科在新起点上的系统总结与概括。

把握和运用科学的方法论，是中国艺术学研究的基础。在艺术学的研究中，方法论的探索与它的本体研究一样，也属于核心问题之一。马克思曾经说过："不仅探讨的结果应当是合乎真理的，而且引向结果的途径也应当是合乎真理的。真理探讨本身应当是合乎真理的，合乎真理的探讨就是扩展了的真理。这种真理的各个分散环节最终都相互结合在一起。"〔1〕正确把握本质规律的学术自觉表现在正确的方法论上。艺术本身和艺术学研究的变化，产生了这一领域新的形态并出现了新的观念及概念。这就需要在运用人文科学等传统的艺术学研究方法的同时，融合吸收那些能够有助于更好地掌握艺术活动的现实过程，有助于理论分析和艺术解释的技术性方法，以丰富和扩展艺术学研究的理论工具。

著名学者陈寅恪先生在《王静安先生遗书序》中，曾总结王国维学术研究的方法特点："一曰取地下之实物与纸上之异文互相释证，凡属于考古学及上古史之作，如《殷卜辞中所见先公先王考》及《鬼方昆夷猃狁考》等是也。二曰取异族之故书与吾国之旧籍互相补正，凡属于辽金元史事及边疆地理之作，如《萌古考》及《元朝秘史之主因亦儿坚考》等是也。三曰取外来之观念与固

---

〔1〕 马克思：《评普鲁士最近的书报检查令》，《马克思恩格斯全集》第1卷，人民出版社1956年版，第8页。

有之材料互相参证，凡属于文艺批评及小说戏曲之作，如《红楼梦评论》及《宋元戏曲考》《唐宋大曲考》等是也。"[1]这一总结，实际上以王国维著述作案例，概括了20世纪以来各个学科的学术中坚人物共同具有的治学方法和特点。今天的艺术研究方法当然已是更加丰富，特别是在精密科学的方法引进及跨学科与更多元视野的研究方法普遍采用之后，今天我们的研究，已与前人只能凭借古籍文献和有限的传世遗存进行研究的局限不可同日而语。我们今天来看，前人这种研究方法的单薄明显可见，但前人这种基本的治学方法的精神和原则，特别是它体现的学术严谨性依然不过时。艺术学学术体系的研究，更有其相应的方法论要求，可是前人这种治学方法的精神和原则，仍然可以学习。另一方面，我们还应看到，在艺术学术研究中，就像前后时序中的艺术，不能以"落后""先进"区分一样，"新""旧"艺术理论之间，也不存在绝对的界限。"新"对"旧"的梳理过程，是一个学术对话过程，在这种对话中完成的整合，特别是在此整合基础上对现实艺术活动的观照，往往是具有原创性研究成果的孕育过程。当今中国艺术学研究领域中，有意识自觉地如此治学，并且具备这种知识结构能够如此治学的学者越来越多。只有具备了当代学术理念，秉承严谨的治学精神，在梳理传统艺术理论资源、考察艺术史新的考古发现及审视当代艺术现象和深入研究艺术本体时，才有可能从中阐发出独特的学术见解与具有深度的学术观点。

近代以来，中国向西方学习，一些人包括不少著名学者以中国艺术去对应和攀比西方艺术，用西方的价值、范式、标准衡量

---

[1] 陈寅恪：《王静安先生遗书序》，《金明馆丛稿二编》，生活·读书·新知三联书店2001年版，第247页。

中国艺术，甚至根本否定像戏曲、中国画等中国主体传统艺术，由此很大程度上影响了对中国艺术的价值判断，也影响到它的传承发展。新中国成立后特别是改革开放以来综合国力迅速提升，今天中国人开始以国际性的眼光重新审视世界，也重新认识自我。在自觉学习国外优秀文化的同时，当代学人以一种文化自信和文化自觉，开始以个人的认知去创新性地表达民族和国家的文化意识，已经逐步地脱开了那种以中国实例解释西方理念的路径，觉得西方有个什么中国就非要也有个什么才是先进的学术观念已经被抛弃。这种学术研究理念的解放，预示着当代中国在世界平台上建构自身艺术评判标准和艺术价值体系的开始。

今天的艺术理论研究越来越反对宏大叙事，试图以一种理论解释全部艺术世界各种复杂现象的努力，被无数个例外击碎了。学界已经认识到世界上存在各种文化现实性以及不同解说的可能性。在这样的时代背景下，还有没有整体性地总结中国艺术特征的必要？我们并不要求作者的宏大叙事，只要在基本理念上总结本学科的基本规律，全面反映所属领域的最新研究成果，并在某些方面提出独特见解，让大家在母题叙述中找到共感，就是我们的理想。从某种意义上说，接受与叙述、阐发新理念的过程，就是展示民族文化自省的过程，也是唤起民族文化自信和勇于创新以达民族文化自强的过程，同时，也是通过与外来文化理念交融、在一系列概念叙述中展现文化自我创新的过程。著名学者费孝通先生曾经说过："各美其美，美人之美，美美与共，天下大同。"[1]在继承自身传统和学习外来文化的基础上，立足当下，总结阐发

〔1〕 费孝通：《东方文明和二十一世纪和平》，《费孝通文集》第十四卷，群言出版社1999年版，第6页。

中华民族艺术的独特理论体系，为中外艺术的对话、交流与融合，为保持世界文化的多样性，努力做出我们探索性的努力。这就是我和所有参与"大系"编撰同人的共同信念。

我们希望"中国艺术学大系"能够聚起一片新的绿丛。

2011 年 4 月 26 日写毕，5 月 29 日改定
原载《读书》2011 年第 6 期，
《文艺研究》2011 年第 6 期，
《新华文摘》2011 年第 16 期转载

展开西部壮美的画卷

——谈"聚焦西部"中青年画家采风创作活动

2000 年 7 月，由中华人民共和国文化部艺术司主办，中国画研究院协办，成立了"聚焦西部"中青年画家西部采风创作团，随后进行了为期半年多的赴祖国西部地区采风和以后的创作活动，取得了令人瞩目的丰硕成果。这次活动，既是西部大开发过程中人文关注的一个亮点，也是在中国画创作领域为新时期主旋律奏响的华彩乐章。

西部既是一个富有悠远沧桑、广袤深厚含义的名词，也是一片孕育中华、养育龙的传人的神圣土地。改革开放新时期以来，我国东部地区以其优越的自然地理条件和改革开放的创新观念迅速走在了经济发展的前列，相比之下，西部地区却似乎仍然背着历史沉重的包袱，改革发展步履艰难。久而久之，"西部"几乎成了贫困落后和穷乡僻壤的代名词。然而，任何人都会明白，山高水长、地域辽阔、拥有众多民族、积淀着深厚文化、蕴藏着丰富资源的西部，就像一位巨人，它曾经是、将来也必定是中华民族腾飞的有力臂膀，它将和东部地区一起，在中华民族复兴的建设中担当重要角色。因此，党中央做出重大决策，将西部大开发作为新世纪祖国建设的宏伟战略，其意义不仅在于西部富饶的资源开发和经济的发展，也是对西部蕴藏深厚的人文资源与历史文化的发掘和张扬。作为新时期的艺术家，积极肩负起文化发展的使命，投入到祖国西部的建设中去，聚焦西部、关注西部、关怀西部，用笔墨表现西部人文历史和建设进程中的时代精神，就具有不可替代的文化战略意义。"聚焦西部"画家采风创作活动，正是我国部分中青年优秀国画家表现西部当代风貌、呼唤西部崛起的一次很有意义的艺术创作活动。

这次"聚焦西部"画家采风创作活动，起源于全部参与画家积极反映时代的创作热情。1999 年 5 月，我在中国美术馆参观龙瑞等 8 位中青年画家自筹资金、自愿结合、自发深入生活而创作的桂林山水画展，我向他们提出，希望也以这样的方式，组织一批中青年优秀画家深入西部采风，创作一批表现西部题材的力作。这一倡议，得到了刘勃舒、龙瑞、舒建新等著名画家的积极响应，他们具体召集包括刘大为、冯远、杨力舟、王明明、李宝林、谢志高、田黎明、施大畏、唐勇力、赵卫、陈平、姜宝林等二十余位人物、山水画家，分为西北、西南两组，行程万里，足迹遍及陕西、甘肃、宁夏、青海、新疆、重庆、四川、云南、贵州、西藏等十多个省、自治区、直辖市的城镇乡村。所到之处，画家们深入体察群众生活，考察民俗风情、宗教习俗和大开发中经济建设的成就，画了大量写生稿；返回后，又以真切的艺术感受、饱满的创作热情，创作了百余幅既有思想深度，又有艺术感染力的优秀作品，并撰写了一系列文章。这次活动的成功，得力于画家们对生活的深入体验和辛勤创作，同时得力于有关部门的支持。孙家正部长亲自为西行的画家们送行，勉励他们扎实深入生活，要创作出无愧于时代精神的力作。潘震宙副部长也与画家座谈，并给予具体指导，文化部艺术司则努力解决实际困难。这些共同努力，才使得"聚焦西部"美术作品集和画展得以成功出版和举办。

这次"聚焦西部"的美术创作活动，是艺术家们落实江泽民总书记提出的"三个代表"重要思想的自觉行动，是对祖国西部开发建设的关注与支持，同时又是一次艺术家们遵循艺术源于生活并正确表现生活的马克思主义艺术规律的有益实践。因此，丰收的不仅是创作成果，而且对引导艺术家们深入生活、反映现实也有正确的导向意义。在这次"聚焦西部"创作活动中，画家们以大视野，多角度、深层次地体察和展现了西部悠久的历史文化、壮美的自然风光、鲜活的现实生活和深厚而坚韧的人文精神，展现了西部神圣的魅力和风采。通过他们的作品，人们对曾经觉得遥远而陌生的西部有了更加深切的认识，在艺术美的陶染中，感受到了西部的力度、西部的价值和西部的光明前景。不仅使生活在西部的人们更加热爱西部，也使生活在西部以外的人们更加向往西部。那辽阔、雄厚、神秘、深邃的西部在画家独特而敏锐的审美视线与深切的人文情怀中，焕发了新的、令人怦然心动、神往心仪的风姿，展示了一个审美的西部，一个流淌在每一位华夏儿女血液中的西部。人们不禁为之感慨：美哉，西部！壮哉，西部！

生活是艺术创作的源泉，是马列主义文艺理论的核心，也是社会主义艺术创作必须遵循的规律，肩负文化建设与艺术发展使命的艺术家们在这次深入扎实的采风活动与精心创作过程中，也为西部特有的、尘封已久的历史文化与现实人格精神所感染，其触动之深、感受之切，都流溢于笔墨之间。那种深深根植于朔风大漠与雄风深谷中的坚韧不拔、吃苦耐劳的精神，那种流淌于荒野源头，汇千流绵亘万里、奔腾激越从天而下的黄河气魄，涤荡人的心胸，震撼人的灵魂。置身西部，特有的地域面貌和风土人情带给画家们以新的艺术体验，他们的审美胸襟和创作灵感，在这种深沉厚重而又生生不息的文化意蕴和激越昂扬的生命力的感召下被拓展和升华，在广阔、丰满而真实的西部生活中，艺术创作的冲动和愿望被再次激活。西部给画家们提供了丰富、生动的创作素材，画家们也在真实的感动之中更加深入地思考着艺术的方式、价值和意义。他们不仅开发着西部，也开发着自己，通过这百幅作品，人们不仅认识了西部，同时也认识了表现西部的艺术家的心灵和精神。

这次"聚焦西部"的采风创作活动，可以说从酝酿策划之初到发乎之情、意溢于墨，"西部"——一直是一个指向明确的主题。它要求作品的思想内容与地域、时代特色相统一，要求表现为改变自身命运而艰苦奋斗的西部人民，表现大开发过程中正在发展变化着的西部。艺术地表现现实生活，艺术地关注时代主题，这是发展社会主义文艺的正确方向，也应该是我们这次"聚焦西部"采风创作活动真正具有的现实意义之所在。

原载《美术观察》2002 年第 1 期

确立符合社会发展方向的文艺的当代性

　　今年是改革开放三十周年。三十年来，我国经济、政治、社会、文化各个方面都取得了举世瞩目的成就。新时期之初，文学艺术成为思想解放运动的先锋，为社会主义现代化建设事业的开展发挥了不可替代的作用。当时，在政治思想界拨乱反正的背景下，人文学术领域兴起了"美学热""方法论热"，大量长期隔绝的域外思想（特别是当代西方的哲学、美学、文艺思想）被译介、引进过来，中国传统文化观念和"五四"以来的现代文化观念重新得到发掘和认识；在文学艺术领域，具有社会思潮性质的创作活动相继出现，如"伤痕文艺""反思文艺""寻根文艺""先锋文艺"等等，与此同时，中国现代文艺的多样性传统逐渐受到尊重，欧美现代文艺的风格、样式、表现手法被大量借用，围绕"人性论"和"人道主义"、"现实主义"与"现代主义"、"关注现实"与"自我表现"等产生了具有广泛社会影响的争论……这些构成了20世纪80年代的精神氛围。整个80年代的文化，尽管存在许多问题和矛盾，其中有的在今天仍然没有很好地解决，但是，它代表了一个民族在经历政治磨难之后重新认知自己和世界、确立民族文化身份的努力。在这个过程中，广大文艺工作者紧跟改革开放的步伐，自觉成为社会变革的见证者和时代精神的表达者，具备鲜明的当代品格。

20世纪90年代以来，随着社会主义市场经济的进一步拓展，我国社会发生了广泛、深刻的变化，文化发展面临着前所未有的机遇和挑战。就文学艺术而言，它从过去社会关注的中心退回到特殊意义的生产领域。这对于文艺实践，包括创作、批评、理论，提出了双重问题：一方面，如何重新看待自身的地位、价值、功能，获得持久的创造力；另一方面，如何应对不断变化的外部环境。20世纪90年代关于"人文精神"的讨论，关于文艺的商品属性与审美属性的讨论，关于"大众文化"与"精英文化"的讨论，典型地反映了这些问题所引发的忧虑，同时也显示了文艺活动内部分化的迹象。文艺生产方式、传播方式、影响方式的多样化是一个社会走向开放过程中必定会出现的现象。这种变化，既对已有的文艺思想形成冲击，促使其重新调整、确立方向，又会催生新的文艺观念和文艺实践。这些年来，我们在创作方面收获了大量不同层次、不同样式的优秀作品，在批评和理论方面产生了一批富有创见的学术成果；同时，出现的问题也不少，如创作中的"私人化""庸俗化"，批评精神的缺失，理论的现实感和问题意识淡漠，这在一定程度上背离了文艺应有的积极介入社会现实的当代品格。

因此，把改革开放三十年的文艺实践作为一个整体，系统反思、总结其经验和规律，从理论上审视和解决当前文艺中存在的复杂问题，是一项迫切的工作。改革开放，是中国实现现代化的转折点，其三十年的理论与实践值得我们认真地回顾与总结。

改革开放的重要标志是思想解放。"实践是检验真理的唯一标准"的大讨论，为新时期的政治、经济和文化发展提供了不竭的源泉和动力。因此，以一种面向未来的眼光，实事求是地回顾与总结改革开放三十年文艺创作和批评、理论的发展历史，认真研究今天文艺面临的各种问题，确立符合社会发展方向的文艺的当代性，具有重要的理论和现实意义。

原载《文艺研究》2008 年第 12 期

反思与发展

——纪念《文艺研究》创刊三十周年

《文艺研究》创刊于 1979 年 5 月，伴随着新时期改革开放事业走过了整整三十年。三十年来，《文艺研究》坚持正确的办刊宗旨，始终以马克思主义为指导，认真贯彻"双百"方针，奉行"五湖四海"、学术平等的原则，在美学、文艺学、艺术学和各门类艺术研究中，既着眼于学术建设，又注意解决文艺实践中出现的新问题，为我国社会主义文艺事业做出了重要的贡献。《文艺研究》在党的十一届三中全会的春风中诞生，创刊伊始，就对所谓"文艺黑线专政论"进行清算，发表了毛泽东、周恩来、陈毅、邓小平等党和国家领导人关于文艺问题的多篇谈话和报告，成为新时期文艺思想领域拨乱反正的重要理论依据。与此同时，《文艺研究》组织"文革"后重返文坛的老一辈学者、作家、艺术家，会同一批优秀的中青年学者，就"文艺与政治""人性、人道主义、人情味及共同美""形象思维""西方现代派文艺"等理论问题，展开深入系统的讨论。这些讨论突破了过去极左路线设置的种种"禁区"，以实事求是的态度探索文艺发展的客观规律，对文艺界的思想解放和新时期文学艺术的繁荣产生了深远的影响。在讨论中，《文艺研究》秉持开放、开明、稳健、包容的精神，提倡求真务实的学风，鼓励不同学术观点的交流与对话，树立了刊物的基本形象。这种精神，在以后关于"现实主义与现代主义""文艺的意识形态性"等一系列讨论中，得到了进一步弘扬，成为刊物至今保持的一个良好的传统。

在完成文艺思想界"拨乱反正"的历史任务之后，《文艺研究》把注意力转向当代文艺思想的建设方面，从理论和批评的角度探索文艺的一般规律与现实问题，积极推进文学艺术学科的发展，涵盖了文学艺术的综合研究，文学、美术、戏剧、影视、音乐、舞蹈等门类艺术理论和创作实践研究，以及中外文艺理论、文艺思潮、文艺流派的研究等，逐渐成为各文艺学科展示优秀成果的重要平台。纵览《文艺研究》历年关注的问题和积累的学术成果，可以清晰地发现我国新时期文学艺术研究的发展轨迹和丰硕收获。可以说，三十年来，《文艺研究》从思想文化建设的角度参与到改革开放和社会主义现代化建设事业中，见证了中国社会的历史性巨变。《文艺研究》是文化部主管、中国艺术研究院主办的综合性文艺理论刊物。创刊以来，张庚、林元、王波云、柏柳同志曾先后担任主编，他们为刊物的发展、为推动我国文艺理论建设和文艺创作的繁荣，做出了重要贡献。在进入21世纪的这十年里，《文艺研究》继承、保持和发扬了老一辈专家创刊、办刊的优秀传统，同时积极探索社会主义市场经济条件下人文学术刊物的发展之道。2005年，中国艺术研究院研究决定，《文艺研究》正式由双月刊改为月刊，刊物的面貌和内容也有较大调整，既牢牢地把握时代的脉搏，关注现实问题，又使整体学术质量大大提高。这次改刊，在学术理论界和期刊界引起较大反响。作为在国内具有重要影响的学术理论刊物，《文艺研究》的改刊之举是成功的，其经验值得认真总结。

学术刊物编辑是一件平凡而崇高的工作，需要眼光、责任心、耐力和奉献精神。《文艺研究》在不断发展的过程中，坚持解放思想，以创新的勇气锐意进取，在市场经济环境下不为浮躁、急功近利的社会风气所动，把独立思考放在首位，以沉着、冷静和犀利的态度办刊，以兼容并包的精神来对待学术发展，使刊物保持高格调、高品质，受到同行的广泛赞誉。编辑部人员纪律严格，业务素质精良，任劳任怨，无论在何种条件下，始终保持旺盛的工作热情，从事高效率的学术期刊编发，这是难能可贵的。

在此，我希望《文艺研究》以创刊三十周年为契机，继续坚持以传播社会主义先进文化为己任，以科学发展观为指导，认真总结经验，在继续保证学术质量和学术地位的同时，大力探索新的发展路径，开拓创新，为文艺理论研究注入新的活力，推出更多的优秀栏目，赢得读者、赢得市场，在新的历史时期再创辉煌！

原载《文艺研究》2009 年第 7 期

五十年奋斗结硕果

——贺武汉市楚剧团建团五十周年

  由黄孝花鼓衍变而来的楚剧是一个年轻的剧种，只有不到百年的历史。而楚剧真正确立自己的个性，是以《葛麻》的演出为标志。之后，楚剧又有了《狱卒平冤》《养命的儿子》这些在全国有重要影响的剧目，它使楚剧的声名远播，使楚剧的风格更加鲜明，使楚剧有了持续不竭的观众。五十年的奋斗，穿越风云，走过坎坷，以汗水浇灌出累累硕果。延续一个剧种并使之在时间的前行中更具鲜活的生命力，是武汉市楚剧团做出的重要的文化贡献。值此武汉市楚剧团成立五十周年之际，是应该表示衷心祝贺的。

  我与楚剧团的联系，是从《狱卒平冤》起，看了剧本，深深被吸引，便把它发表在当时我主持的《交流剧本》上；看了演出，为之惊叹，不仅为艺术的精湛，也为整个演出体现的剧团的严谨精神。从此，楚剧团演出的每一个剧目和它的发展情况，我都时时关注着。《养命的儿子》《穆桂英休夫》在京演出，我都参加了座谈会。看楚剧的演出，评论楚剧团的剧目，都有一种亲切感。一方面是因为剧目优秀感人，另一方面是楚剧团的同志们艺术创造的智慧和热情，拼搏奋斗、一往无前的献身精神，都使我钦敬。楚剧团探索总结出自己的创作和发展之路，是靠了"葛麻风格"

和"楚剧精神","葛麻风格"就是创作上坚持由《葛麻》奠定的"平民化、地方化、通俗化、生活化"的基本风格,而不断丰富发展起来的鲜明的剧种艺术个性;"楚剧精神"就是坚持无私奉献的集体主义精神和吃苦耐劳的工作作风。楚剧团的"葛麻风格"和"楚剧精神",是在坚持"二为"方向和"双百"方针,在不断创造的优秀剧目中体现出来的,是在为城乡群众成千上万场的演出中体现出来的。一个剧种只有坚持其他剧种不能替代的自己的独特风格和特点,这个剧种才不会泯灭或同化,观众才会"另眼相看";一个剧团只有坚持团结奉献、奋斗发展的团体精神,这个剧团才会具有不竭的创造力和鲜活的生命,武汉市楚剧团五十年的发展道路,代表了新中国创立的新的文艺团体发展的正确道路。

武汉市楚剧团在过去的五十年中,既创作出剧目精品,又闯出市场,近几年每年大都演出二百余场,既给农村的观众也给城市的观众送去精神享受和欢乐。这个团的建设成果,应该说是武汉市文化建设的标志性成果。盖一座物质的大厦不易,长成一棵累累硕果的精神文化大树更难。时代在发展,武汉市楚剧团的继续前行,仍然需要"葛麻风格"和"楚剧精神",但也更需要社会主义市场经济条件下完善的经济政策的保障和扶植,需要社会的关注和支持。相信武汉市楚剧团一定会努力坚持先进文化前进的方向,不断为人民贡献出优秀的精神食粮。

原载 2001 年 11 月 17 日《中国文化报》

中国油画院成立寄言

在新的社会发展时期，中国艺术研究院正在建构起艺术科研、艺术创作、艺术教育三足鼎立的发展格局，以期逐渐建成世界知名的艺术科学研究中心、艺术教育中心和国际艺术交流中心。

正是在这样的背景下，中国油画院在中国艺术研究院开阔深厚的学术土壤上诞生。以写实画派为主体而又兼及各种艺术风格、流派，以院内画家为基础而又聘任全国著名的优秀油画家共同参与，组建成中国第一个也是目前唯一的专门以油画创作、研究、教学为职能的实力雄厚、阵容强大的中国油画院，标志着中国油画艺术在新时期的发展，会以艺术家更密切的交流、更深入的学术探讨、更具整体性而又各具独特个性的群体展示令世人瞩目。

油画艺术从西方传入中国一百余年，中华民族的艺术元素逐渐融入其中，使其呈现出与西方油画不同的神采。在时代的进程中，中国油画不断丰富、发展，呈现出形式语言的多样性。艺术美的真谛，从来都在于人的内心情感的真实表达和人的精神境界的提升。这样的作品，需要艺术家对形式之美、形式之奇、形式之新的执着追求，更需要艺术家纯净心灵的浸润和对艺术理想的坚守。以著名艺术家杨飞云为院长的中国油画院的油画家们正是在这一点上显现出自己的精神力量。他们以自己独特的审美追求和认真的艺术表现，在当今艺术多元的呈现中，展现着自己独特的艺术风采，呈现着独特的艺术价值。

我相信，在这样一个以中国艺术研究院为深厚学术背景的广阔学术平台上，中国油画院的艺术家们一定会以自己的精品力作为我国当代油画艺术的新发展做出有力的推动。

2007 年 9 月 26 日
原载《中华文化画报》2007 年第 11 期

中国当代艺术需要建构自身的当代性

在过去的三十多年的改革开放中，我国在政治、经济、文化等方面的现代化进程都取得了举世瞩目的成就。伴随着中国改革开放及全球化的历史进程，中国当代艺术应运而生。就当下的发展而言，中国当代艺术已形成自身的特点：

一、正因为当代艺术是在我国社会走向现代化进程中产生和兴起的一种艺术样式，所以它有着鲜明的当代性。当代艺术反映了中国社会加速现代化、社会转型和社会矛盾变化，以及人们审美情趣趋向多元化的现实。不能否认，中国当代艺术的"前卫"和"当代性"，在一个时期内和一定程度上，是以西方艺术的价值取向为衡量标准的。也应该看到，目前，中国当代艺术已开始注意体现表达中国艺术审美价值观和中国文化个性的当代性。"主体性的表达"，已成为不少艺术家有意识的追求。他们努力使自己的作品能成为过去三十年来社会、政治、文化发展的表征，希冀从一个侧面凸显特定时期的时代特征、社会思潮、价值观念、文化取向和审美追求。

二、开始形成积极的、健康的当代艺术多元化发展格局。中国当代艺术曾经过分关切自身所表达的文化身份和政治意义，这在一定程度上是受到西方对它的"非艺术性"的意识形态解读的影响。由此，削弱甚至丧失了自身在内容与形式上的前卫性与创造意义，一些作品成为符号化和简单化的标本。本土文化精神和当代主流文化发展的影响以及中国国际地位和国家形象的提升，促使不少艺术家以一种建立在文化自省基础上的文化自觉，去努力创造具有当代中国品格的优秀作品。他们以独具的艺术个性，以观念和形式的新颖及表现的深刻性令人耳目一新。他们在汲取中华民族传统文化的基础上，立足于本土的社会、文化现实，尤其是在当下全球化的语境中，以独特性的艺术表达，创作出具有广泛影响力的作品，开始建立有别于西方现当代美术史的艺术发展谱系。

三、已逐步形成一支以自己有代表性的有影响力的作品为标志的艺术家队伍。他们有的在艺术院校，有的在艺术创作、研究机构，还有的作为体制外的自由职业艺术家，这些都不妨碍他们艺术语言创新、艺术形式实验、艺术观念探索的前卫和独创性的表达。其中不少有眼光的艺术家，以自己的创作或同时以理论的方式，对于当代艺术表现中流于简单的政治讽刺和玩世不恭、缺乏应有的人文深度和自我批判性，欠缺对中国传统和当代文化精神的深度把握、艺术表现的肤浅和表面化，特别是歪曲性地反讽政治、丑化中国形象等做出疏离和批判。他们反映当代中国形象和揭示时代精神、表达多元审美趋向的具有艺术冲击力的作品，成为我们这个时代艺术创新的标志之一。

中国当代艺术的价值取向不是单一的，而是多元的，它既表现在人文价值的追求中，也体现于艺术本体的建构中。不过，它的核心价值同时源于艺术家如何在文化、美学领域彰显其承载的当代性。众所周知，从 20 世纪 70 年代末 80 年代初期开始，文化成为思想解放运动的先锋，为改革开放和社会主义现代化建设事业的发展发挥了不可替代的作用。当时，在政治思想"拨乱反正"的背景下，人文学术领域兴起了"美学热""方法论热"，大量长期隔绝的域外思想（特别是当代西方的哲学、美学、文艺思想）被译介、引进过来，同时，中国传统文化观念和"五四"以来的现代文化观念重新得到发掘和认识；在文学艺术领域，具有社会思潮性质的创作活动相继出现，如"伤痕文艺""反思文艺""寻根文艺""先锋文艺"等等，中国现代文艺的多样性传统逐渐受到尊重，欧美现代文艺的风格、样式、表现手法被大量借用，在理论上，围绕"人性论"和"人道主义"、"现实主义"与"现代主义"、"关注现实"与"自我表现"等争论也产生了广泛的社会影响。这些构成了20世纪80年代的精神氛围，也成为中国当代艺术发展早期的文化语境。尽管整个80年代的文学艺术存在许多问题和矛盾，其中有的在今天仍然没有很好地解决，但是，它代表了一个民族在经历政治磨难之后对自己和世界的重新认知。在这个过程中，文学艺术家紧跟改革开放的步伐，自觉地成为社会变革的见证者和时代精神的表达者。

20世纪90年代以来，随着社会主义市场经济的进一步发展，我国社会发生了进一步深刻的变化，在艺术领域，中国艺术的当代创新成为摆在广大艺术家面前的一道重要课题：1.如何在全球化的语境中体现艺术的当代性，即如何在本土与国际、民族与世界、东方与西方的语境中发展中国的艺术，确立自身的文化身份；2.如何面对商业文化的冲击而保持文化艺术的独立品格？这里涉及如何重新评价、思考文化艺术具有的地位、价值、意义、功能等问题；3.文化艺术应该与现实社会保持什么样的关系，如何建立适合艺术发展的社会机制，以及如何从艺术的传播、欣赏、收藏等角度思考艺术的发展战略；等等。在现代化和社会主义市场经济体制下，必然呈现艺术的多元化。社会转型期文艺当代性的追求，因为社会经济环境、人们审美趋向的多元需求和艺术家秉持艺术观念与各自艺术背景差异的诸多综合因素，催生了创作题材、体裁、样式、风格、流派如雨后春笋般竞相展示的百花齐放的璀璨景观。当代中国各种风格流派的艺术探索都在艺术的当代性探索中以赫然的艺术成就做出了自己的贡献。中国当代艺术，作为一个与中国 20 世纪 80 年代以来新潮美术相连的流派或风格概念，它逐渐集合起的一批艺术家，也作为当代中国艺术在当代性探索中的一支劲旅，在当下的艺术创作中占有了它应得的地位。尽管如前所述，不可否认它受西方艺术影响而成长的背景，但它的本土根源内在于我国三十年来改革开放的社会现实当中，其精神诉求，则始终指向艺术当代性探索的追求。

艺术当代性的追求，永远是艺术与历史相生相伴的灵魂。但中国当代艺术，并不因为它标示"当代"而就具有天然的当代性，比如那种丑陋怪异、趣味庸俗及解构政治和中国形象，伤害民族自尊的图式化符号表现，以及血腥、暴力的渲染，都只是一种主观概念的肤浅演绎，不仅与当代性没有关联，而且也与个性表达和艺术创新的实验性探求无缘。尽管当代艺术的构成材料和呈现方式多样化，但其仍然需要品格和源于其本体表现的内涵的深刻性。中国当代艺术的追求，应当紧紧把握中国当代社会发展进程的脉搏，关心当代人的生存状态和精神诉求；紧紧把握文化艺术自身的发展趋向和人们审美趣味的发展变化，以独创性的表达和独特的艺术语言形式以及深刻的思想、观念揭示，顺应时代和人民的要求，正确表达对时代前进的关注和对这个时代中人的命运的关切，用作品的丰厚蕴含、直指心灵的震撼力量和艺术魅力赢得观众，不断以作品观念和形式的创新，为当代中国艺术的创新增添亮色。

由此，中国当代艺术作为中国特色社会主义文化的一个组成部分，占有不可忽视的位置。在全球化趋势面前，中国当代社会和时代在发展变化，艺术的内涵和外延也在嬗变、衍生、发展之中，以什么样的文化身份，以什么样的艺术面貌，以什么样的文化价值立场，建立起自身面对世界的文化话语权，建立起立足于中国自身的艺术评价标准和体系，仍然是一个需要不断探索的过程。为此，中国艺术研究院以四年的时间筹备，于11月13日正式揭牌成立以著名艺术家罗中立为院长的中国当代艺术院。相信由这一平台集合起的中国当代具有旺盛创造活力的艺术家群体，会以他们立足当代中国社会生活的个人独特体验为基础，以其勃发的生命力和自由自主的艺术创作与艺术探讨以及理论研究和国际性的艺术交流，推动具有当代中国精神气象的当代艺术走上一个新境界。

原载《艺术评论》2010年第2期，
《新华文摘》2010年第4期转载

正大气象

——"中国艺术研究院中国美术创作院院展"寄语

中国美术创作院是直属中国艺术研究院的专业美术创作机构，成立已有近三年时间，这里正在聚集起一个具有一流创作水平和研究水平的美术家群体，他们在其以继承创新为本、以风骨盈健为魂和以正大气象为格的艺术追求中，开展了各种形式的美术创作、研讨和展览活动。中国美术创作院日益扩大其在中国美术界影响的同时，也正在以自己的创作面貌展现出一种当代中国文化性格的恢宏广大的艺术精神。

以"正大气象"为题的中国美术创作院院展，作为中国美术创作院定期举办的学术性创作展，更集中地展示着该院的创作追求与艺术风貌。这一展览既强调表达当代人文精神，也注重延伸历史文脉；既有重大历史事件的叙事性描述，也有当代日常生活的展现；既体现全院的整体风格，也凸显画家的创作个性，刚健柔美相映、明丽浑厚互显，气象蔚然，辉光乃新。因而，可以说它是一个具有创新追求与学术深度的绘画展览。

展出的作品多是鸿篇巨制，宏大的画幅不仅展开了壮伟的表现空间，更承载着丰厚的思想内蕴，从而在形式与内容的统一中，呈现出堂堂的正大气象：大画幅、大画面、大视野、大旨趣、大意境。而这一切又无不体现出作者的艺术胸怀，他们以自己的努力去承续绵延千年的绘画传统，吸纳吞吐八荒、纵横古今的精神气度；他们立足发展前进的当代中国，用绘画的艺术形式描绘着当代变化的万千气象；他们用堂堂正正的大作品，表达着对于传统的高度尊敬与对现实的热切关注。因而，"正大"的绘画是一种有责任的绘画，它体现出当代中国画家将当下体验与民族文化传统相衔接，将个人感受与民族振兴伟业相联结的艺术良知与使命意识。

在中华文化实现历史复兴、构建和谐社会、创造先进文化的当今之世，我们应该自觉地摒弃那种酸腐、萎靡、颓废、轻薄、庸俗的表现，既不以奇巧炫世，也不以粉黛媚人，而以一种和谐充盈的内在生命世界的跃动，激发自己以独具的个性去描绘当代中国的时代风貌。因此，中国美术创作院以"正大气象"为题的院展已不仅仅是一种绘画风格的表现，它更标志着当代中国艺术家的艺术胸襟与文化气度。

中国美术创作院是一个国家级的美术创作、研究机构，而且它以中国艺术研究院多学科的雄厚艺术资源为依托，有自己独特的创作优势；但它成立不久，艺术积累仍需要时间来沉淀。但也正是因为它成立时间短，不拘一定之规，一直努力秉承着多元开放的创作理念去发展，因而，它以一种含蓄容忍的人格精神，渐显着它的"有容乃大"。中国美术创作院面对着广阔的成长空间，其创作的题材、风格、追求也是开阔的，每一位画家彰显着独特的艺术个性应是其艺术发展的最高境界。绘画品格不以尺幅大小论定，中国美术创作院以"正大气象"为题的院展主要体现的是它的一种美学追求，这当然也表现了它创作面貌的整体方面。院展表达的是在对传统文脉的延续中，实现当代中国美术的创新，因而，它更是着眼于未来的。我们有理由相信，随着时间的推移，充盈着"正大气象"的中国美术创作院院展，以其作品的鲜明体现，会作为当代中国美术的重要标志之一而被写入历史——不只是一个展览名称，而且更应是一个绘画史概念。本于立意而归乎用笔，我们期待着中国美术创作院以高质量的创作和独特的个性表达来体现这一点。

值此中国美术创作院院展首展之际，在献上我祝贺之忱的同时，也表达我的殷切期望。

原载 2007 年 6 月 28 日《文艺报》

时代心象

—— 中国艺术研究院中国画院第二届院展的意义

中国艺术研究院中国画院成立于 2004 年，迄今已走过近六年的发展历程。它刚成立时，名称为"中国艺术研究院中国美术创作院"，涵盖了中国画、油画、雕塑等艺术门类。之后，随着油画、雕塑等分离而成立独立的创作机构，中国美术创作院成为单一的中国画创作机构，因之更名为"中国艺术研究院中国画院"。在这六年间，中国画院的艺术家们立足时代、继承传统、勇于探索、开拓创新，创作了一批具有鲜明时代特点和很高学术品位的优秀作品；在这六年间，画院的艺术家们埋头创作，踏实治学，夯实基础，增进学养，树立起弘扬民族美学、追求正大气象的高尚艺术观；在这六年间，画院的艺术家们牢记使命，贴近实际，贴近生活，贴近群众，为中国画表现时代面貌和中国画艺术当代转型的探索做出了令人瞩目的努力。

以"时代心象"为主题的中国画院第二届院展，是中国画院继 2007 年第一届院展圆满成功之后的再次全面展示。本次院展不仅集中展览当前中国画院画家们的优秀作品，同时还汇集了中国艺术研究院院聘研究员的最新力作，应该讲是一次当代中国画创作的整体展示。

中国画作为我国传统的主体艺术之一，历久弥新，它所包含的价值不仅仅在于皴擦点染一类的笔墨技法，更在于它体现着中华民族崇尚自然、追求和谐的精神境界。从这一层面上来说，中国画领域的画家对于传统的尊重与传习有着非常重要的意义。只有对中华民族的传统文化和精神旨趣以及中国画的笔墨形式有了很好的继承和理解，才可能在新时代对中国画的发展有所创新；尤其是在我国改革开放和现代化进程加快的今天，中国画艺术更应当很好地继承并发扬光大。如何能做到笔墨当随时代，实现中国画在当代的艺术转型，这是从事中国画创作的画家们的责任，也是时代对所有优秀中国画家提出的要求。本次院展即是通过一批具有深厚传统笔墨基础和鲜明时代特色的绘画创作，来诠释新时代中国画的存在意义，同时让更多人了解中国画的精妙笔法和博大内涵，在艺术欣赏中感受中国画的艺术感染力和艺术表现之美，从中国画的艺术表现中体味中国优秀传统文化的精髓。从创作的笔墨追求和审美欣赏的双向角度，不断推动中国画在当代的发展。

此次展览以"时代心象"为题，旨在表明这次展览能够反映中国画技法的当代传承与创新，能够以自身艺术表现反映社会进步中的当代人们思想观念的变革、精神世界的变化和生活状态的演变。同时中国艺术研究院通过第二届院展也促进中国画院的画家去更积极学习，更深入思考，更勤奋创作，更自觉地关注时代、关注民生、关注生活、关注自然，从而在创作中深刻而又形象地表现时代风貌。中国画院的艺术家们为此做出了努力。从这次院展中，不仅可以看到他们高品格的艺术追求和水墨技巧的探索，也感触到很多作品中蕴含的人文思考和力图表达的社会意义。在这里，我要特别指出的是，中国画院是为院内外优秀画家搭建的一个共有的平台。六年来，通过展览、研讨、教学等方式的交流，院内的画家和中国艺术研究院院聘的研究员，共同推动着中国画院的不断发展，也共同为中国美术创作的提升显示出引导作用。

中国艺术研究院中国画院三年前的第一届院展，题名"正大气象"，本次院展为"时代心象"，我们所看到的是一个生气勃勃的中国画院明确的艺术追求，那就是深深根植本体基础之上的鸿朗博大的审美追求和继承传统、不断探索、笔墨当随时代的创作追求。如果说第一届院展展现了画院正在起飞的雄姿，那么本次第二届院展所呈现给我们的，则是一个艺术阵容整齐、蒸蒸日上的中国画院。

原载《中华文化画报》2011年第11期

植根传统　变古求新
——《中国艺术研究院中国书法院作品集》前言

　　在新的社会发展时期，中国艺术研究院正在建构起艺术科研、艺术创作、艺术教育三足鼎立的发展格局，以期逐步建成世界知名的艺术科学研究中心、艺术教育中心和国际艺术交流中心。

　　中国书法院正是在这样开阔的文化背景下，在中国艺术研究院深厚的学术土壤上应运而生。中国书法历史悠久，在用毛笔书写汉字的实用基础上发展起来。数量浩瀚的汉字千变万化的字体结构为书法艺术创造了无尽的发挥空间。汉字在象形基础上发展演变，在描摹事物的过程中既体现实用价值，也逐渐显现其审美的要求。在书法艺术由自发走上自觉的发展中，"纯俭之变，岂必古式""纤微要妙，临事从宜"表达的通变求新的艺术观念，使书法艺术在形成和发展中时出新意，书体辈出，气象神妙，可谓溢韵流彩，千古益彰，成为中华民族优秀传统艺术中的主体性艺术之一。

　　中国书法不仅是中华民族文化遗产中的瑰宝，也是世界艺术殿堂中的一朵奇葩，确实值得作为人类创造的精神文化遗产来珍视。在当今艺术多元化形态纷呈的格局中，书法艺术能否传承和弘扬，特别是计算机替代汉字书写的趋势下，书法艺术会不会泯灭？以及在当代如何继承与发展体现中华民族文化精神和民族文化心理及审美趋向的书法艺术，已经作为时代的课题摆在我们的面前。为了继承传统书法艺术和推动当代发展，新中国成立五十多年来第一个具有独立建制专职从事书法艺术创作研究的中国书法院，于 2004 年 11 月在中国艺术研究院成立。它的成立，标志着书法艺术作为中华民族优秀传统艺术，在当代的发展应该具有主体性的地位。中国书法应扎深根于传统，生发新时代的枝叶繁花，带来当代书坛一新的气象。

中国书法院自成立以来，实行开门办院的宗旨，广聘高才，流派并举，曾聘请启功先生担任中国书法院首任名誉院长，现任名誉院长为沈鹏先生，欧阳中石、冯其庸、刘炳森、朱乃正诸位先生担任中国书法院顾问；聘请王镛先生担任中国书法院院长；同时先后聘请了在国内学术领域具有很高成就和影响力的书法家、书法理论家担任特约研究员、研究员和副研究员，共同搭建一个广阔开放、实力雄厚的书法创作和理论研究平台；三年多来，书法院先后主办和参与主办了几十次大型专题展览及研讨活动，在国内外书坛产生了广泛的影响；编辑出版学术书刊、积极开展书法教学，在艺术创作、学术建设和青年人才培养等方面发挥了重要作用。中国书法院在推动我国当代书法艺术发展方面已取得了很多大家公认的成绩。

这本书法作品集，汇集了中国艺术研究院中国书法院三十多位研究员、副研究员以及特约研究员的优秀之作，充分展示了中国书法院作为国家级的书法创作研究机构的整体实力，呈现出当代中国书法家的艺术素养与文化气度，彰显了每位书法家独特的艺术风格和审美追求。他们植根传统，变古求新，大都既有深厚地道的传统功底，又体现出时代发展的审美趋向变化。多样的风格中，有的平和简静、风骨清逸，有的苍浑古朴、狂放雄劲，大都讲求执笔用意，追寻境界格调。他们的创作，大体上显现了我国当代书法艺术创作的一个面貌。

从中国书法史我们可以看到，每一个书法艺术高峰期，都有表达那个时代文化精神和代表那个时代文化创造气魄的书法大家和代表作。今天，能继承与发扬前人优良法度，又有独特创新风格的大家大作还少。我相信，中国书法院及其书法艺术家们本着"植根传统，面向当代，学术至上，探索创新"的艺术精神，依托于中国艺术研究院深厚的学术平台，不断努力，必将为中国书法艺术的繁荣与发展做出应有的贡献。

原载《中国艺术研究院中国书法院作品集》，
河北教育出版社 2008 年版

遵循艺术规律　繁荣舞台创作

——关于国家艺术院团艺术生产问题的思考

我们所说的国家艺术院团，实际上指的是文化部直属的艺术院团。艺术表演团体的艺术地位和社会影响，既不是以隶属部门的高低也不是以自身的行政级别决定的。文化部直属的艺术院团称为国家艺术院团，是因为其组建初始之动议、发展的目标、发展的战略，以及人才的汇集、经费的支持和组织领导，大都是中央直接确定和关注的。这些艺术院、团应该代表国家的最高艺术水平，在国家的文化艺术发展中，应该起到示范性、引领性的作用，这是这些艺术院团发展的定位，也是社会的共识。无疑，地方的许多艺术院团在艺术的创造中，也具备了这样的影响。所以，从本质上来说，艺术表演团体不是靠其隶属部门或自身行政级别划分层级，在社会主义市场经济体制下尤是如此。文化部直属艺术院团仍可称之为国家艺术院团，我想，这首先是对其提出的发展目标和标准的要求。其所处的地位，要求这些艺术院团必须达到代表国家和民族当代最高艺术水平的标准，在我国当代的舞台艺术创造中起到示范和引领的作用。

因此，文化部直属艺术院团发挥自身优势，不断推出思想蕴含丰厚、具有强烈艺术感染力的舞台艺术作品，就成为一个基本的要求。要做到这一点有几个问题需要思考：

第一，关于遵循艺术规律。

这是一个老生常谈的问题，甚至是一个最简朴、最基本的常识性问题，但是真正在艺术创作中切实做到充分尊重艺术规律、严格按照艺术规律办事，并不是一件容易的事情。

什么是艺术规律？这当然不是几句话可以说清楚的问题。我们要从舞台艺术的创造过程和艺术构成元素的相互关系的辩证发展中寻求艺术规律。艺术规律是赖以构成每一个艺术品种特质的本质规律。简言之，就是艺术创造的基本原则。它的内涵很多，如典型性、独特性、形象性和综合性等都构成舞台艺术创造的基本规律，而具体到某一种艺术形式，也都有它特殊的规律，京剧、芭蕾舞、交响乐等的艺术规律都有特殊性，它们掌握世界的方式与理论的、宗教的等方式相比，这些不同的艺术形式有艺术的共性，但它们自身之间相比，又有不同艺术形式的特殊性。寻求艺术规律既要注意其共性，更要注意其特殊性。

在戏剧类的舞台艺术创作中，剧本是重要的基础。按照艺术规律，剧本是一剧之本，是剧目成功的关键。在剧目的创意策划阶段，要十分注重剧本的创作。但是，我们在剧本创作方面，往往对这个基础环节重视不够，没有花力气、花时间，针对本艺术品种的要求和本院团艺术资源的情况，提出剧本创作的规划和要求；其次，没有建立良好的剧本来源、推荐、审读、管理机制。有的好剧本路过我们国家艺术院团没有被重视，流到地方院团去，排演出来成为优秀剧目。由于缺乏优秀剧本，缺乏好的现实题材剧本，就出现了缺乏现实题材作品的状况。我们要采取有力措施，扎扎实实地抓好剧本的创作工作。一方面，鼓励原创，不断拓展和挖掘题材领域，从无限丰富的社会生活中汲取素材，"题材无禁区"，需要把握的是通过题材选择和创作所传达的时代精神和思想内涵；另一方面，鼓励改编、移植其他艺术品种成功的作品，在借鉴其成功因素的基础上注意结合本艺术品种的特质，达到艺术创造的新境界。

再比如，创作排演是表演艺术非常重要的二度创作阶段，导演、音乐、舞美等创作人员的选择和使用尤为重要。国家艺术院团不仅要有能够吸引人才的舞台，更要有能够"人尽其才，才尽其用"的良好机制，要通过制度规范，避免主创满天飞、蜻蜓点水式的创作现象，不能全身心投入，不可能出好作品。选择真正适合剧目创作的人才，给他们充分的尊重和支持，并提出规范和要求，使创作人员静下心来投入到创作中去，才能使优秀的剧本达到良好的舞台呈现。而我们目前的一些做法，并没有做到选择最好的适合的人员来进行创作演出，这其中虽然有很多因素，但最主要的是不遵循艺术规律，不按艺术规律办事，而是按照人情、商业化甚至"潜规则"来做，这样创作出来的作品不可能是一流的。

还有一个问题，也是大家都深有体会的，就是作品立在舞台上，对于艺术创作环节而言只是完成一半。艺术作品的修改和完善以及最终价值的呈现都要依靠面对观众的演出和市场营销。观众和市场的反应是作品不断修改提高的重要指针。因此，剧目要在演出过程中关注观众的意见和反应，观众鼓掌的地方一定是好的，应该根据观众的反应对剧目不断进行修改和提高。但是，目前国家艺术院团排出的剧目却很难再进行修改，一公演就定型了，不重视继续修改加工，这样怎么能不断提高作品的质量和水平？我们常说，戏是改出来的。这是经过很多人总结出来的规律，而我们却做不到。

舞台艺术特别是像戏剧等表演艺术是以演员的表演为中心，在舞台艺术的创作中，导演、音乐、舞美都必须服务于演员的表演，剧本也要符合舞台艺术规律的要求。当代舞台艺术为了追求艺术的整体性，往往限制了演员表演创造性的发挥，这是流派和表演艺术大家难以产生的原因之一。因此，舞台艺术创作中，尊重演员特别是著名艺术家表演创造性的充分发挥，也是当前舞台艺术创作应当注意的。

尊重艺术规律不是为了限制创作、为艺术生产设置障碍，而是为了能够推出真正优秀的艺术作品。我们在今后的创作生产中务必十分重视遵循艺术规律问题，务必严格按照艺术规律办事，让艺术规律保障我们的创作生产有序有效地开展。

第二，关于努力打造国家艺术院团的品牌。

国家艺术院团拥有雄厚的资源优势，拥有丰厚的艺术品牌资源。我们应该是名副其实代表国家水平的艺术院团。但是，必须看到，目前国家艺术院团的创作与自身的地位和职责要求有差距。国家艺术院团要维护自己的品牌，就必须借助优秀的艺术作品来维护和凸显自身的地位；拿不出优秀剧目，国家艺术院团就是徒有虚名。国家艺术院团的优秀剧目应该能够在"五个一工程"、国家舞台艺术精品工程、文华奖等重要评选中，显示出自己的水准和实力，通过优秀的艺术作品成为国内艺术创作和演出市场的主力军，真正发挥国家艺术院团导向性、代表性和示范性的作用。但从目前这些评选项目来看，我们的作品确实存在差距，入选剧目数量少，影响也比较小，没有展示出国家艺术院团很强的艺术实力。据艺术司的统计，国家舞台艺术精品工程实施五年，推出

50部精品剧目，国家艺术院团只有3部作品。也许有同志认为这不是唯一标准，但起码在这些国家级评选中有专家投票，有市场指标，说明我们的参评剧目在专家认可度和市场营销方面还是有差距的。就好比奥运比赛中国国家队不能揽金夺银，这恐怕很难交代。

因此，要认真思考国家艺术院团的地位与作用，十分珍惜国家艺术院团的品牌和荣誉，要以最优秀的作品展示国家艺术院团的实力与能力。实际上，仅靠"国家院团"的地位是不大可能建立品牌影响的。国家艺术院团要通过自己优秀的舞台艺术创造建立起品牌。舞台艺术要成为品牌，其核心是通过艺术质量、品格形成的持久性的影响。比如北京人艺的话剧、苏州昆曲剧院的青春版《牡丹亭》，这些都是当代中国艺术的品牌。一个剧院、剧团要以艺术质量和品格形成持久性的影响，也就是形成自己的艺术品牌，最重要的是院团要建立常态的演出机制，不是靠一时明星走穴式的轰动。现在不少院团一年新创作的剧目有好几个，但是能演十年的剧目很少，大部分剧目能演二十场、三十场就不错了，有的甚至演出几场就"刀枪入库"。这是时间、资源的极大浪费。艺术的粗制滥造加大了中国艺术创新的时间成本，这是我们在艺术创新和艺术生产中必须正视和重视的一个问题。国家艺术院团要建立起一整套有利于推出优秀作品的艺术创作生产机制，包括决策机制、用人机制、稿酬制度、投资体制等，特别是用人的问题，是非常重要的问题。优秀剧目的创作演出归根结底还是要依靠大量的优秀艺术人才。国家院团要懂得充分发挥人才品牌的效益，不仅要让人才"为我所有"，更要"为我所用"。在这方面，一定要充分发挥本院团优秀艺术人才的作用，调动他们的积极性。

我们很多优秀的艺术人才都是地方竞相邀请的对象，他们也确实创作出很多好作品，但是却常常在国家艺术院团自己的舞台上没有佳作，这是值得我们院团领导认真思考的问题。我们的艺术院团不仅要为人才提供施展才华的舞台和学习成长的机会，更要激发他们充分发挥自身的价值，为院团的艺术创作做出贡献。

第三，关于加强国家艺术院团创作的科学决策。

科学决策问题是艺术院团抓好艺术生产的前提。科学决策首先要抓机制，如建立艺术委员会和创作室以及健全艺术委员会的评审制度等等。无论是成立艺术委员会，还是建立和完善院团创作室的工作机制，都是院团能够通过有效的工作机制保证决策的科学性，以减少由于决策不当或失误，使创作剧目难以排演，并造成资源损失和浪费的措施。目前，国家艺术院团中有的设立了创作室或类似的职能部门，有些还没有。很多院团对于创作人才选择了"不为我所有，只为我所用"的方式。但是作为国家艺术院团，我认为，还必须同时拥有一批有创造力的创作人员，必须拥有实力强大的创作班底，才能保证国家艺术院团创作水准的稳定性，为院团艺术创作的长足发展提供源源不绝的推动力。相对于地方艺术院团而言，国家艺术院团已经拥有的创作资源非常丰富，关键在于如何将这些资源整合利用。就这个意义而言，建立健全艺术创作室，就不仅是艺术院团设立一个与院团内外创作人员在艺术创作方面沟通联络的办事机构，更重要的是通过艺术创作室集中专业创作人才，进行艺术创作及策划和创意，帮助修改加工提高上演剧目，并为推出优秀剧目出谋划策，为院团艺术创作提出规划和建议。

目前在国家艺术院团中有健全的艺术委员会制度的还比较少。建立艺术委员会机制，并不是简单请几个专家坐下说好话的一个模式，而是要通过论证和评议对院团艺术创作生产提供决策咨询和建议，以及对选择上演剧目的评审等。首先，就艺术委员会的人员构成来讲，必须体现权威性、代表性和广泛性的特点，不能局限于本院团内，甚至可以考虑突破地域和艺术品种的限制。其次，艺术委员会要有清晰明确的职责任务，建立严格的行之有效的工作程序。艺术委员会应该为院团领导的决策提供专业的意见和建议，对于作品从题材选择、创作构思到排练演出、修改完善的每一个环节，艺术委员会都要参与其中，并发挥决定性作用。比如剧目上演决策，可以由艺术委员会投票表决，改变由一两个人决策的局面。各艺术院团要尽快建立健全艺术委员会制度，这是推动舞台艺术创作走上良性可持续发展的基础。

第四，关于建立保留剧目上演制度。

建立并推广国家艺术院团保留剧目上演制度，不但有利于优秀剧目的打磨，而且对艺术院团长远建设、文化市场整体繁荣都起着重要作用，是我们当前必须做好的一项重要工作。保留剧目上演制度的建立，将为优秀剧目的长期上演提供稳定平台，通过连续的直接的观众反映，作品将在不断修改中完善，获得更加长久的艺术生命力；保留剧目上演制度的建立，也有利于打造经典力作的品牌效应，提升票房收入，增强院团艺术创作实力和人才培养力度；保留剧目上演制度的建立，更有利于增加精品力作与广大人民群众的接触机会，满足大众日益提高的审美需求，提升先进文化的影响力。

1998 年我到文化部艺术司任司长后，即提出要在全国艺术表演团体中建立和推广保留剧目上演制度，但没有得到有效实施。2009 年我又提出建立保留剧目制度问题，得到文化部部长蔡武同志的认同、肯定和支持。2009年，文化部举办了首届全国保留剧目大奖的评选，有18台演出超过400场且至今仍在舞台上不断演出的优秀剧目荣获大奖，每台剧目奖励100万元。保留剧目大奖的评选在文艺界和社会上引起热烈反响，得到艺术院团和著名艺术家的高度肯定。无疑，建立优秀保留剧目上演制度，对于文化积累，对于降低生产成本和推广高质量的剧目都有重要意义。

为能进一步发挥保留剧目上演制度的积极作用，我们计划于今年10月前后举办"国家艺术院团优秀剧目展演"活动，该活动将集中展示国家艺术院团的优秀剧目，包括传统保留剧目和新创作剧目。以此为国家艺术院团优秀剧目提供展示平台，展示国家艺术院团的优秀成果，促进艺术交流，丰富人民群众精神文化生活。我们将以此次展演为契机，将国家艺术院团保留剧目上演制度建立起来、推广开来，以全面带动我国舞台艺术创作的发展与繁荣。

第五，关于创作专项资金的使用和管理。

国家艺术院团的发展，不仅是院团自身的责任，也是文化部的责任。长期以来，文化部一直非常关心国家院团的艺术创作，仅在重点剧目创作扶持资金方面，每年投入便达到了4000万元，虽然也取得了很大成效，但距离我们期望的目标还有一定差距，如何更好地使用这4000万创作资金，不但是在座的院团领导应该深刻思考的，也是有关资金管理部门应该进行深入研究的一个课题。

在政府资金的使用方面，我举一个法国政府扶持本国电影艺术发展的例子。对于在法国本土拍摄的、表现法国本土题材的电影，法国政府会在其上映后从影院发行、电视播映、音像市场所产生的税金中返还相应金额，用于资助制作人或导演拍摄下一部影片时使用，最高偿还额可达 50%。这里值得我们借鉴的至少有三点：第一，资助对象是针对表现法国本土题材的创作，对推动本国文化发展具有积极意义；第二，资助金额返还是在电影投放市场之后，是针对成形作品而言；第三，所得资助必须用于下一部电影的制作费用，具有明确的资金使用指向。这个案例告诉我们一个道理，政府对文化事业的资金支持必须具有明确的指导方向、完善的流通环节和严密的监督机制，才有可能将有限的资金真正用在刀刃上，发挥最大的产出效益。

借鉴这样的思路，国家艺术院团创作专项资金管理办法应该认真总结过去的经验和教训，改变以往那种平均分配、遍撒"芝麻盐儿"的传统做法，应采用压缩创作启动经费、重奖优秀成功剧目的"两步走"方针。加强对剧目艺术创作和资金使用两方面的督导力度，充分发挥专家作用，严格资金审计程序，防止违背艺术规律的大制作和抬高成本的行为，鼓励院团更加尊重艺术创作本体规律，充分发挥艺术本体表现优势，创作出真正具有艺术表现力的优秀作品。待剧目投放市场后，根据观众反馈信息、市场认可程度和演出情况来决定是否继续投入资金。对于那些演出效果不好、观众不满意，或在一定时间内未达到规定演出场次的剧目，将不再予以资金支持。对于真正具有市场潜力、受到广大人民群众好评的优秀剧作，予以重点扶持，继续投入资金打磨修改，使其焕发出更加璀璨的艺术魅力。

我们正处在推动社会主义文化大发展大繁荣，兴起社会主义文化建设新高潮的新的历史时期，国家艺术院团在其中承担着重要的责任。要承担起这样的责任，主要的就表现在出一流的人才，出一流的作品，促进艺术生产的繁荣和事业发展上。在这里，应该强调的是，有效的艺术生产机制是建立在科学有效的艺术体制和经营管理机制之上的。国家艺术院团目前仍然不同程度地存在着体制机制严重制约艺术创作、生产发展的问题。解决这些问题，一方面是政府主管部门要建立起以间接管理为主的宏观调控体系，另一方面是院团要建立起以全员聘任制和岗位责任制为主要内容的完善的内部管理机制及有效的经营机制。否则，连队伍都不能很好地调动起来，怎么能组织好群体性的艺术生产？我们抓艺术创作，要重视从体制机制上把基础打好。因此，抓舞台艺术生产的一个重要的着眼点，就政府管理部门而言，是以有效的宏观调控提供有力的扶持；就艺术院团而言，是以深化改革建立起组织艺术生产的有效机制。

2010 年 2 月 26 日

原载《艺术评论》2010 年第 4 期

重视扶持发展民营艺术院团

　　民营艺术院团是社会主义文化事业的重要组成部分，是我国舞台艺术发展的重要力量。据不完全统计，2009 年，全国现有文化部门主办的各类艺术表演团体 2494 家，每个院团平均每年演出 169 场，共演出 42 万场，观众为 4.31 亿人次，全国平均每人每年还看不上半场演出。这说明国有文艺院团的发展与人民群众的精神文化需求不相适应，不能完全满足人民群众的观赏需求，边远山区、农牧区、厂矿基层、农村外出务工人员的文化生活还相当贫乏，文化空白点还比较多，伴随着文化体制改革的不断深化，民营艺术院团紧紧抓住历史机遇，走出了一条面向基层、面向群众、面向市场的繁荣发展之路。他们与国有院团互为补充，成为繁荣我国舞台艺术、丰富人民群众文化生活的重要力量。据不完全统计，当前全国民营艺术院团已超过 6800 家，为繁荣基层演出市场、丰富群众文化生活、继承优秀文化传统、满足人民多样化文化需求发挥了重要作用。

　　民营艺术院团在发展过程中逐渐形成了以下几个鲜明的特点：

　　一是体制机制上灵活，充满了竞争活力。民营艺术表演团体自主经营、自主决策、自负盈亏、自我发展，开始比较普遍地建立了比较完善的、符合市场经济要求的劳动人事、收入分配、社会保障等制度。民营艺术院团以新型市场主体的身份主动投身市场竞争，积极开拓演出市场，在市场中求生存，在演出中求效益，在面向市场、服务群众的过程中逐步发展壮大。

二是坚持文艺的"二为"方向，常年扎根基层、服务百姓。民营艺术院团来自于民间、成长于民间、服务于民间，是繁荣城乡基层文化市场的生力军。比如即将参加首届全国民营艺术院团优秀剧目展演的河南小皇后豫剧团，建团之初就把演出市场定位在基层，17年来，他们在河南、山西、河北等省的广大农村和基层工矿巡回演出6000余场。山西清徐嫦娥文化艺术有限公司立足基层、面向农村，将创作与市场开拓、服务农民结合起来，也演出了6000多场，足迹遍及山西、陕西、河北、内蒙古、河南五个省区几十个县、近千个村落。很多的民营艺术院团为活跃基层演出市场、丰富人民群众精神文化生活做出了很大贡献。这种扎根基层、开拓市场、服务人民的精神十分可贵。

三是注重艺术质量，在艺术创作上追求思想性、艺术性、观赏性的统一，积极适应观众需求，市场反应快速敏捷。民营艺术院团常年在基层演出，为了让观众看得高兴，民营艺术院团千方百计地适应百姓的欣赏需求，积极排演优秀传统剧目，在继承传统的基础上勇于创新，充分考虑和尊重观众的感受，努力探索老百姓喜闻乐见、易于接受的演出形式，给优秀传统剧目增添了现代感，找到了优秀传统剧目适应现代社会要求、适应老百姓观赏习惯的途径。同时，民营艺术院团还广泛调动演职人员的积极性、主动性和创造性，不断推出优秀新创剧目，接受市场和观众的检验。如山西清徐嫦娥文化艺术有限公司的大型新编历史剧《龙兴晋阳》，就是一部可喜的新创剧目，荣获了第十一届中国戏剧节优秀剧目奖；河南小皇后豫剧团的《铡刀下的红梅》是该团新创作的剧目，深受观众欢迎，并获得中宣部"五个一工程"剧目奖、"全国舞台艺术精品工程十大精品剧目"奖等殊荣；还有参加本次展演的动漫歌舞剧《魔幻仙踪》、音乐剧《蝶》等都在形式上别开生面，一经上演就深受观众好评。民营艺术院团这种坚持艺术追求，不断探索创新的精神值得充分肯定。

目前，全国文艺院团正在深化体制机制改革，国家在进一步完善经济政策，扶持国有艺术院团的同时，要大力推进民营艺术院团的发展。为此，国家出台了一系列扶持措施。2005 年 9 月，国务院以国务院令的形式公布了《营业性演出管理条例》，发布了《国务院关于非公有资本进入文化产业的若干规定》，鼓励社会资本以个体、独资、合伙、股份等形式投资兴办民营艺术表演团体，扶持农民和民间艺人自筹资金组建民营艺术表演团体。2005 年 11 月，文化部、财政部、人事部、国家税务总局四部委出台了《关于鼓励发展民营文艺表演团体的意见》，对民营院团发展提出了多项扶持措施。2009 年 6 月，文化部出台了《关于促进民营文艺表演团体发展的若干意见》。在今后的工作中，文化部将积极地把这些扶持和优惠措施努力落到实处。

我国民营文艺表演团体发展取得了重要的成就，但民营文艺表演团体还普遍存在着人才、资金缺乏，管理粗放，艺术水准偏低等困难和问题，特别是个别团体违规活动时有发生，这些问题在很大程度上影响了民营艺术表演团体的影响力和信誉度，制约了民营艺术表演团体的进一步发展。还有，一些地方对民营院团的发展不够重视，对民营院团的认识还停留在"业余剧团""草台班子"的层面上。解决这些问题，既要靠民营艺术表演团体自身的努力，也要靠政府部门的扶持和引导。在社会主义市场经济体制下，在国家和文化部及有关部门的重视和支持下，要逐步形成以政府指导、市场主导、民营院团自我发展、社会关心支持的良好发展格局，民营艺术院团必将在自我完善中取得更大的发展，为社会主义文化事业的大发展大繁荣做出应有的贡献。

原载2010 年 6 月 18 日《中国文化报》

艺术管理概论

　　艺术管理学在我国是一门崭新的学科，对于艺术管理理论和实践的研究还处在探索阶段。我们谈艺术管理更多地需要从实际出发，将管理理论应用到实际工作中去。艺术管理毕竟是一个新的课题，我们需要不断地进行理论的总结，才能使艺术管理理论得到不断的创新发展和更好的实际应用。

管理和管理学概述

　　自从人类开始共同生活、共同劳动，管理就一直伴随其中。从历史来看，任何团体、任何组织、任何有组织的活动都需要管理。为什么要管理呢？因为在社会中，完全由一个人完成的事情是不多的，一个人做不成的事情，就需要由一个以上的人来完成，而在这一过程当中，就需要进行协调，这种协调实际上就是管理。什么是管理？管理从哪儿入手？对这个问题的看法并不一样。对这个问题的认识是随着对管理本身的认识不断地深化的。

　　国内外的许多管理学家，都阐述过管理的概念，并都试图构建管理理论体系。这些管理理论从不同的侧面、不同的角度，指出了管理的职能，或者管理的本质。尽管侧重或中心点不同，所解释的职能或本质有差异，但是都符合管理的规律，都从不同的侧面阐明了什么是管理。管理学对管理最简明的表述，就是认为管理是由一个或更多的人来协调他人的活动，以便收到个人单独活动所不能收到的效果。我们可以认为，管理的过程就是一个人或多个人去协调他人的活动，目的就是达到一个人做不到的这种效果。这就是管理的过程和管理的目的。综合起来看，管理有几个要素：就是做什么，怎么做，以及如何实现管理的有效性。这三个要素是不能少的。

我国国内的管理学理论一般是直接从管理人员的职责入手来论述管理问题，就是管理人员是什么，他的职责是什么。尽管在讨论管理者的管理活动中，看法不太一样，但是有一点认识是很一致的，大家都认为管理人员是最终负责协调他人所从事的专门活动，以达到工作的有效性。

从这点出发，一般认为管理人员有以下几项职责：

第一，通过预测调研，提出一个管理工作的目标。第二，制定具体目标、战略、程序，包括经费的预算。第三，任何管理都离不开有效管理组织的控制措施，这个控制措施不是我们一般所说的控制什么东西的控制，这种控制实际上是一种协调。协调是有效管理的保证，在制定具体的目标和接下来的程序中，必须通过有效的协调来组织这个部门的工作，通过协调人们的活动来达到目标。协调人们的活动非常重要，我们看管理是不是有效，实际上是看组织是否有效地协调人们的活动。在一个管理的组织之内，要想达到组织长远的目标，或者短期的目标，对人的协调的有效性是第一位的。人都不听指挥，或者人各想各的，各干各的，是不可能实现目标的。所以协调人，把人协调好，是最重要的。

第四，在实现目标的过程中，或者实现这个目标之后，还要提出新的目标。一个组织的管理，不是一件事情的管理，一件事情的管理在事情结束之后也就结束了，而我们谈的管理是一个组织的管理。实现一个目标之后或还在实施这个目标之中，就要想第二个目标要怎么来具体实现，组织总体的目标怎么实现，总体的阶段性目标实施之中或完成之后，又要设想下一个目标是什么。只有不断地设定目标，组织才能得到长期的发展。第五，在管理的过程中，要达到大家思想的一致，或者是行动的一致。同时，为了大家思想和行动的一致，需要经常地指导和培训下属。指导和培训是非常重要的。第六，在管理过程中要及时地总结经验，创新管理实践。我们经常能够看到，很多组织的管理者，并没有完全按照管理学教科书上的规定去进行管理，而他们同样取得了事业的成功。这并不是说书上的理论不可用。成功的管理者懂得将书本上的知识和理论灵活地应用到实际工作中去，并在工作中不断地修正自己的行为，总结自己的管理经验，从而进一步丰富和提高管理理论的内涵和深度。这就是创造性。

总的看来，管理人员工作职责的本质，第一项是调整人际关系。在一个组织里面，作为管理者或领导者，必须协调人际关系，这是做好管理的基础。只有很好地协调人际关系，并努力建立起生产性人际关系，以生产作为协调人际关系的中心，不是庸俗的人际关系，使人们都能愉快地工作，才能使组织的工作更好更快地推进。

第二项是引领组织的工作方向。这指的是对一个组织或一个群体中的人的愿望的了解，对他们追求的了解、对他们状态的了解。这很重要，管理者必须很准确地掌握这个群体的人的想法，他们的愿望和他们的追求，并对群体的人做出正确的评价和判断。这些都是在不断变化着的，管理者必须对他们的这些变化随时能够了解和把握，把它作为组织运行的一个必需环节来给予高度的重视。这样，才会有正确决策的依据。

第三项就是正确决策。管理者必须决策。在一个组织里面就是要拿主意、出主意。你是管理者，或者是领导，就靠你来做决策的时候，你没有决策、没有主意，不能提出目标、不能提出怎么做，那当然就不行了。作为一名管理者，在对组织的发展目标和工作程序有了清晰的认识和把握的基础上，根据实际情况，根据人和组织发展的进程的一些问题，做出正确的决策。正确决策注意把握的一个重要环节是调查研究，善于倾听各种意见并吸收正确的意见。不能情况不明决意大，心中无数主意多。决策的基础就是管理者清醒的认识和大胆的判断。这三个方面是管理者职责的本质，也是管理者必须承担的责任和义务。

简单地说，管理工作一般就是对人、财、物的管理。当然随着对管理认识的深化和对其他职能认识的深化，人、财、物的内涵得到了很大的扩展，如现代信息、技术资源，就是不可见的"物"的资源，而应该受到极大的重视。又如人作为一种资源，对人的资源的把握，也不是一般地像以前传统的管理那样管人，而是增加了许多新的含义。人力资源中的智力资源凸显，其所处的地位远远超出人力资源中的劳动力资源。

管理一般分为五项职能。一是计划；二是组织和人员的配备；三是指挥和指导；四是协调；五是控制。这五项职能所产生的效果就是管理的有效性。一名管理者，应该时刻追求的，也是管理的最高的一个境界，就是有效性。

管理工作本身的目标，用系统论的观点来看，就在于把管理系统中主要因素的功能协调起来，从总体上予以放大，使整体的功能大于各部分功能之和。就是要取得一个集体的和群体的功效，这就是管理。

管理学又有以下几个特点：首先，管理学是一个独立的学科。第二，管理学有两重性，就是它的科学性和它的局限性。第三，管理学是一个非常完整的系统的学科，它有它的系统性和完整性。第四，它是一门历史性的学科。所有历史性的学科都是动态的，前面讲的对管理的定义的变化，以及从不同的角度去看管理，得到的结论不同，都说明管理学是一个动态的学科。从古典管理理论，到行为科学理论，到社会系统理论，到全面管理理论，经理角色理论，经验管理学派……都在变化。这个变化过程首先是注重于物，或者注重于把人看成物来管理，然后感到人是一个非常重要的管理的主体，从而产生对人的行为、对人自身的需要的关注。第五，管理学是一门综合性的学科。管理注重技巧，注重人，注重物，注重人的精神，人作为主体，从对人的精神了解、把握，从对人的关注到管理有效性的追求。在这些过程中需要人们对管理涉及的其他学科的理论进行掌握，才能对管理学有科学的认识和了解。

在当代，越来越多的管理学者开始把一个组织或一个机构等看成一个技术—社会—心理的多元系统，对管理已由单一学科的描述，进化为管理学、科学学、心理学、教育学、领导学、社会学、系统学、运筹学、文化学等多学科的综合。所以美国管理学者 P. 德鲁克认为：管理不只是一门学问，还应是一种"文化"，它有自己的价值观、信仰、工具和语言。所以，他说，管理是"艺术的艺术，因为它是智慧的组织者"。

在管理学研究中有一种普遍的现象，是把管理理论分成两部分，一部分是研究管理的原理和原则的纯理论（又称领导理论）；另一部分是管理艺术，这是在具体的管理经验基础上形成的，反映的是千变万化的具体管理过程中运用技能的生动的艺术。两者研究的对象是同一个，即整体的、系统的、具体的社会管理现象，只是方法不同。一个把研究对象作为原则系统来表现，把管理看作规律性起作用的领域；另一个则以案例（范例、个例）形式来表现，把管理看作发挥创造性、积极性的领域。其实，两部分反映的是研究对象的统一性，即以基础理论和实用理论的整体来构成管理理论。

我认为，随着社会的发展，即便是那些已成定论的具有普遍性的管理理论，也不可能永远涵盖当代管理的实践；同时，由于管理过程的复杂性，决定了人们不可能一下子便十分清晰、透彻地掌握管理这门科学的一切规律，也不可能制定出解决一切复杂问题或具体问题的万能对策。所以，管理又作为一门艺术，为人们提供了一个发挥创造性即实践的天地。人们的管理实践是没有止境的，管理的概念和基本内涵也很难形成"公认"的定论。

什么是艺术管理

现在要谈到艺术管理。在掌握艺术管理的概念之前，首先要了解什么是艺术。艺术是指用语言、动作、线条、色彩、音响等不同的手段及物质材料构成形象，以反映社会生活，并表达作家、艺术家的思想感情的一种社会意识形态。我们一般是给艺术这么一个概念。而管理者为了一定的目的，对艺术创造活动的生产全过程和艺术事业的总体发展所进行的管理就是艺术管理。艺术管理实际上就是协调和组织一个以上的群体，进行艺术生产，这种艺术生产不同于一般的物质生产，它主要是精神领域的创造活动，它有它的复杂性，所以艺术管理跟一般的企业和事业管理是不同的。

"艺术管理"又分为"宏观管理"和"微观管理"两个方面。宏观管理就是对艺术事业的总体发展的管理；微观管理主要是指对艺术表演团体等的管理。艺术管理这个词一产生的时候，就是专门指艺术表演团体的管理。为什么艺术管理专门指艺术表演团体的管理呢？电影及绘画等造型艺术当然都在艺术的范畴之内，但因为电影的制作较之舞台艺术更具商业性和技术性，所以人们在研究电影的制作与发行时，是把它作为一个独立的管理领域来对待的；而绘画等造型艺术，因为艺术创造中更多的个体性，就管理角度而言，往往是"无为而治"。因之，艺术表演团体的管理主要呈现为协调和组织群体来进行艺术生产，靠任何单一的环节都不能完成整体的艺术创造，甚至舞台艺术产品的构成，还包括了观众的要素。在艺术领域被人们普遍引用的"艺术管理"一词，实际上是专指舞台艺术生产的管理。

但随着时代的发展，其他门类艺术的管理开始不断地推动扩展艺术管理的新领域，使得现在的艺术管理呈现新的特征。

首先，从20世纪60年代以来，就是从后现代艺术开始延伸发展之后，应该说艺术成为一个扩展的概念。原先传统的艺术形态被改变了，艺术创作的形式和方法有了很大变化。比如，我们现在说的艺术，包括观念艺术、行为艺术等。行为艺术，实际上就是人的表演，但又不同于舞台的表演。它就是在生活中的特定情景中的表演，这样一些构成艺术的媒介和材料及呈现的新形态，扩展了艺术的概念。有的艺术家爬到树上去，在树上住十多天，他说这就是一种艺术（行为艺术）。所以，我们现在看艺术的时候就需要一个新的观念：过去说什么是艺术，现在则问什么不是艺术。艺术管理就要首先明确现在的艺术概念，才可以进行有针对性的管理。

其次，市场经济条件下，艺术作为进入市场流通的商品，可以被人们购买。绘画等艺术也主要通过商品的形式，被收藏或者被传播。由此绘画等艺术需要一些像画廊，包括拍卖等的中介，这些中介过程的复杂性，就构成了艺术的商业化和产业化，从而形成了一种新的艺术管理形式。

凡是需要通过协调和组织来完成的艺术创作的过程都需要艺术管理，那个住到树上去的行为艺术也是有组织策划的。所以，新时代环境下的艺术管理不仅是艺术表演团体，其他艺术形态的管理有不少也呈现为一个综合的、复杂的系统管理。我们要发现因艺术形态的变化而带来的艺术管理的拓展和特殊性，确立艺术管理的整体原则，这是艺术管理学的主旨。

当然传统的艺术表演团体管理现在仍然是艺术管理的重要领域。为了以明确的指向来论述艺术管理，我今天仍然以艺术表演团体的管理为例来讲艺术管理。

艺术管理作为一个系统，其组织实施管理活动的全过程，包括宏观管理和微观管理两方面。宏观管理的主要目标应是为艺术生产创造正常发展的客观条件（外部环境条件，如精神环境和物质环境）。一般来说，宏观管理主要是对艺术事业的总体规划及方针、政策、法规的制定和颁布，以及实施其他间接的协调、控制等手段。艺术管理的微观管理,主要是指对具体的艺术生产过程(包括演出)的有效管理。艺术表演团体管理主要是从事微观管理。

当前,我国艺术管理的宏观管理和微观管理的共同目标是,尽快确立艺术表演团体相对独立的社会主义艺术生产的经营实体地位。同时,宏观管理要通过深化体制改革,形成以文艺方针指导和以实施完备的艺术经济政策等间接手段为主促进艺术发展的宏观调控体系;微观管理的目标是形成艺术表演团体依法自主经营、自我发展、自我约束、自觉追求整体效益(社会效益、经济效益)的良性机制。

(一)宏观管理的基本思路

1. 在努力扶植办好代表国家和民族最高艺术水平的优秀表演团体和某些具有实验性、示范性以及具有独特保留价值的艺术表演团体的同时,鼓励大力兴办民营艺术表演团体,以多种所有制形式和多种经营方式发展社会办团。

2. 制定实施完备的艺术经济政策——主要是对国有院团实行基本保障性补贴,包括演职员工资、设备购置、房屋修缮、重点剧目投入等专项费用。同时,对所有艺术表演团体实行政策性(项目性)补贴及奖励性资助。

3. 制定并颁布文艺法和完善、实施保护优秀艺术表演团体和作家的著作权法、版权法。要在保护知识产权方面健全立法。

这里要特别强调国家对重点院团的经济投入,是实现社会整体发展目标、建设社会主义先进文化的必然要求,是我们坚持社会主义艺术生产的根本目的和弘扬发展民族优秀文化的需要;同时，从艺术本身的发展规律来说，艺术的许多形态要通过市场成长，但不是所有艺术都听任市场摆布，自生自灭。日本和欧洲的一些学者都指出，对一部分传统文化等就有必要在市场之外创造某种适合其发展的公共环境。我们只有对那些具有独特价值的艺术表演团体和坚持"二为"方向显著的艺术表演团体实行扶助的经济政策，才能使它们在文化市场的竞争中与其他艺术表演团体处在平等的地位。

另外，从文化产业发展的角度来谈，"艺术是与其他行业同样需要实际投资的产业"。慕尼黑伊福经济研究所对文化、艺术范畴创造经济价值的一份调查报告指出，艺术不是消耗国家资金的部门，而是起重要作用的经济因素。美国约翰·奈斯比特、帕特里夏·阿伯丁所著的《2000年大趋势》一书中也曾指出："艺术既是文化财富，同时又是经济资源。投资艺术将对一个地方的整体经济产生影响，它有着乘数效应。"所以该书认为发展艺术行业也需要投入，即"艺术是与其他行业同样需要实际投资的产业"（政府部门不应孤立地看待艺术表演团体的效益问题，要从精神价值和社会整体经济的角度去认识并发挥其作用）。

（二）艺术表演团体管理（微观管理）的一般原理

艺术表演团体的管理是指管理者按照预定目标，对有从事艺术表演创造活动兴趣的人所组成的集体（艺术表演团体）中的人、财、物，通过合理分配和有效使用，即对管理职能因素的实施，围绕艺术生产全过程所进行的一系列活动。艺术表演团体的管理要求科学性与艺术性的统一。科学性是指必须符合艺术表演团体管理自身固有的客观规律，绝不能以主观随意性为之。科学有效的管理是共性和个性的统一。共性即管理的一般原理（如系统整体性原理、要素有用性原理、动态相关性原理、时空变化性原理、信息传递性原理、控制反馈性原理、人的能动性原理、规律效应原理等）和一般原则（机构设置原则、激励原则等等），个性即它涉及的艺术、经济等方面的个别的规律。只有把共性与个性有机地结合起来，才有可能实现完整意义上的艺术表演团体管理的科学化。

艺术表演团体管理的艺术性，主要是指管理要体现符合艺术生产规律的管理技巧。艺术表演团体从事的艺术生产与物质生产部门相比，虽有共同点：都要有生产者，都要有一个生产过程，都要出产品，并且在艺术产品主要以商品的形式流通方面也与物质产品有共同性；但是，艺术生产更多的并起关键作用的是一种精神生产过程，即艺术创造。演员要以体现剧本中表达的剧作家的思想感情、愿望、理想为基础，把自己的思想和感情体验渗透到艺术形象创造的全过程中，要将自己独特的创造个性和风格体现在产品中，这就决定了艺术产品的独创性、多样性特征及演员创造的自由性。艺术产品最终在舞台上主要是以演员的身体作为物质材料来完成，所以马克思说，演员对于自己的企业来讲，是生产工人，对观众来说，是艺术家，他从事的是一种生产，但"产品同生产行为不能分离"，"不是作为物而是作为活动提供服务"。因此，艺术表演团体管理的主要对象——人，带有这样的特征：主要是以自己的思想、情感和身体进行艺术生产活动。这就决定了这种生产带有很强的不确定性（如主演不能上场全团就要停演）。对这样一种艺术创造活动的管理，决定了艺术表演团体的管理是一种特殊的管理，可以说，它是一切管理学中最富有创造性、最讲求艺术性的一门专业学科。一位团长曾对我说,剧团管理应让演员的每根神经都兴奋起来,才能演得好。我想,确应如此。

艺术表演团体管理的科学性与艺术性的统一,应是每一个从事艺术管理者努力追求的目标。对艺术表演团体实行科学的管理,首先要科学地确定它的性质与任务。社会主义的艺术表演团体,是由艺术工作者组成的,以从事艺术创作和表演活动为主体,用精神产品来为社会公众服务的相对独立的社会主义艺术生产的经营实体。它的方针任务是:坚持为人民服务、为社会主义服务的方向和百花齐放、百家争鸣、推陈出新、古为今用、洋为中用的方针,发挥各种艺术形式的特点,努力创作和演出好的剧目、节目,满足人们多方面的艺术爱好及审美需求,为中国特色社会主义文化建设做出贡献。除此以外,艺术表演团体还担负着继承和发展我国的民族艺术,以及进行国际艺术交流等任务。简单地说,艺术表演团体的任务就是出人出戏,通过演出,最大限度地满足广大观众多方面的欣赏需求。

对艺术表演团体的管理,应该通过管理职能的实施,最充分地体现它的性质,很好地完成它担负的任务。但是,由于多年来逐渐形成的国家对艺术表演团体统管的体制,实际上艺术表演团体难以充分体现它的性质,难以全面完成它的任务。在计划经济体制下,往往要求艺术表演团体服从政府管理部门的意志,影响和削弱了自身的积极性、创造性。特别是在"左"的影响下,在社会主义建设时期,仍然简单地要求艺术表演团体直接为政治服务,艺术生产密切配合政治任务和中心工作,把本来应是"绝对保证有个人创造性和个人爱好的更为广阔的天地,有思想和幻想、形式和内容的更为广阔的天地"的艺术生产领域扼制得失去生机。本来应是由艺术工作者组成的相对独立的艺术生产的经营实体，却成了动力行政化的政府主管部门的附属团体。管理权很大程度上集中在国家手中，形成了单一的公有制形式和单一的经营方式。国营艺术表演团体本应是指所有制形式的全民所有，却成了地地道道的"国家经营"。在经济上对艺术表演团体统包统管，没有了竞争和流动，更促成了艺术表演团体运行机制的僵滞。所以，确立艺术表演团体应具有的相对独立的社会主义艺术生产的经营实体地位，确立艺术生产者作为以演出经营活动收入为主的、在契约规范下自由流动的艺术从业人员的地位，是实行艺术表演团体科学管理的关键所在。同时也只有通过深化体制改革和完善管理，艺术表演团体的性质、地位才会得到真正的确认和科学的体现，从而使艺术管理在符合自身规律的基础上进行。

我们应该充分认识到，管理是一种与有形的物质资源并存的无形的资源，用于开发管理资源的投资是一种投入少产出多的高效益投资，不仅在现代经济中如此，在艺术生产中也同样如此。只有通过科学的艺术管理，才能把院团中各种活态的和静态的生产力要素联结起来，使可能的生产力变成现实的生产力。强调艺术表演团体出剧（节）目、人才和效益是对的，但产生剧（节）目、人才和效益的基础是管理。

（三）艺术表演团体的特点

艺术表演团体有着不同于其他生产部门的特点，艺术表演团体的管理，只有符合它的特点和内在客观规律，才能行之有效。

1. 从生产方式看，艺术表演团体的艺术生产有不可分割的综合性和集体性。例如，戏剧是一种多种艺术形式综合在一起的艺术形式，仅靠某一艺术门类的创造是不够的，需要编剧、导演、表演、舞美、音乐等不同艺术专业的共同协作。戏剧以外的其他艺术形式，如音乐，即便是独奏，有时也要有他种乐器的协奏配合。舞台表演艺术的综合性，决定了排练和演出都要由群体的人来完成。在当代，离开了集体，任何个人都不能完成舞台艺术生产活动的全过程。所以，艺术表演团体的艺术生产又是集体性的。认识这种生产的综合性和集体性，才能重视各类专业人员的配备和艺术素质的提高，才能重视形成全团人员的团结协作精神，从而提高整体的舞台艺术质量。

2. 从生产过程的范畴来看，艺术表演团体的艺术生产，主体是精神领域的感情活动。但这种精神领域的创造是通过物质材料体现的，而艺术生产依靠的物质材料，除了财、物外，最重要的是表演人员的身体。表演水平的高低，主要取决于表演人员形象思维能力的高低和形体表现技巧的高低。因此，首先要为艺术人员精神领域的艺术活动创造一个良好的思想、政治环境，保证从内容到形式创造的独特性、自由性、多样性。同时，要为艺术生产寻求和提供必需的财、物等物质材料保证，并采取措施，严格进行演员表演技巧的训练。

3. 从艺术产品属性来看，艺术表演团体的艺术产品，既是精神产品，同时又具有商品属性。社会主义艺术表演团体的根本目的，决定了它应该按照艺术生产本身的规律去创造精神产品。但是，社会效益的实现，首先要有观众通过经济方式与演出见面，艺术产品得到观众的承认，票房是直接媒介。所以票房价值虽然不是衡量艺术产品精神价值的唯一尺度，但在很大程度上反映了艺术生产的一种效果。艺术表演团体要适应观众审美的需求和变化，努力开拓演出市场，艺术产品要与市场、与观众紧密结合。

4. 从艺术表演团体艺术产品的存在特征看，它不像物质产品那样，一经产出，即成为另一种区别于原材料存在形态的独立于人的意识之外的客观实在（如茶杯、影碟机），而是依赖于演员的舞台表演而存在。演员一旦停止表演，便不复存在，这个产品就没有了，面对观众的表演存在着，产品就存在着。舞台艺术产品的产生，可以说在全过程中都必须具有创造性。舞台艺术产品的这种不确定性，决定了演员的艺术创造活动对外界如生活、工作环境、人际关系等的冲击干扰极为敏感。外来因素的冲击如较强烈时，即通过演员的思想波动而影响艺术创造过程中的情感体验，从而影响演出质量。

5. 从艺术表演团体艺术生产的开放性来看，艺术生产是开放性的，它的开放是面对观众的。排练可以是封闭的，但是真正的演出都是面对观众的，没有不面对观众的生产过程。产品的艺术质量很重要，有远见的团体管理者都把演出质量看作剧团的生命，这样他就重视从每一个生产的环节上提高质量。因为表演的开放性，演员良好的职业道德的树立也是非常重要的。

6. 艺术表演团体进行艺术生产的时间的不确定性和流动性很大，这样来看，就要重视演员的后顾之忧。有时候上午演出，有时候晚上演出，节假日还要演出，有时一天要演几场。这就需要对演员的生活给予照顾，对他们的辛苦予以理解，尽量为他们解除后顾之忧。

7. 从艺术表演团体人员构成的成分来看，艺术表演团体是艺术家占比例很高的一个群体，他们在每个方面都有专长，或者是表演、导演、编剧、音乐、作曲，或者是舞美专长。但是，他们在艺术方面虽各有专长，而从整体的文化基础上又不是很全面。这样，就要注意提高他们全面的文化素质、政治素质、业务素质，这个也是非常重要的。同时艺术表演团体的人员，因为他是艺术家，把艺术追求看得高于一切，他们愿意独立思考，坚持己见，富有个性。他们不会原谅一些对管理漫不经心的管理者。这也是艺术表演团体管理的复杂之处。

8. 艺术表演团体在社会上、观众中影响力的大小，主要取决于本团体主要演员的艺术水平和叫得响的剧（节）目；因此，要重视打得出去的拳头产品的创作，重视积累保留剧目，像北京人艺、河北大厂回族自治县评剧团那样。除此以外，我们应该看到，主要演员是艺术表演团体艺术活动和艺术创造的中心，是剧团艺术生产的主体。每一个艺术表演团体都应造就自己的尖子演员。造就，既指培养和使用，也指宣传等扩大社会影响、提高演员知名度的其他必不可少的手段。同时，调动和发挥主要演员的积极性、创造性，处理好主要演员同艺术表演团体的关系，也是艺术表演团体管理的重要内容之一。

9. 从艺术表演团体生产岗位的劳动量来看，艺术人员的劳动量存在着突出的差异性和不确定性。一台戏的主演和一般演员之间，付出的劳动量有时相差几倍甚至更多；另外，有的演员在一台戏中担任主角，在另一台戏中又可能担任劳动量较少的配角。从演员之间劳动量的突出差异性和一个演员在演出中劳动量的不确定性看，这都不像从事物质生产的职工那样在同类劳动岗位上付出的劳动量差别不大。同时，扮演同一角色的演员，也因艺术造诣的差异，形成艺术创造质量的高下之分。从按劳取酬的角度着眼，还有一个重要方面是，艺术表演人才成才早，青年时期是舞台艺术创造的高峰期，他们的工资报酬等应同成才早和一般艺术高峰期短的特点相符合。在艺术表演团体，更应重视打破分配上的平均主义，实行多劳多得，并注意合理安排使用全团人力。

（四）艺术表演团体管理的主要内容

1. 人才管理。人才是艺术表演团体最宝贵的财富和最重要的资源，是体现艺术水平的重要保证。人才问题，关系到艺术表演团体的存亡盛衰。对以人为核心的动态系统实现创造最佳效益的整体控制，是现代管理的实质内容。对人才的培养、发现、使用、爱护是管理者第一位的责任。艺术表演团体各类专业人才集中，首先要为他们创造一个可以充分施展自己才能的客观物质环境与主观心理环境。前者包括尽一切力量和可能解决他们在生活、学习、排练、演出中的各种实际困难和后顾之忧；后者包括对他们的信任、友谊、使用、关心、爱护等等。艺术生产更多的是精神领域的创造活动，艺术人才的感情因素对其发挥艺术创造的作用尤为明显。因此要特别重视创造人才需要的主观心理环境。人才资源的管理是多层次的综合性很强的工作，要在可能的范围通过多种可行的方式，形成人才竞争、人才流动的环境，充满机会的环境，激发创造力的环境，使人尽其才，才尽其用。人才管理的目的不是限制而是开发，要把人才管理的重点放到激发人的潜能上。

应强调一点，艺术表演团体人才的开发、使用，除各类艺术专业人才外，一个重要的方面是经营管理人才。随着艺术表演团体成为独立的艺术生产的经营实体，选用和培养一大批懂得艺术生产规律、懂得经营管理的艺术管理人才，是一项迫切的任务。把一个艺术表演团体的艺术潜力和人才潜力转化为舞台演出的整体优势，从而产生好的社会效益和经济效益，艺术经营管理人才往往起着不可忽视的作用。

2. 剧目管理。艺术表演团体在社会上、观众中影响力的大小，除了主要演员的艺术水平外，还取决于叫得响的剧（节）目。艺术表演团体要按照艺术生产的规律创造精神产品。剧（节）目只有被观众接受后，才能产生联动效应。否则，再有思想意义的剧（节）目，观众不理睬，只完成了制作过程而没有完成艺术生产过程，有什么效益可言？在当今艺术的多元化和观众选择的多样化面前，艺术表演团体选择上演剧（节）目时，首先要把思想、艺术因素与文化市场的制约结合起来考虑。这里关键是要寻求思想、艺术价值与群众需求之间的契合点。另外，剧（节）目的创作题材领域应当是广阔的，内容应是丰富的，形式应是多样的，既可继承传统，又可进行多种形式的现代艺术探索。但具体到每一个艺术表演团体，都做到这些又是不大可能的。因此，要根据不同的宗旨任务，从本院团的艺术力量、资财能力的实际出发，创作演出独具特色的适应某一层次观众的剧（节）目。雅俗共赏的作品不是没有，但有一种情况似应引起思考：按照适应多种层次观众的要求去选择上演的剧（节）目，演出时往往是哪一个层次的观众都不欢迎。当然，无论适应何种观众层次，剧（节）目在保证艺术质量上的要求是共同的。艺术质量是艺术表演团体的生命，要从创作、排练、演出的每一个环节落实提高艺术质量的措施。粗制滥造是在断送艺术表演团体的艺术发展前程。

一个艺术表演团体，要有一种艺术风格，这应该是艺术表演团体通过上演剧（节）目努力实现的艺术追求。要把艺术表演团体办好，就必须把剧（节）目的开发战略作为经营管理的中心环节来抓。打得响的剧（节）目不仅能产生很好的社会效益和经济效益，它还是使艺术表演团体产生强大凝聚力的最有效手段。

3. 演出管理。艺术表演团体经营成败的因素很多，其中重要的一点是能否与观众建立最密切的联系及根据观众的欣赏需求做出灵敏的反应。这除了靠剧（节）目的适销对路外，还要靠演出市场的开拓。演出管理不再是单纯的联系剧场，坐等观众买票的时代已经过去。想方设法主动争取和扩大观众群，已成为演出管理更主要的工作内容。多年来，在统包统管的体制下，"推销"二字不可能出现在我们的思维之中，精神产品的圣洁也使我们羞于说"推销"二字。今天是认真思考艺术市场学的内容并付诸演出管理实践的时候了。一台演出从排练之初，就应通过可能的方式进行宣传，利用各种方式组织观众，例如除网络售票外，对厂矿、企业、机关、学校、社会团体、村镇上门售票，联系包场，或采用电话、邮寄、委托代售机构预售以及优惠售票等方式，或通过扩大社会联系，如建立经济文化联合体、组织票友协会等手段，开拓演出市场。

各级艺术表演团体都应重视选任和培养演出管理专门人才。他们除担负剧（节）目的演出推销外，还应从观众调查和剧（节）目售票记录入手，分析研究观众的成分、文化、年龄、职业结构及欣赏需求，对上演剧（节）目的反应等，从而为本院团选择上演剧（节）目及调整演出计划提供决策参考。

4. 劳动管理。目前不少艺术表演团体存在人浮于事、纪律松弛、艺术生产效益低的问题，这些都是管理水平低的集中表现。

所以，加强劳动管理是建立正常艺术生产秩序的关键。要通过劳动优化组合，院团内演出团体与非演出实体人员分离及聘任合同制，建立责、权、利相统一的多种形式的责任制以及健全的规章制度，但核心是实行责任制，进一步建立起相应的符合客观规律要求的人人必须共同遵守的准则和秩序。

加强劳动管理要注意几个问题：第一，加强劳动管理，仅靠强调无条件遵守劳动纪律是不行的，要同思想政治工作、职业道德教育和改革不合理的体制、制度结合起来。第二，艺术生产是一种精神生产，显然不能用一般劳动管理的手段、方法来管理。管理条例的制定，要注意与其创造性劳动的特点相适应。第三，传统管理是以"事"或"物"为中心的，而现代管理则是以"人"为中心的。没有演职员的支持配合，任何严格的管理都难以奏效。要充分调动演职人员的积极性和创造精神，在健全院团长负责制的体制下，通过演职员代表会议等有效方式，使演职员参与民主决策、民主管理、民主监督，变消极被动的管理者为自觉主动的管理者。

5. 财务管理。首先是根据生产经营活动的需要，有计划地筹措资金和合理安排资金的使用。艺术产品要通过商品的形式来流通，因此在排练制作及演出中必须贯彻"少投入，多产出"的原则，严格艺术生产过程中的经济核算，使资金使用合理并产生最大效益。其次，除国家经费补贴的收入外，要根据本院团的实际情况和可能开辟演出收入以外的多种经费来源渠道。

艺术表演团体的管理是一个动态系统，在实践中应考虑管理的整体性，使以上几个方面的管理协调发展，但不是平面推进，没有重点。每一个艺术表演团体都要从自己的实际出发，在某一时期有所侧重。我要强调，管理中三个核心问题一定要把握好。第一，任何一个团体，必须有规章制度。第二，就是要体现物质利益原则。第三，是必要的思想政治工作。这三者是统一的。规章制度是一个组织正常运行的保证。而物质利益原则是激励人们工作的最根本的原则，如果不能很好地体现物质利益原则，这将逐渐演变成为管理中的大问题。同时，物质利益原则也是对人的基本的劳动的尊重。思想政治工作也是组织管理的重要环节，是保证组织全体成员团结协作的基础。

加强管理，要解决好与改革之间的关系。艺术表演团体的经营管理是直接谋取艺术活动效益的社会实践，改革是为经营管理开辟道路、创造条件的社会实践，改革与管理应当有机地结合起来，处理好变革与稳定之间的矛盾。体制改革与管理机制的完善如同一只鸟的两翼，任何一翼不能扬起，艺术表演团体都不能起飞。企望"改革一抓就灵"，或在不改革体制的情况下去抓管理，都不可能长远解决问题。

艺术表演团体院、团长（管理者）的素质与能力

院、团长能否体现良好的组织管理能力，是实现艺术管理有效性的基础。

现在我们来探讨艺术表演团体的院、团长应该具备的素质和能力。管理者的素质是他的素养、品质、思想、作风和管理能力的总称。主要包括管理者的专业素质、先天素质，受社会环境影响而形成的个性，或者形成的特性，对于外界刺激做出相应反应的能力。艺术表演团体管理者必须具备以下素质：第一，政治思

想素质。应该有远大的理想,有高度的革命事业心和工作责任心。第二,能够正确贯彻执行党和国家的各项方针政策。第三,实事求是,一切从实际出发,对于正确的敢于坚持,对于错误的敢于批评。第四,坚持改革开放,勇于创新。第五,作风民主,密切联系群众。除了政治思想素质,管理者还应具备以下品德素质:第一是实干。第二是无私。第三是包容。第四是勇于承担责任。第五是政治思想过硬。第六是热情、真诚。第七是坚韧、进取、忍耐。第八是公正。第九是谦虚。第十是敬业精神和献身精神。

作为艺术表演团体的管理者,还必须具备下列各种能力。

第一,是经营决策的能力。善于决策的院、团长,通常是把日常纷繁的行政性的事务,纳入健全的规章制度的范围去解决。这样就把决策的注意力,放在关系到院、团生存发展的大问题和决策的有效性上。一个有效的管理者,往往是不做许多决策的,也不把大部分时间用在决策上。很多决策是体现在工作中,在工作过程中,有时候有很多决策自然就形成了。但是在两种情况之下,必须慎重而又及时地决策:第一种就是面临生存发展的困境时。你管理这个团体,面临生存发展困境的时候,你再不拿主意,什么时候拿主意呢?所以这个时候,必须有决策,有摆脱困境、走出困境的决策,这个是很重要的。第二种就是面临可能的、新的发展机遇的时候,你必须决策,就是抓住机遇。你感到这个团体的发展,面临新的发展机遇的时候,必须做出决策。这两点是非常重要的。在决策过程中,要有民主决策、程序决策的能力。这个决策不是一个人说了算,你要符合实际,必须是听取大家的意见,集思广益。没有完全出自一个人的决策,正确的决策都是符合实际,都是集思广益,积极采纳各种利益群体的人的意见基础上的决断。将这些集合之后，才能拿出一个适度的决策，这个是非常重要的，这就是集思广益的能力。另外，就是在有效决策的实施过程中，面临风险和反对时，绝不妥协或半途而废。除非因为某些非可预见性的变化而必须调整或改变决策（一般来讲，正确的决策自会避免此种情况的发生），你的决策出来之后，要得到实施和贯彻，半途而废是不行的。任何的决策都可能是利益调整的过程，都是要涉及利益的，支持的也有，反对的也有。说反对，不是再听一听，再等一等，就是再改一改，这样就把你正确的决策，改得支离破碎，最后一事无成，避免这个是非常重要的。

第二，是解决实际问题的能力。解决实际问题的能力，主要表现在以较少的时间，以最佳的方式，达到最好的效果，力求高效率和彻底地解决实际问题。这就是一个优秀的管理者应该具备的解决实际问题的能力。即便是一些不大的问题，也不要推来推去的。有些简单的，可以一次性解决的，就不要进行两次。当然，解决实际问题，不是事无巨细都要包揽，这里有一个授权的原则。另外解决实际问题的能力，还要善于从实践中表现出来。我们看近二十年以来几乎每一部管理学的书，基本上都谈实践的问题，就是管理者怎么做都得有实践，这个"实践"非常重要！

第三，是艺术知觉的能力。艺术表演团体的管理，很大程度上就是艺术知觉的能力问题。作为一个艺术表演团体的院、团长，在剧目的选择和剧目的评价上，必须具有强烈的艺术知觉。一个剧本拿到手中，要凭借敏锐的艺术知觉能力感知和判断。对剧本或剧目的艺术水平和质量有清醒的认识和了解。艺术知觉的能力，是做好一个院、团长最重要的前提表现。一个好剧本，有市场潜力的，一个院、团长却看着不行，这个就是要误己误事的。艺术知觉是在感觉的基础上形成的，是多种感觉相互联系和综合活动的结果。而且这个感觉，又是建立在已有的知识基础上的，正所谓"观千剑而后识剑"，所以实践经验的积累是非常重要的。这个地方，还应该强调一点，虽然说院、团长的艺术知觉能力高低是建立在个人艺术爱好和兴趣上，但是，作为一个团体管理者，这种艺术知觉，或者是对业务主体的判断，还要更多地建立在这个团体的实际生产需要方面，个人兴趣和团体的需要两者是结合的。比方院、团长，可以对一个剧目有个人的看法，但是作为院、团长在选择院、团上演剧目时，你的这种评判，更要从团体本身的职能，或者团体本身的演出，或市场上去判断。要结合起来，不能以个人的审美喜好，代替团体的上演剧目选择。所以，艺术表演团体建立艺术生产的民主决策机制是重要的。

第四，是组织指挥和协调的能力。就是按照效益原则，把人、财、物和艺术生产经营过程中的各个环节有效地组织起来，并对生产过程中出现的矛盾和问题进行协调。使这个单位所有的部门都要在整体的目标下生产、组织活动，能够非常和谐，这是非常重要的。这样就能实现最佳的管理绩效了。组织指挥和协调能力，就是尽可能地使这个团体在任何时候，都能够保持一个充满活力的机制，能够预见性地尽早发现问题和解决问题，在一个团体里，作为管理者，要能够尽早地发现问题和解决问题，使这个团体经常保持活力。

第五，是用人的能力。无论是专业知识还是管理知识，都是无限的，任何管理者都不可能精通每一个专业，这是必须要明确的一点。在一个需要管理的团体里，管理者就专业方面，往往不是这个团体里最突出、最优秀的。何况管理学有一个定义，或者是一个原则，就是在任何团体里，都有比最高的管理者优秀的人才，作为管理者必须有这么一个清醒的认识。对人才价值的发现和人才能力的发挥是一个管理者成败的关键。所以，优秀的管理者不在于自己是不是一个精通所有专业的内行，而在于能使组织内的人员作用发挥得更大。

第六，是思想政治工作的能力。前面讲过，一个团体、机构的管理，是物质利益原则、规章制度和思想政治工作的统一，缺一不可。思想政治工作，协调、沟通是非常重要的。靠一些规章制度，或者是行政的力量所做不到的，通过思想政治工作，通过沟通协调往往能够做好。

第七，是公关的能力。公关的能力是非常重要的。有的管理学者认为，一个团体的绩效，它的效能、效益，这个公共关系的作用能够占到30％，实际上公共关系价值的发挥也可能更大。在某些时候，可能起到一个非常巨大的、决定性的作用。当然一般来说，还是团体本身，它的自身能力的发挥是主要的，但是公共关系的能力，作为管理者来说也是非常重要的。因为任何生产，特别是艺术表演团体的生产，都不是孤立的和封闭的，所以只要跟社会发生联系的管理，都有公共关系，这是管理者重要的职能之一。

管理需要创造性，需要管理者创新的能力。"创新"实际上就是能够发现资源，同时把这些资源调动和组织起来产生效能。比如，我们看到路边有一块石头，其貌不扬，实际上却是一块玉石，一般的人可能就把它看成一块普通的石头，没有用处。同样是这块石头，一个内行的专家却能发现，它原来是一块玉石。他为什么能发现呢？他有这个内行的眼光。所以管理者，也需要有一种眼光，如果没有眼光的话，就会把玉石等同于普通的石头而忽视了它的价值，对人才的评价是同样的道理，不能正确地认识人才，也就是忽视了人才的价值。所以管理者要有一种独特的眼光和创新的能力，这种创新就是能够发现资源的价值。这种价值从管理上来讲，主要是指经济价值。发现它的价值，并且把这种价值组合起来，产生你想达到的那种目标、那种效果，那你就是有创新的能力了。创新的前提是发现，你要是发现不了资源的价值，怎么创新啊？管理就在于创新，真正创新的能力在于发现，发现之后，把那些资源怎么调动和组合？这个是非常重要的。我们经常说起的"文化创意产业"，实际上"文化产业"的灵魂就是"创意"。有一位日本学者说，文化产业就是把"文化"做成品牌，并把它推销出去。这话说得很好。

现代艺术管理的核心就在"创意"，而且随着艺术概念的延伸，带来艺术管理的延伸。很多艺术管理的范畴或者是领域，都需要有一种"创新"和"发现"的眼光去审视。还需要"发现"之后把各种元素有机地组合，成为品牌，这样之后，管理就有效了。一个社会组织，不仅是艺术表演团体，任何团体的管理，有效性目标的确定都非常重要。有一句话讲"知道什么是最好的，但只做可能的"，即说明了做事情要追求有效性。

我们研究管理，研究艺术管理，有一个思考方法的问题。管理是动态的，不是僵化的。对管理的认识，管理本身的实践都是动态的，都是发展的，不是静止。因为管理不是按照书上写的来照搬照做的，是充分发挥主观能动性和创造性的一种社会实践，这种认识对研究管理和管理实践是非常重要的。任何教科书和任何管理的课程，都不可能讲清楚管理，管理只有在我们的学习和实践中，才能够成为我们自己的创造，才能形成管理的成功个案和范例。

原载《艺术评论》2009 年第 7 期

文　艺　评　论

惛惛之事　赫赫之功

　　汉唐乐府——南管古乐团于 1982 年 5 月 12 日在台北创立，至今已近二十年的时间了。时光荏苒，二十年只是一瞬。但这二十年中，汉唐乐府——南管古乐团暨后成立的梨园舞坊，以自己整理、演奏的南管古曲和创作排演的《艳歌行——梨园乐舞》、《丽人行——梨园乐舞》、《荔镜奇缘》、《梨园幽梦》（与法国合作）、《韩熙载夜宴图》，先后巡演于美国、日本、英国、荷兰、比利时、德国、法国、奥地利、泰国、马来西亚、新加坡等二十多个国家和中国台湾、香港及北京、上海、西安、厦门等地，以其艺术表现的独特风采令人赞叹；这二十年中，它还录制了《中国千年古乐——南管》《南管赏析入门》，出版了《南管指谱大曲全集》（1、2），在南管音乐的推广、人才的培养方面做了大量实实在在的事情。汉唐乐府的创办人、弦管专家陈美娥女士，在进行艺术管理、参与表演的同时，还致力于南管音乐历史的探源，出版了《中原古乐史》，发表了不少论文，学术上颇有创见。二十年中，汉唐乐府平地起家，面对人才缺乏、资金不足，而能坚持忘我奋斗，筚路蓝缕，在演出、学术、推广方面竟产生了世界性影响，不能不说是一个奇迹。

　　奇迹的产生，首先是因为汉唐乐府的创办人陈美娥女士和她的哥哥陈守俊先生，有一种执着的弘扬中华优秀文化的精神。陈美娥女士1973年在台南承名师启蒙教授南管，后有七年时间频赴当时南管演唱最活跃、保存形态最传统的菲律宾，执弟子礼遍请名师授艺。1976年以后，到大陆拜访南音耆宿诸大师学习，并得览南音名家所藏谱曲专辑。多年研习，终悟南管精妙。陈美娥女士说："有幸成为这音乐的传人，我以使命感来演奏音乐，以布道、传教的心情来表演。""要爱它是有责任的，你要保有它、提倡它、尊重它，要不然只是一种私爱而已。"心中有至高的目标，至上的热爱，才有至诚的追求。陈氏兄妹孜孜寻求的不仅是汉唐乐府海外知名，更把广为传播中国传统的音乐、弘扬中华文化作为第一目标。于此，才不渝心志，消磨坎坷和困难，走过这二十年的道路。

奇迹的产生，也有赖于陈美娥女士在透彻领悟艺术真谛基础上的艺术创造。她以超凡的艺术再创能力，把南管古曲音乐与梨园戏舞蹈和谐地结合起来，创造了梨园乐舞。南管是闽南语系里特有的音乐，在大陆称"南音"。南管起源于何时，尚无定论，有研究者以南管的演奏形态以及乐曲结构保存有汉代相和歌及汉唐大曲的遗风，谓可溯至汉唐。南管古乐清丽、高雅，今天听来，的确似来自遥远天际的远古神籁。陈美娥以南音音乐演唱，以南戏的活化石梨园戏中的古代舞蹈形式为基础，撷其神韵，使二者结合，创造出了典雅的"汉唐乐舞"。汉唐鼎盛时期，是中国历史上文化繁荣昌盛的时代，乐舞也表现出恢宏的气势和非凡的气度。不言而喻，那时代的乐舞风格肯定绚丽缤纷，像《旧唐书·音乐志》记载的歌颂唐太宗李世民武功的乐舞《破阵乐》，音乐粗犷雄壮，表演声势浩大，所谓"发扬蹈厉，声韵慷慨"，即是一种风格。而梨园乐舞传达的是另一种风格，丽婉、优雅、庄重、华贵，也同样传神地表达了汉唐盛世的非凡气度。艺术的最高境界是得神韵。我们观看《艳歌行——梨园乐舞》《韩熙载夜宴图》等时，台上那古乐萦绕的浅吟低唱和细步款移的翩翩起舞，以及人物表演的舞台调度、表情行止，不由人不联想起宫乐图卷中唐代乐舞表演的情景。南管与梨园舞韵的融合，是得汉唐乐舞神韵的。更可贵的是，这种神韵是从南管古乐和梨园舞韵的原始形态上生发出来的。终古长传一曲歌，得其精髓，因之才显淳朴、醇厚，意味隽永。这正如陈美娥女士所言："要想完整重现两千年前的音乐是不可能的，但我们掌握了这门艺术的精髓。这也是汉唐乐府立足传统、再造传统的艺术宗旨。"

陈美娥女士的可贵之处，还在于她对艺术不渝的自觉追求上。南管古乐的学术提升是她心中的目标。她在《南管在欧美——看中国音乐前途》一文中指出："如果南管是娱乐大众的表演艺术，获得掌声，便是最高的成绩无疑；如果南管是一门未定型的新兴文化，获得喝彩便是最大的鼓励无疑。假如南管是荷负着一个民族的文化精神与传统感情的历史声音，那么它的价值绝非掌声与喝彩所能衡量。它需要的不是通俗阶级的赞美；它需要的是知识阶层的尊重。"她的深切反思，是基于欧美有的学者认为中国音乐自唐以后已经断代的说法。陈美娥女士对此耿耿于怀，从 1981 年起，即致力于南管音乐历史的探源。她的著作《中原古乐史》以及我所看到的《南管古典之美解析》《南管在欧美——看中国音乐前途》等专论，都有灼见。她总结的南管的架构之美、合乐之美、声歌之美，可说洞见了南管的美学精髓。

同时，她在钻研史籍记载及田野考察的基础上，指出：南管的"古老性远在明、清戏曲之前，唐、宋大曲之先，甚至汉魏清商之上"。音乐史研究的任何学术观点，都需要翔实的史料佐证。对此看法，人们可以因为史料的确凿与否而见仁见智，但对陈美娥女士独具的学术发现的眼光不能不肯定。著名音乐史家黄翔鹏先生曾在为她的《中原古乐史》作的序中指出："她虽然不是史家，但对古乐却常常另有见地，而能说出史家之所未言。"并说："我看她断言周代已有'清商三调'的说法，可能倒是对的。"而汉唐乐府的演出，以独特的鲜明风格为世人公认为"华夏正声"，谁又能说这与陈美娥女士对南管古乐史的寻根溯源没有联系呢？

汉唐乐府——南管古乐团 1986 年在洛杉矶加州大学音乐会上演出后，加州大学艺术学院院长 Robert Grof 博士致辞，他说，当今时代走向现代化的同时，却出现了一个很大的危机，这就是"当我们专注于高科技的追求时，往往忽视了艺术的延续，今天，我们听到的南管古乐，它能使人类整个历史活化，汉唐乐府的音乐家演奏技巧如此高妙，将中国上千年前的音乐非常完美地呈现在我们面前，使我们惊叹、陶醉不已。我们要特别感谢这些优雅的艺术家"。汉唐乐府——南管古乐团的贡献，已经得到了世人的承认。Robert Grof 博士表达的正是看过他们的演出以及了解他们奋斗历程的人们的共同心声。

汉唐乐府——南管古乐团暨梨园舞坊延续华夏正声，维系民族文化精神的作为，是今天中华儿女对于创造中华灿烂文明的先人的回馈，也是对保护世界人类文化遗产做出的一个贡献。

人一生能做出一两件对社会、对历史有所贡献的事情并不容易，这是因为那句老话："非知之难，惟行之艰。"很多事情都在进行的困难中停止了。世间之事，没有勤恳辛劳、埋头苦干，是不会有所成就的，正如中国古代思想家荀子所言："无惛惛之事者，无赫赫之功。"而陈美娥女士和她的汉唐乐府，正是以执着坚忍的精神，努力前行，才卓有建树。汉唐乐府回顾自己走过的近二十年的道路，编印画册进行总结，陈美娥女士要我作序，正是基于对她们精神和意志的钦佩，我欣然写了以上的感言。

是为序。

原载《中国文化报》2002 年第 19、20 期合刊；《绝代风华》，汉唐乐府 2002 年版

当代舞台艺术的壮丽画卷

——2002—2003 年度国家舞台艺术精品工程入选剧目述评

　　时代的变革和社会的前进，为我国舞台艺术的发展灌注着新鲜的创造活力。2002—2003 年度国家舞台艺术精品工程入选的十台剧目揭晓，这些剧目，正是当代艺术家敏锐地感受时代气息和时代脉搏，把握舞台艺术创造的自身规律，以对时代生活的深刻理解和认识，去开掘表现题材，塑造人物形象，色彩缤纷地反映社会生活，揭示多样化题材蕴含的丰实深厚的历史内容和具有真理力量的时代精神的精心之作。这些剧目，以较高的艺术性及其揭示的深刻思想内涵和呈现的观赏性，为广大观众所充分肯定，并基本上反映了我国目前舞台艺术创造的整体水平。

　　入选国家舞台精品工程的大多数剧目，无论是革命历史题材，还是古代题材及近现代题材，其所表现的思想内涵，无不与今天的时代有着贯通的联系，体现了时代的精神和追求。其所表达的思想情感，以对现实世界、历史与人生的真知灼见，给人以荡气回肠的艺术震撼力。这是这些剧目能够在观众中引起热烈反响的重要原因。

　　京剧现代戏《华子良》和舞剧《红梅赞》，是表现革命历史题材的两部优秀作品。在今天社会主义市场经济深刻影响人们价值观的情况下，革命历史题材和革命战士的形象会不会与今天的观众产生共鸣？共产党人本来就不是不食人间烟火的神仙，也不是感情冷漠的理想主义者，而是有豪迈理想、坚定信念，勇于追求理想目标，舍生忘死的热血男儿、巾帼英雄，而他们追求的目标，与人民群众的愿望、理想是一致的。在《华子良》和《红梅赞》中，华子良与江姐是英雄，但也是普通人。华子良在特定的渣滓洞非人生存状态下，装疯卖傻，面对敌人不能恨，面对战友不能亲，面对亲子不能认，面对老妻不能爱；敌人监视，战友唾斥，父子误会，夫妻含悲。孤独和屈辱，对战士而言，何如浴血沙场、慷慨赴死！但华子良为了战友的生存，在虎口里与敌人周旋，他对战友的情，对妻儿的爱，在忍辱负重的付出中做了深切的表达。剧中可看作华子良艺术符号的石榴树，是华子良的形象写照。华子良在奉命脱离牢狱时，爱抚着那棵与他心灵相扶走过十多年的石榴树，唱的大段【反二黄】，苍凉悲切，撼人心魄，抒发的正是他压抑在胸中的千种滋味、万般豪情。观众与华子良产生共鸣，甚至为之泣下，既有他为革命舍生忘死的献身精神，也有他对战友、对亲人的时时牵挂，英雄和普通人，在他身上统一为真实的共产党人的形象。这样的人物形象，给我们的感染和心灵的洗礼，怎能不会是长久的呢？

《红梅赞》脱胎于经典民族歌剧《江姐》，以独特生动、极具个性表现力的舞蹈语汇，艺术地再现了重庆渣滓洞死难烈士为革命理想不屈不挠的斗争精神。江姐和华子良都同样是从小说《红岩》中走出来的人物，在《红岩》出版四十多年以来，有多少不同的艺术体裁和形式对江姐这个人物做了艺术表现。作为优秀的共产党人，她的理想追求、思想情感，在特殊环境中经历磨难的人生态度，无疑都给人以激励。但同样的问题是，今天舞剧的艺术表现，会不会像过去一样使江姐的形象给人以震撼魂魄的艺术感染？为此，舞剧《红梅赞》的创作人员提出"为时代而舞"。丰富、激越、自由的现代舞蹈语汇，优美而又具冲击力的音乐，极具视觉联想的舞台美术，演员娴熟的表演技巧的运用，使江姐的形象更增添了动人的艺术魅力。从现代舞剧的表现特点出发，不重叙述故事情节，而是通过几个联结的点：江姐受刑、叛徒指认、小萝卜头慰藉独囚的江姐、牢友和即将遇难的小萝卜头母子与蝴蝶嬉戏、革命者从容赴死、婴儿与五星红旗艰难诞生……去表现忠贞与背叛、生命与死亡、高尚与卑下、善良与残酷、正义与邪恶的强烈对比，不仅使人鲜明地感受到共产党人和革命志士泣鬼神、惊天地的英雄壮举和九死不悔的革命气节，同时，这些艺术对比中蕴含的对具有普通意义的人性、人情、人道心性的呼唤和升华，都深化了这一传统革命历史题材的主题，给人以更多的心灵的浸润。应当说这是抱着"为时代而舞"创作精神的艺术家以更深刻的思考追问历史，做出了具有新的深度的题材开掘。

在舞台艺术创作中，上下几千年，纵横数万里，历史题材领域一直是艺术家们表现的热点。历史与现实之间总有某种内在的物质和精神的联系，而在历史题材的创作中，使观众能够感知这种联系，是历史剧同今天的观众产生共鸣的关键。京剧《宰相刘罗锅》《贞观盛事》，闽剧《贬官记》，越剧《陆游与唐琬》，话剧《商鞅》等都不是局限于仅仅描写历史事件或历史人物本身；在努力表现一定历史条件下的社会关系丰富形态的同时，这些作品都立足于社会的现实土壤，在历史境域中揭示历史与现实的精神联系，使今天的观众受到思想、艺术感染力的震撼。

《宰相刘罗锅》以连台本戏的形式，将民间演义故事呈现于京剧舞台。对这类题材的艺术表现，一般很难洗刷其庸俗之气。但《宰相刘罗锅》不见庸俗之痕，题材的喜剧性、观赏性更得到充分强化，京剧本身形式美的价值也得到充分张扬。戏中"博弈"入赘六王府到审放乾隆、因诗获罪等一系列亦庄亦谐环环相扣的情节发展，都会使观众产生与现实思考对应的心灵呼应，不由你不做出是非褒贬的评判。引人品味的戏剧内核和它具有强烈喜剧性、观赏性的表达，自然会使人连看不厌。闽剧《贬官记》演的是"不知哪朝哪代"的一个故事：四品知府边一笑因娶青楼女子为妻，被巡按崔云龙贬为七品县令。戏以边一笑审案和崔云龙察人两条线索结构一系列喜剧情节。崔云龙识得边一笑，边一笑却不知崔云龙，由此产生的二人互代审案、吃回心饭、喝悔过酒等精彩纷呈的情节，都使人在忍俊不禁中得到识人不易的领悟。该戏导演吕忠文曾在"导演构思"中写道：这个戏"把时间、人物、事件推得很远，而把思想内涵拉得很近"。不知哪朝哪代、何年何月的故事，揭示的思想认识的隔膜，今人也需要穿越。

京剧《贞观盛事》、话剧《商鞅》都是具有思想、艺术震撼的力作。《贞观盛事》以历史镜鉴观照现实。唐太宗胸怀博大，从善如流，却也对魏征的犯颜直谏、不屈不挠恼怒不已。然而，盛唐时代确有雄阔之气，李世民毕竟是一位励精图治的英主，最终还是做出了克私欲、纳忠谏的抉择。贤臣明君，直谏纳谏，需要刚正和宽容，《贞观盛事》揭示了历史上一个独具风采的伟大时代的政治底蕴。《商鞅》以商鞅推行变法作为戏剧的中心事件，在话剧舞台上再现商鞅义无反顾与反对派的殊死斗争。但该剧没有把笔触停留在变法事件的表层描述，而是通过对历史人物的剖析来倾听历史的回声和启示。商鞅的改革历程壮烈，人生结局惨烈，该剧有着豪放遒劲、慷慨悲壮的艺术效果。

戏剧反映近现代社会生活，川剧《金子》无疑是一部杰作。此剧改编自《原野》，却是以新的艺术视角、新的艺术观念所做的创造性改编。该剧中的金子与《原野》中的金子有所不同，她成为结构情节、演进戏剧矛盾的主要人物，作者以人性关怀和人文关怀的笔触，从人的本性阐释人的情感，金子是火与水的融汇，她有"野叉叉"的野性，内心却充盈着善良未泯的宽善。尽管《金子》的结局仍然重复的是虎子复仇的故事，但金子的人生挣扎所展示的女人的苦难，使改编后的金子形象表达了更深刻的反封建的人性呼唤。改编使金子与今天更多的观众结缘。

这些剧目与观众的联系，对时代精神的表达，主要是通过它们塑造的栩栩如生的人物形象展现的。正像前面谈到的《华子良》中的华子良、《红梅赞》中的江姐、《宰相刘罗锅》中的刘罗锅、《贞观盛事》中的魏征与唐太宗、《商鞅》中的商鞅、《金子》中的金子，都以人物形象的独特性，或更准确地说是人物的独特个性，给人以深刻印象，而剧目思想深度的揭示，大都与这些人物形象个性塑造的独特性相一致。在人物形象塑造方面，精品提名剧目中的一些人物形象也都以其独特性而令人不忘。像粤剧《驼哥的旗》中的驼哥，是抗日战争相持阶段生活在岭南山区的身有残疾的小百姓，为保命，日本人来了举起膏药旗，国民党军队来了举起青天白日旗，满腹心酸无奈，时时担惊受怕。但在一场生与死的经历中，他终究醒悟：只有共产党和人民军队才是救星。驼哥从委曲求全欲生不能到奋起反抗的心路历程，充分说明只有小人物的觉醒，才是全民族的最终觉醒，而这样的民族是不可战胜的。驼哥生动鲜活的舞台艺术形象，给人的深切感受是冲击心灵的。话剧《爱尔纳·突击》中的许三多，由父亲的拳脚造成的懦弱而内向的特有气质与性格，使之在与群体的融合中多有曲折，但他以执着、坚忍向前的吃苦精神，最终在军营的大熔炉中锻造成钢。许三多的经历是传奇的，这一舞台人物形象在军营冶炼历程中展露的内心世界和个性，同众多的这类人物形象相比，也是毫不雷同的。儿童剧《一二三，起步走》，是一台已演出三千多场的优秀剧目。戏中15岁的山村女孩安小花跟随苏老师来苏州城参加少年语文提高班学习，苏老师急病住院，安小花为了减轻老师住院的经济负担，毅然去做钟点工赚钱。由此而引发的安小花与城里孩子孙发发等同龄人，以及师生之间和父母与子女的思想、行为、道德观上的碰撞，带来人们在青少年一代教育问题上的沉思。安小花以超乎其年龄的责任感，以坚强乐观、勇于向上的品性，以银铃般的笑声，也以率真的意气面对周围那些关爱她或歧视她的人。最终美好的人间真情融合了剧中的大人和孩子，安小花的形象使现实生活中的家长和孩子都会得到完善自我的启示。但这些启示不是平面的灌输，是戏中安小花泼辣性格行为的自然流露。驼哥、许三多、安小花以其艺术形象的生动性、独特性，在当代舞台艺术创造的人物画廊上都会占有令人注目的位置。这些具有鲜明个性的人物形象，会让观众多年后都不会忘记。就人物塑造达到的整体艺术性而言，这些剧目与入选的十部精品工程剧目相比，也是毫不逊色的。

入选舞台艺术精品工程的剧目及不少提名剧目，还有一个共同的特点，就是舞台艺术的整体性达到了比较高的程度。首先，它们比较注意立足本剧种特点，比较注意吸纳传统表演艺术形式的精粹，比较注意营造鲜明的民族特色和浓郁的地域色彩，比较注意以创新的艺术手法表现新的生活。比如京剧《宰相刘罗锅》，在音乐、唱腔、表演等方面使形式美的价值得到充分体现，但又不拘泥于传统，化装更自然，表演更洒脱，写实写意融会一体，吸收借鉴相得益彰，扩大了京剧表现的形式内涵，使京剧表演增添了清新的艺术气息。河北梆子《钟馗》以"独特、讲究、美"的艺术定位，发挥剧种慷慨激昂的音乐风格，唱、念、做、打、舞的综合艺术表现，使一个独特的捉鬼大神的艺术形象跃然于舞台之上。破车、瘦驴、鬼卒相随嫁妹路上，钟馗悲喜交集，表演上唱、念、做、打，髯口功、腿功、扇子功和女武生钟馗与众小鬼"高、飘、难"的跟头活儿，把一个钟馗的气韵神通，表现得淋漓尽致；把一个捉鬼大神身上的人性内容，揭示得丰富多彩！《宰相刘罗锅》《钟馗》等传统题材的剧目，在表现形式上既立足传统，又吸收创新；既增强了艺术表现力，又使舞台呈现增添了艺术的清新气息。

越剧《陆游与唐琬》，表现南宋诗人陆游的坎坷仕途和令人扼腕慨叹的不幸婚姻。以不断的艺术革新成果令人瞩目的浙江小百花越剧团，在该剧的演出中，更以艺术革新的呈现给人以清新之感。比如横亘舞台的"白墙黑瓦"，与变幻的灯光等构成的写意、抽象的沈园，给人以对比强烈的鲜明视觉冲击；类似电影蒙太奇式的舞台时空变换，陆游表演动作的虚拟性夸张，都以清新的表演带给人形式的意味。该剧唯美的追求和人性挖掘的深度，特别是唱腔的优美，带给观众深切的思考和真切的艺术享受。戏中的唱段"浪迹天涯三长载"，文采、情感斐然，旋律优美，更是被不少越剧观众广泛传唱。新编剧目的唱段自然流播，这是剧目艺术革新与观众审美趣味和谐的一个标志。就艺术革新的追求来说，不能不谈到芭蕾舞《大红灯笼高高挂》。尽管从剧中人物行为的合理性以及舞蹈语汇的运用等方面，都可以谈出不尽如人意之处，但是从新创的芭蕾舞剧目的整体水平去衡量，这无疑是一部值得充分肯定的力作。并且，它在调动舞台综合艺术手段特别是舞美，来渲染舞台氛围、表达内心情感等方面，都表现了匠心的独具。

入选剧目追求舞台艺术整体性的另一个方面，是努力调动表演、音乐、舞美等综合艺术手段，创造恢宏精致的舞台呈现。歌剧《苍原》给人鲜明视觉感受力的恢宏场景，极具表现力的舞台灯光，重唱、合唱、宣叙调、咏叹调的音乐冲击力，都为史诗般悲壮的土尔扈特部落回归祖国的英雄故事，增添了震撼人们心灵的艺术感染力。尽管剧中的主要人物舍楞因娜仁高娃之死、渥巴锡在紧要关头让位舍楞，都使人对这两个人物的坦荡胸襟产生质疑，但该剧宏大精美的舞台制作给人的视觉冲击，整体舞台氛围给人的艺术震撼，竟使人多少忘却了对主要人物形象的思考。舞剧《大梦敦煌》、儿童剧《鹿回头》等剧目，也以舞台艺术追求的完整性和艺术手段的创新，给观众留下深刻印象。

杂技歌舞《依依山水情》是入选剧目中以艺术创新为突出特色的一台演出。它创造了一个童话世界，精灵、女神、火焰、水珠、蚂蚁、萤火虫、奇花异草……它们无忧无虑地嬉戏、玩耍、繁衍、生长……舞蹈与杂技结合，成为表现童话世界精灵的手段。杂技、歌舞的技巧之美，赋予了神秘的魔幻色彩，观众由单纯技巧的欣赏，感受到优美意境中惊险、奇特的艺术魅力，这台晚会的音乐、舞美、服装、造型、灯光共同创造的高远意境，使人如置身其中。而晚会对童话世界精灵的表现，试图揭示的是人性内涵，启发人们去感受美好的大自然，以善良和同情心，去善待生态环境，去善待人以外的生命。这台晚会以充满激情的艺术创新，拓展了杂技的艺术空间。

由于篇幅限制，本文主要围绕入选国家舞台艺术精品工程的十台剧目做一简要的评述。从入选剧目和当前舞台艺术创作的情况来看，应当特别指出的是，关注现实、表现现实生活，特别是改革开放和现代化建设波澜壮阔社会生活的艺术创作，仍然是薄弱环节。其次，舞台艺术创作中形式大于内容、概念大于形象的作品比较多见。这两方面的现象，都与缺乏对生活的观察、体验有关。生活是创作的源泉，仍然是我们应该遵循的一条原则。茁壮的幼芽，萌发于肥沃的土壤，只有扎根于人民群众之中，真正贴近群众、贴近时代、贴近生活，才有可能创作出洋溢着时代精神的优秀之作。

原载《2002—2003 年度国家舞台艺术精品工程入选剧目》，

文化艺术出版社 2004 年版

相声：应在继承与创新中展现深沉幽默

相声是语言的艺术，它的表演要求语言精练流畅、活泼犀利而又幽默含蓄。它的语言是艺术化的口语，又是生活化的文学语言。相声是一种让人发笑的艺术，但不是引发人们肤浅无奈的笑。它是一种深沉的幽默，使人听来有捧腹之乐，并且回味无穷。现在相声表演用的是普通话，人人听得懂。所以，还没有哪一种艺术形式拥有相声这样广泛的观众群。

但是，今天相声的观众群正在消解。许多观众在离相声而去的时候，却仍有一种深深的期待，多么盼望像曾经听过的那些脍炙人口、意味隽永的优秀相声段子一样的优秀作品能够继续涌现。目前，优秀的相声作品确实寥若晨星。人们从创作主体和受众及创作环境等方面寻找着形成这种状况的诸多原因，但这种状况依然难以改变。倒是由此而引发的人们对相声发展的理论探讨，与创作相映照，形成了一个热潮。也许，这种探讨对今后相声创作的重新崛起，会是一种铺垫。但不管怎么说，这种现象，表明了社会对相声摆脱目前发展弱势的一种关切。

人们需要相声，人们不会忘记相声。2003 年年初，文化艺术出版社出版了我主编的《侯宝林表演相声精品集》，首印六千册，很快销售一空。侯宝林先生是我国杰出的一代相声艺术大师，他创作表演的相声独具风范，以其广博的知识性和幽默智慧、生动感人的艺术魅力，为观众所喜闻乐见。他表演的相声作品出版，读者喜爱是自然的。他以继承、改革、创新的不懈探索，特别是对相声语言的提炼与净化，使相声这种旧时代艺人在地摊、坊间混饭吃的玩意儿，脱胎革面，以新的品格和韵味，走进了艺术的殿堂，从而为各个社会阶层、各种文化层次、各个年龄阶段的人们所喜爱，真正是雅俗共赏。侯宝林先生整理、创作、表演的《关公战秦琼》《改行》《婚姻与迷信》《戏剧杂谈》《戏剧与方言》《卖布头》《醉酒》《夜行记》等上百个段子，都使人百听不厌。当然，侯宝林先生作为我国相声艺术的代表人物，其艺术创造是作为一个时代的集体成就被社会被群众肯定的。相声艺术宝库琳琅满目，是侯宝林和他之前及同时代以及他之后的众多相声艺术家共同创造的结晶。像清末民初的马麻子、朱绍文（艺名"穷不怕"）和继起的李德锡（艺名"万人迷"）、焦德海、张寿臣、马三立，以及近三十年来涌现的许多受到观众欢迎的相声演员，都以自己的创作、表演，为观众奉献了一大批优秀相声作品。《侯宝林表演相声精品集》的选编远不能把许多优秀的相声作品奉献给读者。因此，文化艺术出版社总编辑丁亚平提议，希望我在《侯宝林表演相声精品集》的基础上，主编一套当代相声名家的表演精品。这也正是我的想法。因此，便有了这一套当代相声名家表演精品丛书。

相声是产生于北京一带的"平民艺术"，至今已经发展了一百多年的时间。它的艺术元素可以追溯到周秦时代的俳优，但形成"说、学、逗、唱"兼备的艺术形式，则是近代艺人的创造。它以"说"为主要表现功能，以"抖包袱"为主要艺术手段的表演，是直接抓住观众的法宝。其所以具有旺盛的生命力，根本原因是深深地植根于广大人民生活的土壤之中，表现他们的喜怒哀乐、理想愿望，这就为表演抓住观众奠定了深厚的生活基础。我们读名家的表演精品，会深刻地感受到这一点。

也正是因为相声艺术与人民群众的密切联系，相声演员在观众的直接反应中，不断加工锤炼观众喜爱的作品，才使之成为百听不厌的经典作品。这些作品，是支撑相声艺术延续发展和保持其审美特性的基础。今天，这些作品不仅仍然可以为观众带来喜悦，它也滋养着相声艺术不断延续的长河。只有重视优秀传统，才能使创新更醇厚、更鲜活。

我认为，相声艺术要有新的发展和它在发展中仍然得到观众的喜爱，从创作方面而言，坚持以下三个方面是重要的：一是重视继承借鉴相声艺术的宝贵遗产，坚持演出优秀的传统保留节目。一个优秀的演员，能够演出一百个传统的保留段子，应该是不算太高的要求。二是继续发掘、整理和改编菁芜并存的传统段子，正所谓"一遍拆选一遍新"，保留其表演的精粹，赋予其积极的思想意义。三是鼓励创作反映现实生活的相声作品，要扩展题材，走宽路子，切忌贫嘴和油滑。马季、姜昆、杨振华的一些作品是成功的例证。今天社会发展的波澜壮阔，社会生活的丰富多彩，为相声艺术充分发展其诙谐和讽刺的本质特征提供了取之不竭的生动素材。

当代相声名家表演精品丛书的编选出版，或可给喜欢相声的读者带来欢乐，也可为相声艺术创作的继承带来宝贵的借鉴。

2003 年 6 月 16 日

原载《当代相声名家表演精品集》，文化艺术出版社 2003 年版

看芃芃的画

芃芃是一位不太为油画界以外所知的画家，却是一位有功底、有实力、有个性追求，呈现独特艺术风格的画家。

芃芃的画构图讲究，有力度、有内涵、不外在，用"浓郁厚重、自在质朴、宁静纯真"来评价，正可以说明她绘画的艺术面貌和给人的审美感受，她的画也因此而具有耐人审视的艺术魅力。她之所以不太为人知，是因为她从不张扬，二十多年静静地画、执着地画、充满激情地画，艺术的本质是精神境界的追求和内心情感的自由抒发，她自己说，是用一颗无杂念的心去体会，用一双无隔的眼睛去观察。由此，她的画笔率意挥洒，看上去似乎不太追求强烈的明暗对比，以及色彩、线条、肌理、质感、空间、光感等的细腻呈现，但其作品表现的整体面貌，特别是风景画的浓郁厚重，静物的质朴自在，是很多人难以企及的。而细看，浓郁中的层次、质朴中的韵致、率意中的分寸都不缺失，看得出基本功的扎实和笔意的灵动。

芃芃的画另一个需要特别给予肯定的是作品的艺术品格。品高是艺术创造追求的境界，技术的娴熟并不能保证品格的高洁，没有文化的涵养和心境的澄静，娴熟的技巧也会流于轻浮。站在芃芃的画前，带给你的是超以象外的淡泊素心和宁静澄怀。绘画而能达到一种品格境界是不易的。有人说过，一片自然风景是一个心的境界。芃芃的画，是一位画家用儿童般纯真的眼睛看物象，静观自得，并用看似朴拙却是大胆自如的色彩描摹，构造的一个具有审美魅力的心灵境界。她从生活中发现美，她的静物绘画中有生命，风景绘画中有灵魂，看她的画，给人的印象是难忘的。

芃芃的画之所以有成绩，除了自身的努力和修养，还有一个重要的原因，就是杨飞云的影响。杨飞云、芃芃夫妇以高洁的品行和艺术创造的成就为人称道，钟涵先生在芃芃画册的序言中说，飞云深知芃芃画中那种出自气质的特色之可贵，正是有了飞云朝夕相伴的切磋指导，芃芃的艺术气质才得以发挥出来。但芃芃在艺术上并不依赖，而是清醒地追求与飞云不同的艺术取向，正是和而不同。飞云和芃芃以不同的艺术风格的追求，共同地得到人们的肯定。

最近，以"质朴与纯真"为题的芃芃画展在中国国家博物馆举办。这是芃芃画作的第一次个展。展前，她没有同意主、协办单位召开展览新闻发布会以及在展览期间举办座谈会的安排，她说自己的绘画水平还不高，不要那样高的规格。展览中，靳尚谊、詹建俊、钟涵等老一辈的著名油画家和许多中青年画家及众多的观众观看展览。芃芃绘画的独特审美魅力赢得人们真诚的肯定。人们有一个共同的评价：现在，这样具有很高品格的给人以宁静审美感受的画展不多了。

艺术的追求没有止境。相信这次画展，会成为芃芃艺术创作的一个新的起点。

艺术规律的诗意表达

柳城老师托人送我他新出版的线装古色古香的《电影电视三字经》。接书疑惑：影、视这新兴的艺术形式与这些古意的"三字经"有什么联系？打开书来看，"为电视　拍电影　为电影　添品种"……一气呵成的丝丝妙语，音韵和谐，巧思独到，竟吸引人一气读了下来。读毕，原来是一篇叙说影视艺术创作体验的文字。以"三字经"的形式来描述这样的内容，理过其辞，淡乎寡味，应是很难避免。但作者竟写得这般诗情词采并茂，表意说理畅达，丝毫不见雕琢拘泥之痕。词采给人以文学之美，辨析给人以启迪感悟，不由人不携卷诵之。

细细品味，《电影电视三字经》是一本影、视艺术创作的完整的教科书。它从影、视艺术的构成，"编导演"，"摄美录"乃至文字编辑和制作人的策划统筹，都有真正行家的精妙揭示。以编剧而言，"曰剧作　戏之本"是定位，然后讲"讲故事""写人物""设情节""立结构""选题材""重愉悦""讲风格"……一剧之本的构成，讲来铺排有致，跌宕曲折，言简意赅，真是字字珠玑。尤其作者以比拟的手法来说明编剧的构成，如"写人物　一棵树　枝叶繁　根须固""立结构　如安家　园中水　庭前花"等等，以奇妙的想象，把读者带入形象的联想之中，由此，既可丰富而又完整地把握一种创作的境界。还有，作者关于影、视艺术创作技巧的描述，也使人不能忘记。"著此文　非彼文　时三分　叩人心　时六分　起波澜　凡九分　出看点"。影、视创作要抓住观众，这是创作的最紧要处，作者以三、六、九分的时间量化做技术上的要求，我不知道这是不是影、视艺术的一个基本规律，但从这一点去做创作技巧的要求，我们可以体会到作者对影、视的深切用心。《电影电视三字经》未止于此，它对影、视艺术创作规律的概括和阐发也入情入理，引人共鸣。"或叙事　或言情　或呐喊　或鼓动　或现代　或传统　或大众　或小众　黄金律　不可变　拍佳片　要好看"，言语平实，但具有说服力、感染力。

《电影电视三字经》真知灼见，不弄玄虚，叙事明理，文采斐然。以凝结为 900 字的三字之经，概括可写一部大书的广博内涵；以平实而形象的诗的语言，准确表达影、视艺术创作的科学规律，写来举重若轻。

20 世纪 80 年代初，我在北京电影学院读书，那时柳城老师执教于电影学院，后来他工作几经变动，但对影视艺术的追求却是勿止勿忘。这些工作变动，更使他从宏观到微观，从局部到整体，对影视艺术创作有了更完整的观察与把握。"三字经"并不完全局限于影视艺术创作本身，与它相联系的策划、制片及诗外功夫、艺德修养，讲述无不透彻明晰，而充满诗情画意。作者把握影视艺术功力之深厚，语言之形象生动，文风之质朴，以及作者本身"唯赤爱　唯忠诚　靠投入　靠激情　轻荣辱　耐枯荣　漫漫路　踽踽行"献身于影视事业的执着精神，也洋溢于字里行间，读之，体味之，使人感佩。

原载《当代电影》2007 年第 1 期

把握本源　追求新境

　　书法艺术不仅是中华民族文化遗产中的瑰宝，也是世界艺术殿堂中的一朵奇葩，值得作为人类创造的精神文化遗产来珍视。中国改革开放新时期以来，书法艺术得到了广泛的普及与发展。为了加强书法艺术的国际交流，中国艺术研究院中国书法院联合日本日中交流振兴协会和韩国书法协会，共同举办"首届国际书法年展"，共展出三个国家最具代表性的书法家的精品力作一百二十余件，展览展示了当代书法艺术创作国际视野中的高品格、新面貌。

　　首届年展的作品汇集出版，不仅让读者永久性地欣赏参展作品，而且展览本身也会以文献的方式保留下来，是很有意义的。首届展览之后，中日韩三国的书法艺术家们拟今后每年举办一次联展，由三国有关机构轮流承办。这是中国艺术研究院继前不久举办的"中韩暨观察员国家文化艺术界高层学术论坛"之后，又一次亚洲地区间的艺术交流活动，展现了有着东方文化背景的亚洲国家艺术家们寻源问道，以古老的书法艺术方式表达当代文化精神和复活书法独特艺术魅力的热忱探索。

　　从这本书法集中，我们可以看到中日韩三国书法家书法创作的整体实力，看到书法家的艺术素养与文化气度，这些作品彰显了每位书法家独特的艺术风格和审美追求。中国书家植根传统，变古求新，大都既有深厚地道的传统功底，又体现出时代发展的审美趋向变化。日本和韩国书家也同样重视书法本源的把握，民族审美心理和当代艺术元素的融入，使细心的读者可以体味到艺术演变的微妙境界。多年来，中日韩三国的书法家从互访、作品交流展、派遣留学生到举办学术讨论，已经获得了书法创作许多带有共同特征的成果和进步。一百二十余幅作品，有的平和简静、风骨清逸，有的苍浑古朴、狂放雄劲，大都讲究用笔用意，追寻境界格调，以用心的探索，表现当代书法艺术在立足传统基础上的新形态、新意象，这些追求和探索是应该肯定的。

从中国书法史我们可以看到，每一个书法艺术高峰期，都有表达那个时代文化精神和代表那个时代文化创造气魄的书法大家和代表作。从古代留存下来的许多墨香清远的经典作品中，今人仍然可以得到无尽的精神文化享受。但古典与传统的生命延续，还需要后人新的创造不断去丰富。扎根传统，变古求新，当代人的创造，定会给古老的书法艺术不断带来青春的朝气。

2008 年 6 月 22 日

原载《首届国际书法年展作品集》，

荣宝斋出版社 2008 年版

《李铎题王立新画集》序

　　青年画家王立新在中国艺术研究院研究生院研修国画，他把即将出版的《李铎题王立新画集》送我，要我为之作序。翻开画集，花鸟、人物、山水，无论是以严谨细腻设色古雅的工笔摹写，还是以水墨纵横大刀阔斧地挥洒表现，都使人感受到艺术之美和充溢于其中的画家的激情。李铎先生说，王立新的画师承传统而又洋溢时代精神，花鸟画中有明显的乡土色彩和浓厚的生活气息，水墨人物墨韵淋漓而有脱俗的艺术境界。正因为如此，王立新的国画创作，从题材到表现形式都在做着新的探索尝试，特别是他的写意花鸟创作，更以个性化的艺术表现令人瞩目。

　　我第一次看到立新的画是在中国美术馆"黎昌第四届全国青年国画年展"上，他获奖的作品《有风》，是一幅六尺传统墨荷，墨气酣畅，在雨中绽放摇曳，不着色彩而层次丰富，画面清雅大气，水墨形、意透过画面让人感受到的生命的勃发和力量的张扬，给我留下深刻印象。这本画集中的"潇湘情韵""朝露""莲子依依十里塘""江南好采莲""花高十丈藕如船""红荷映日""新荷图"等，可以看出，画荷构成了王立新创作题材的重要内容。这些表现"荷"的作品，技法的运用上有不同，繁、简、工、写有异，但对"荷"高洁清雅的品格和它显现的勃勃生机却表现得鲜明而富感染力。

由画荷可以看出立新在笔墨的继承上，法度、技法的把握，韵味、境界的追求，都有比较扎实的基础和深入的体悟。此外，他画的工笔重彩花鸟及其他一些题材，也可以看出有过扎实的基本功训练。一个画家在绘画的艺术演变中，往往会有不同阶段的风格变异，但一步一个脚印，在每一步的前进中都竭尽心力，才有可能达到螺旋式的更高的境界。立新在这每一步都画得认真，他来研究生院学习，注重的也是自身的文化积累。齐白石说："胸中富丘壑，腕底鬼神工。"立新是一个朴实的不擅言辞的人，但他有艺术的激情，有进取的精神，他拜李铎先生为师，苦练书法，以锤炼绘画的笔法，他苦学篆刻以增强绘画的意象，他还坚持在笔墨形式上用心揣摩齐白石大师的艺术精髓。水墨写意的纵横恣肆，以简约而摄精神，没有对"形"的准确感悟，不可能表现出水墨洋溢生命力的精、气、神。有了精、气、神，才可能达到一种艺术的境界，而境界出于心境，心境在于心性，心性养成于画家的文化积累、生活体悟和生活品格。立新是在沿着这条路走的，苦心磨砺必有正果。

翻着《李铎题王立新画集》，虽以画成集，但正像书名所言，李铎先生为其中三十多幅作品或题名或题跋、题诗、题词，他都是根据各幅不同的作品的立意、形式、风格拟成题写的。李铎先生是中国当代书坛大家，其书法古拙雄浑、功力深厚、凝重大气而又舒展流畅；气势劲健豪放、气度不凡且又雅俗共赏。李铎先生的诗词佳句和书法艺术，本身就是深具艺术魅力的书法佳作，题于立新的绘画，正可谓珠联璧合，相得益彰。比如这本画集中的《一朵红荷照眼明》，迎风挺立的红荷，气宇轩昂，荷叶下三两成群的鱼儿优哉游哉，充满生气和阳光的世界，表现出对生命的热爱和赞颂。李铎先生自拟并题写的诗句，与画面构成独特的诗的意境。形式之美与意蕴之醇厚，耐人品味。

李铎先生以艺术大家而提携后学，使人钦敬。二十多年前，立新进京求学即拜李铎先生为师。两人为湘东同乡，都出生于湖南醴陵。历史悠久、博大深厚的湖湘文化哺育了多少文人墨客，师生两人无疑都受到这丰厚文化的滋养。立新7岁学画，后师承李铎先生学习书法，更由书法的体昧提升绘画，以老师的学问教导感悟艺术。李铎先生评价立新："以充沛的精力，担道的精神，苦行僧的耐性，耿心勠力，始终如一，苦练笔墨，在生活中锤炼坚韧，在创作中升华品位。"王立新作为中国当代写意花鸟画坛一位具有鲜明个人风格的优秀青年画家，坚持高远的志向和坚韧的精神，继续努力前行，我相信一定会走出更宽广的路来。

原载《李铎题王立新画集》，
湖南美术出版社 2006 年版

经济出自学问　心性见于事功

　　孙燕同志将一部沉甸甸的书稿送给我，要我为她即将出版的书作序。这些文章中的一部分我从《中国文化报》和其他一些文艺报刊上看过，但重新翻阅书稿，不禁为孙燕同志在二十多年从事报刊编辑工作、为他人做嫁衣裳之余，耕耘收获的理论评论的成果感到十分高兴。在今天，出本书已是很平常的事情，但就文化艺术理论评论方面而言，言之有物，能从不同侧面留下时代文艺创作与理论探索发展的印迹，给人以思考和启发，并非易事，能达到这样质量的书也并不是很多。孙燕同志的这本书，既不是艺术史的宏观描述，也不是基础理论的系统阐述，而是她结合自己二十年来的文艺理论编辑工作实践，结合我国当代文艺发展前进的现状，从具体作品的评论和有感而发的理论思考出发，写下的一篇篇独立成章的文字，读者从这些文字的微观分析评论中，从这些文字构成的整体上，可以看到近二十年来当代文艺创作和评论发展的一个侧影。文字或短或长，具体而实在，不见草率之文，没有应酬之作，某些观点或看法可以见仁见智，但这些文字体现的价值和作者执着认真的精神，都显得珍贵。

　　这本书的内容，主要由三个方面构成，共收入100篇文章，主体部分是六十余篇评论文章，还有论文、评论内容的言论、散文等，以及文化艺术界名家访谈。有几篇的内容尽管不是严格意义上的文艺评论，但正像作者所说，都有理论的痕迹、评论的色彩。评论文章的对象，涉及文学、戏剧、美术、音乐、舞蹈、电视、曲艺、摄影，文学中又涉及小说、报告文学、儿童文学以及对史论研究专著的评论——评论的"杂"，是这本书的一个特点。孙燕同志二十年来做《中国文化报》理论版的编辑，编发稿件的内容涵盖文化艺术的所有门类，工作性质决定了她对这些方面都要熟悉，对很多艺术体裁、形式的本体规律都要做比较深入的思考。实践出真知，是一句平实而内涵很深刻的话，用在孙燕同志身上，是很恰当的。孙燕同志的评论文章"杂"，但说的是内行话，大都有自己的切入点和思考的闪光点。比如评论河北省丰润评剧团演出的《刘姥姥》，以"生存智慧与穷人的胜利"点题，指出走进大观园的刘姥姥以"守弱"改变生存困境，生动地体现了"卑贱者最聪明"；评论长篇小说《漕运码头》，用"忧患之思追寻民族魂魄"，准确地概括了小说作者以深层次的历史—文化开掘，表达的震撼人心的艺术力量；对舞剧《澳门新娘》的评论，指出该剧浸润和体现了中华民族传统文化的"和合"精神，这与故事发生的时代——16世纪澳门文化呈现的中西文化融合与并存的社会生活状态是一致的。这种分析与揭示，体现了文艺评论超越舞台展现的深刻性。作者在评论学术专著《戏曲理论与戏曲思维》一书时，不仅对该书的重要学术观点做了清晰的概括与阐释，而且指出理论家要承担两方面紧密相关的责任：一是理论建设；二是分析解决实践中的新问题。这样的评论，对理论家和现实的戏曲理论研究，都是有意义的。

近二十多年以来，我国的文艺创作从对于政治的简单化服务功能，全面回归到了艺术审美属性和审美功能的张扬。文艺的本体觉醒，使文学艺术的创作显示出一种创新求变、兼收并蓄、绚丽多姿的夺目景观；表现题材、艺术风格和形式的多样化探索，也使人眼花缭乱。文艺创作面貌的这种总体性演进，要求文艺批评必须改变划一的哲学、社会学式的批评，呼唤切近实际的文本批评。这种新的批评模式的建构，既要求批评与创作的变革相协调并给创作的发展以真切的指导，又能为观众（读者）审美期待与审美方式的调整提供令人信服的引导。孙燕同志在《审美的主流批评与大众的非主流批评》一文中，指出"我们应当把主要的目光投向建设和发展以坚实的理论为基础的、审美的主流文艺批评上来"，应该说，这是她在多年从事文艺理论编辑工作中，准确把握文艺创作与理论、评论现实发展的一种见地。20世纪90年代中期，我曾担任中国文化报社社长兼总编辑，强调理论版要从艺术本体反映中国当代学术面貌。我对理论版逐步调整到注重学理性和建设性，努力追求批评内容的丰富性和叙述语言的审美性，是充分肯定和感到欣慰的。其中，孙燕同志作为骨干编辑，发挥了重要的作用。我想，孙燕和其他同志明确的思路，应是办好理论版的重要的思想基础。孙燕同志认为，"在主流批评中，一种鉴赏式批评是值得重视的"，并说自己的批评文章基本上是这种评论。文艺评论的切入点是多方面的，鉴赏式批评是立足于文艺的审美属性和审美功能基点上的本体性评论，可以避免大而空的泛论。孙燕同志的评论文章，大都是从自己审美把握的一得之见娓娓道来，引导读者从中得到可以品味的艺术感受。

　　经济出自学问，心性见于事功。孙燕同志二十年来一直做《中国文化报》理论版的编辑工作，守于此，乐于此，编辑和研究都有值得欣慰的成果，是值得祝贺的。

原载 2006 年 10 月 31 日《文艺报》；

《孙燕文艺评论集》，中国戏剧出版社 2006 年版

学人创造智慧凝结的长卷

记得前不久在我院举办的《中华艺术通史》出版座谈会上，李希凡先生、冯其庸先生和参加编撰这部书的作者，都做了感人的发言。看到《中华艺术通史》这十四卷的出版，我为中国艺术研究院的学者在我们国家艺术学科的建设中起到的重大作用感到自豪。我是中国艺术研究院的后来者，为我们这些前辈学者的贡献感到自豪的同时，心中更有一种对他们真诚的崇高的敬意。《中华艺术通史》历经十余年的时间，汇集了中国艺术研究院内外艺术学科的很多学者来参与，前后达一百多人。北京师范大学出版社对这部书的编撰出版也给予了全力的支持。十年的时间在历史的长河中只是一瞬间，但是在人的一生中，特别是在学者的才华、学识以及创新性成果涌现的阶段，对一个学者来讲是事业的重要时期，作者中的很多人把这个时期献给了这部巨著。像著名中年学者苏国荣同志、刘晓路同志，在书没有出版前就去世了，他们都是十分优秀的学者。所以我面对这部书的时候非常感动。

中国艺术研究院已经成立56年了，一代一代的学者都在为国家艺术学术建设做出贡献。新中国艺术学各个学科一些奠基性的史论著作的完成，中国艺术研究院的学者起了很大的作用。前辈学者像张庚、郭汉城、杨荫浏、黄翔鹏、王朝闻、吴晓邦等完成的戏曲、音乐、美术、舞蹈等奠基性史论著作，在今天仍然绽放着学术异彩。他们的学术精神应该由我们一代一代继承下来。

《中华艺术通史》是这些前辈之后又一代学人的创造成果，它有很高的学术性、文献性价值。作为艺术综合的研究，《中华艺术通史》应该说是填补了中国艺术研究院也填补了我国艺术研究方面的一个空白。它的价值随着时间的推移会更显现出来。我可以肯定地说它对国家艺术学术的建设价值是重大的。《中华艺术通史》的编撰，坚持了辩证的比较研究方法。编撰中，作者们重视了艺术对社会生活的反映和社会思潮对艺术发展影响的研究，但艺术自身的发展规律和表现形态以及艺术家主体思想感情的表达和创造，始终是这部艺术通史探讨、研究的核心。着眼于在综合性研究中深化对艺术本体规律的研究，是本书的难点，它取得的学术成就，也鲜明地体现在这一点上。《中华艺术通史》编撰体现的治学精神和研究方法给我们的学术研究提供了很好的借鉴。

我们院现在正在做的一些重要课题，比如《昆曲艺术大典》、"中国艺术科学大系丛书"等等，其中有很大一部分是史论的研究。这是体现我院学术优势、学术地位的重要方面。我们同时强调要加强对当代艺术现象和艺术发展进程中有重大影响的一些课题的研究。这些研究实际上是对策性的、实用性的研究，基础理论研究与现实课题的研究二者要并重。现在我院坚持以艺术科研为中心工作的同时，强调发展艺术教育、艺术创作，构建三足鼎立的发展格局。现在中国工艺美术馆也正式划归中国艺术研究院管理，所以包括文化艺术出版社及十几个学术刊物，实际上是四足鼎立——艺术科研、艺术教育、艺术创作和出版展览。但在我院全面发展的态势之下，艺术科研还是中心。如果忽视了艺术科研，没有把握好这个中心工作，那我院真正的价值、地位就不能很好地体现出来。所以《中华艺术通史》的出版从一个重要的方面体现了我院的价值。现在我院活跃着的中青年学者要学习《中华艺术通史》这种治学精神、态度和研究的方法。在新的历史发展时期，为社会主义和谐文化建设，为中华民族的文化复兴，做出应有的贡献。

原载 2007 年 7 月 28 日《文艺报》

方寸之间　异彩纷呈

　　——《中国艺术研究院篆刻艺术院作品集》序

　　翻开《中国艺术研究院篆刻艺术院作品集》，看到的是传统素养深厚又各有独特个性追求的二十多位当代著名篆刻家的作品。工稳、端重、清隽、秀丽、飞扬、雄强、豪放、朴拙……风格不同；不管是实用印，还是艺术印，都源有所本，但守成法而不拘成法。时代的审美趋向所催生的绚烂多彩的当代艺术元素，不露痕迹地融合在这些作品的黑白虚实及笔画线条之中。所以他们的作品不是前人篆刻的翻版，而是洋溢着时代气息的新的创造。从这些作品中虽可见风格源流，但其精神意趣、笔意刀法，都给人以新的审美感受。

　　中华民族优秀传统艺术的发展，既要继承，也要创新。刻板地拷贝，只能走向渐行渐远的衰亡；而没有根基的创新，即便炫目于一时，也同样会走向枯萎。这本作品集的作者，都是中国艺术研究院篆刻艺术院的顾问和研究员。多年来，他们篆刻艺术创作的成就体现了艺术继承与创新的一种自觉性的结合。古人把有笔、有墨、有刀、有石作为评价篆刻艺术的一个标准。严谨的创作态度、高超的技法及其蕴积深广的艺术内涵，使这本作品集中的每幅作品，大都具有方寸之内丰富奇妙而耐人审视的艺术效果。这些作者的作品之所以受到社会的肯定和人们的喜爱，我想主要的原因大概在此。

中国篆刻艺术源远流长，先秦、两汉即已流行，唐以后印学渐兴，宋、元、明、清及近代篆刻名家辈出，将璀璨的篆刻艺术列为中国优秀的主体传统艺术之一当之无愧。在今天世界多元文化竞争并存，我们建设当代新文化的同时，珍视和继承中华民族的传统文化艺术显得格外重要。因此，中国艺术研究院于2006年6月建立了目前我国第一家以篆刻艺术创作和研究为专门职能的艺术机构——中国篆刻艺术院。它成立的时间不长，体现其职能的许多工作正待开展。但一年多来，其弘扬中国印学的重要作用已经开始显露出来。我相信，在中国艺术研究院艺术科研、艺术创作、艺术教育三足鼎立发展格局的框架下，中国篆刻艺术院一定会为不断提升当代篆刻艺术品格，加强篆刻艺术的研究，并为推动中国当代篆刻艺术的创作出现一个新境界做出应有的贡献。

为作品集的出版表示祝贺，为中国篆刻艺术院的发展表达期望，写了以上的文字，是为序。

原载《中国艺术研究院篆刻艺术院作品集》，
荣宝斋出版社2007年版

方寸之间　异彩纷呈

山水琴韵在 余音永绕梁

——《弦歌雅韵》序

　　王迪先生编著的《弦歌雅韵》由中华书局出版，为之高兴，为之欣慰。不由忆起先生的音容举止，忆起先生操琴演奏的情景，仿佛历历在目。王迪先生是我国著名的古琴家、民族音乐学家。她自幼受业于九嶷派古琴大师管平湖先生门下，深得琴艺真传。后入中央音乐学院作曲系学习，1953 年毕业后到中国艺术研究院音乐研究所从事古琴研究五十余年。王迪先生琴艺精湛，学术深粹，人品敦厚，受到人们的敬重。

　　2000 年年底我到中国艺术研究院工作才认识王迪先生，那时她已退休。有一天，一位朴实平易的老人走进我的办公室，送我一份她写的关于古琴艺术传承、推广设想的材料，并自我介绍说她叫王迪。然后向我讲起她的设想，她讲得很慢，但真诚、恳切，动情处有些气喘。从她的讲述中，让人深切感受到这位老人对古琴艺术的挚爱，以及她的生命与古琴艺术不可分离的那种联系。后来，又有几次与王迪先生这样的交谈，都给我很深刻的印象。2003 年 5 月，我作为团长，与王迪先生等几位全国著名的琴家赴澳门举办古琴音乐会；2004 年 7 月，筹办王迪先生等著名琴家参加的在全国政协礼堂华宝斋举办的古琴演奏会，这两次活动，都使我有机会聆听先生的古琴演奏和琴歌演唱。先生操琴的优雅，吟唱的韵致，都使我至今难忘。先生乘鹤西去近两载，今见先生遗稿整理出版，又似见先生娓娓而谈，似见先生翩然操琴吟唱，亲切之感油然而生。

王迪先生作为新中国成立后从中央音乐学院走出的第一代民族音乐研究的学者，为抢救、挖掘许多濒临失传的民族音乐精粹竭尽心力。王迪先生曾参加编著《古琴曲集》《历代琴人传》《琴曲集成》《古指法考》《中国乐器介绍》《广陵散初探》《中国古代歌曲70首》《中国名歌222首》以及《音乐百科词典》琴人、琴曲、琴歌部分，并编辑出版《中国音乐大全》中我国九大琴派已故演奏家古琴曲和《管平湖曲集》。王迪先生特别是在传承和发扬古琴九嶷派演奏风格，继承、总结、完善古琴大师管平湖先生的琴学遗产，在古琴艺术的丰富尤其是琴歌的挖掘、整理和创作、推广方面，做出了重要的贡献。琴歌是古琴艺术的重要组成部分。古琴艺术作为中国器乐艺术的集大成者，其内涵主要包括琴制（形制与制作）、琴弦、琴谱、琴曲、琴歌、琴史、琴论、琴派、琴人、琴社等。其中琴歌又称"弦歌"，弹唱合一，歌词取材于古诗词或移植民间曲词、民歌。琴歌是中国诗歌与音乐的完美结合。琴歌形式是古琴艺术演奏的另外一种境界，弦与歌相和相融，往往使人更得乐境之形，更入意境之境。传说孔子对诗三百篇皆"弦歌之"。儒家师徒"琴歌不辍"的形象，一直影响到后世文人士大夫的生活方式。琴歌作为古琴的一种弹唱形式，应该是有久远的历史。近百年来，古琴艺术受到多种社会因素的制约而逐渐衰落，琴歌的知音更是日渐稀少，对琴歌的发掘、研究也显得十分冷落。难能可贵的是，王迪先生在潜心古琴艺术研究和演奏的同时，一直注意琴歌的发掘、积累。1956年，她参加全国古

山水琴韵在　余音永绕梁

137

琴音乐的普查、收集工作，除收集散失在民间的琴谱外，还收集到七首琴歌，她深感发掘抢救琴歌艺术已是刻不容缓。自此，她把很多精力放在琴歌的发掘、收集和"复活"上。在管平湖先生的指导下，她尝试琴歌的打谱工作，发掘整理了《黄莺吟》《长相思》《胡笳十八拍》等琴歌。其中，《胡笳十八拍》曾在1959年中国音乐家协会组织的演唱会上吟唱，受到观众的欢迎。十年"文化大革命"，琴歌的发掘整理被迫中止，1978年王迪先生重新回到工作岗位，以忘我的热情重新投入琴歌艺术的研究和整理。此后的时期，是她古琴艺术研究的高峰时期，她陆续发掘整理了数百首琴歌。1979年起，她着力推动琴歌的演唱与普及，产生了广泛的社会影响。1982年她与中国音乐学院共同组织"华夏之声"古典诗词音乐会；1990年赴香港参加亚洲艺术节"古琴名家汇香江"活动；1991年至1992年，应美国哈佛大学音乐系邀请赴美讲学；2001年在台北举办《琴歌琴韵》音乐会，两次赴台湾演出和讲学。这些活动，使她几十年倾心古琴艺术及发掘整理琴歌的积累得到展现的机会。2001年以后，由于古琴艺术被联合国教科文组织公布为世界人类口头和非物质文化遗产代表作，王迪先生有了更多参加演出、讲学的机会。2002年在北京大学举办"古韵新声——琴歌箜篌演唱会"以及之后出国参加学术会议，赴澳门和在全国各地的演出，王迪先生的琴歌弹唱，给琴歌演唱形式带来了更新、更旺盛的生命力。香港《新晚报》在一篇评论中说："琴歌婉转动人的旋律，仿佛把我们带到了遥远的古代，使我们感触到几千年来无数名人志士和劳苦大众的喜乐和悲哀，一种爱祖先、爱山河，更爱今天的感觉油然而生。"

社会的认同，带给王迪先生内心的喜悦，她忘记了生病之躯，以更多的时间和精力，加紧对琴歌的整理工作。她继续拜访琴人，收集资料，做深入研究。我们从《弦歌雅韵》中读到的《我对东皋禅师琴歌之浅见》一文，就是她收集和研究流传海外资料的心得。王迪先生还从《东皋琴谱》中选撷了一些琴谱、琴歌进行定谱再创作，整理出不少旋律优美、易于演唱的琴歌，也都收在这次出版的《弦歌雅韵》中。王迪先生认为，由古琴曲与诗词结合边弹边吟唱，不同于西洋声乐的美声唱法，也不同于民歌唱法，古韵行腔，琴曲天籁，最能体现古琴艺术神韵。她在重视整理传统琴歌的同时，也尝试以古诗词与琴曲结合创作琴歌，因此，《弦歌雅韵》收入的凝聚了她心血和情感的《钗头凤》《沈园》等作品，都以古琴神韵和浓郁的古曲演唱风格得到演唱家和欣赏者的喜爱。由此可见，《弦歌雅韵》既是稽古，也是创新之作。

　　20世纪70年代中期，王迪先生曾选择部分易于吟唱的琴歌教学，逐句逐段地为学员讲解歌词的内涵和情境，示范吟唱的韵致和音乐的处理，通过教学，培养了一批优秀的琴歌演唱家。1983年王迪先生编著出版了《琴歌》，也是为了让更多的人传承琴歌。这一次《弦歌雅韵》的出版，则是在《琴歌》和近二十年来王迪先生新的研究、创作成果基础上的精编。王迪先生治学严谨，说这本书是她心血的凝结，一点都不过分。她曾说，琴歌的整理、发掘和创作，如能结集出版，就算我垂暮之年为琴坛做点贡献吧。王迪先生一生低调，作为全国著名的琴家，她生前却没有给自己录制一盘演奏CD，更没有摄像制品。她的女儿邓莹在写给我的一封信中说，王迪先生为了她的工作和事业一丝不苟，"过分认真"，一生重视人品、专业和名誉，除琴歌外，最重视的就是整理管平湖的资料，她认为她有义务把老师的艺术风格传承下去。作为九

山水琴韵在　余音永绕梁　一

嶷派的大家管平湖的弟子,她对得起老师,对得起学生,却对不起自己,使后人难寻她承上启下的艺术成就和作用。基于此,邓莹女士和出版社在《弦歌雅韵》中不仅收入反映王迪先生发掘、整理和创作成果的琴谱、琴歌和她写的文章,而且把她入住医院前录制的24首尚未编辑制作的自己演唱的琴歌也制成CD,附在书后发行。有谱、有声、有文章,可以让读者全面领略王迪先生琴歌的艺术风格和韵致。

读过这本书,我们会充分感受到,对于古琴艺术的保护和传承而言,《弦歌雅韵》是值得我们珍视的宝贵财富。

原载《弦歌雅韵》,中华书局2007年版

赤子之心的表达

——在"紫禁城里的东西方艺术对话"座谈会上的发言

　　故宫博物院收藏吴冠中先生的作品意义深远。吴冠中先生是我国当代具有世界影响的艺术大师，他捐赠故宫博物院的《一九七四年·长江》《石榴》和《江林》是他创作的精品，故宫的收藏，使它们成为中国当代美术创作最高艺术水平的见证。故宫博物院从延续中华文化艺术发展长河的视野来收藏中国当代艺术大师的作品，标志着故宫博物院发展史上一个新的开端，并且是以收藏吴冠中先生的作品起始，真可谓珠联璧合，相得益彰。

　　看吴先生的作品，鲜明地感受到形式之美、艺术之美。他作品形式的美感不是单纯的形式，而是蕴含了诗的意境和充沛的诗情的，看得出他倾注了心血和感情。这不是外在的，是从生活中来的。他的几乎每一幅作品中都洋溢着浓郁的生活气息，也都有艺术创新的元素。时代的精神、时代的气息，我们都能从他的画中感到。吴先生在他的创作笔记中提出"风筝不断线"的艺术主张。多少年来，吴先生都努力保持着他同人民群众生活的联系，从生活中汲取创作的素材，看他的一幅幅作品，几乎都可以联想到他在山野、乡村和其他可能的生活空间写生的身影。他说，从生活中来的素材与感受，即便被作者抽象成了某一艺术形式，但仍须有一线联系着作品与生活中的源头，也只有风筝不断线，才能把握住作品与观众的交流。吴先生说，艺术创作中那条联系人民感情的"千里姻缘"之线不能断，艺术作品不能失去与广大人民的感情交流。吴先生的作品之所以清新，以艺术之美浸染我们，是因为其形式之美蕴含的赤子之心也同时打动了我们。这种赤子之心的情感就是他对生活的热爱，对人民群众的热爱，一种无私、刚正、奋进的情怀。记得1999年我做文化部艺术司司长的时候，曾请吴先生等几位艺术家、学者谈艺术教育问题，中午在饭堂吃饭，吴先生说到鲁迅思想对自己的影响和鲁迅伟大人格的感召，动情地说："鲁迅是我的精神父亲！"确实，我感到，在对人民群众的情感和思想、人格的追求上，吴先生是把鲁迅先生作为榜样的。我们看吴先生画的《鲁迅故乡》《鲁迅故居百草园》《绍兴小景》《绍兴早春》，都可以体会到水墨之间浓郁的情感，饱蘸感情的笔墨可以牵住人的视线，使人在对画面的审视中产生联想。

吴冠中先生的作品，呈现一种诗境、韵律之美，青春的气息、艺术创新的元素、时代的精神构成整体的艺术之美。这些是通过他入化境的对于点、线、块、面，黑、白、彩色的妙笔创造而呈现出来的。吴先生说："笔墨只是奴才，它绝对奴役于作者思想情绪的表达。情思在发展，作为奴才的笔墨手法永远跟着变换形态，无从考虑将呈现何种体态面貌。也许将被咒骂失去了笔墨，其实失去的只是笔墨的旧时形式，真正该反思的是作品的整体形态及其内涵是否反映了新的时代风貌。""脱离了具体画面的孤立的笔墨，其价值等于零，正如未塑造形象的泥巴，其价值等于零。"这些话，是吴先生在他那篇引起美术界十年论争的只有几百字的著名的《笔墨等于零》的文章中说的。这篇文章首发于1992年香港的《明报月刊》。后来"笔墨等于零"逐渐成为越来越多的文章批判否定中国画笔墨传统的标靶。这些文章并没有观照吴先生文字的全面表达，有的批评文章的作者甚至没有见过吴先生文章的全文。1997年我在《中国文化报》担任社长兼总编辑，11月初，《中国文化报》的记者叶荷将这篇文章送给我，说吴先生让我看看这篇文章可不可以在《中国文化报》发表。这篇文章此前只在香港发表过，内地没有发表，一些人并没有看到，引起一些误解。因为文字很短，我当时即读了一遍，感到写得很真切，言简意赅，没有问题，便安排叶荷同志尽快将这篇文章发表。我同意吴先生的艺术主张，如果创作只是停留于形式本身，不赋予其时代的精神，不赋予其艺术家的感情和思考，作品是难有价值的。吴先生的绘画中，很少见到时代的标志物，但他的作品只有他这个时代的画家才能画得出来，而他的作品，也体现了这个时代的艺术风貌。

2005年4月，法兰西学院艺术研究院终身秘书长阿尔诺·杜德里夫应邀访问我院，他提出希望我请吴冠中先生与之见面。他说，吴冠中当选法兰西学院艺术研究院院士，就是他电话通知吴先生的，希望这次在北京拜访吴先生。后来，他们两位在我的办公室见面，当时吴先生身体不太好，原拟礼节性见面十五分钟，两人谈得来了兴致，吴先生谈由工科而改学艺术的缘起，以及留法的记忆，谈艺术主张……谈了近一个小时。吴先生走后，阿尔诺先生评价这位八十六岁的老人是一位质朴的、充满激情的艺术家，从谈话中看出他的坚定和坚强。确实，吴冠中先生是中国当代可以代表这个时代的一位艺术家，他的作品和他体现的中国人的精神，都会在中华民族文化艺术发展的长河里生辉。

吴为山和他的雕塑艺术

　　值中国艺术研究院中国雕塑院建院九周年之际，"匠与意"雕塑展暨中国青年雕塑邀请展在中国雕塑院开幕，我们看到院长吴为山和雕塑院顾问、特聘艺术家钱绍武、盛扬、曹春生、田世信、叶毓山、吕品昌、李象群、陈云岗、王中、王少军、殷晓峰、鲍海宁、霍波洋、景育民、程兵等著名雕塑家的代表性作品，也看到郅敏、李烜峰、孙龙本、李继飞、张崴、尚荣、柳青、邓柯等一批优秀青年雕塑家的作品。老、中、青雕塑家作品的集中展示，以独特的艺术追求、鲜明的艺术风格和强烈的时代精神令人瞩目。展览以"匠与意"为主题，整体性、学术性地呈现中国雕塑院建院九年以来，在雕塑创作、学术研究和人才培养方面所做出的努力和贡献。在院长吴为山的带领下，雕塑院不断进行理论创新和创作实践，一批学术成果出版，一批优秀作品问世，一批青年雕塑家茁壮成长，推动中国当代雕塑艺术境界不断提升。正像著名雕塑家吕品昌在展览致辞中所说："中国雕塑院作为重要的学术机构，它引领和倡导了中国艺术家对中国传统文化的传承与拓展，探索和创作具有当代中国文化精神的艺术表达，不断发扬促进具有中国精神的艺术创造力，中国雕塑院的雕塑家从传统文化中取得养分，将创作成果转化与回馈社会。"

回顾中国雕塑院走过的不平凡的九年历程，不能不谈到著名雕塑家吴为山做出的重要贡献。新中国成立之初，建立一个专门的雕塑创作机构，是当时那一代雕塑家们的夙愿，但因种种原因没有实现。中国进入改革开放新时期之后，中国雕塑院的建立，可以说是"应运而生"。吴为山以其创作上的国内外影响，在坚守中国精神、中国气派的基础上，倡导时代风格、国际视野的文化理念，以"诗风荡漾，文气堂堂""形神兼备、气象万千"独具意象风格的"写意雕塑"的艺术主张和成功实践，也以其在南京大学雕塑研究所所长任上的建树，而成为中国雕塑院的首任院长。九年一瞬间，但雕塑院在吴为山院长的领导下，老、中、青三代雕塑艺术家和艺术理论家同心同德，开拓进取，如今已建设成为有凝聚力、感召力和影响力的具有国际性声誉的雕塑艺术平台，雕塑院的许多展览和理论研讨活动，已在引领我国雕塑艺术创作的发展、推动建立具有中国影响力的国际艺术评价体系方面发挥作用。特别是吴为山的一系列作品，已在国际上展示出中国当代雕塑艺术创作的独特面貌。

在中国雕塑院建院九周年之际，我们不仅看到吴为山作为院长对雕塑院事业发展的贡献，更可喜的是也看到吴为山作为一位雕塑家，他以不间断的创作，不断推出新的作品，而这些作品在审美品格的把握和艺术创造意境的开掘上，都有令人眼前一新之感。记得2008年年初，我在南京参观侵华日军南京大屠杀遇难同胞纪念馆主题雕塑并主持学术研讨会，当时看了吴为山创作的纪念馆主题雕塑《家破人亡》《逃难》《冤魂呐喊》和《胜利之墙》，深深为作品思想和艺术的震撼力所感染，久久不能自已。这组作品深刻形象地再现了中华民族近代史上被外来侵略者凌辱、屠杀的一个不可忘却的记忆，同时也形象性地表达了最后的胜利属于正义的奋起反抗的不屈的中华民族。作品不去正面表现屠杀，但父老乡亲逃难路上的悲惨情景，扶老携幼、家破人亡、冤魂呐喊，一幕幕场景，都使人如见刀光血影，那惨不忍睹的屠杀场景如在目前。侵略者对善良人性的毁灭，不能不激起参观者内心强烈的震撼！吴为山的南京大屠杀遇难同胞纪念馆主题雕塑的创作，将个人情感体验与民族情感、人类普遍情感融为一体，以独特的出人意料的大胆构思，借鉴中国传统雕塑、雕刻技法和艺术精神，吸收西方雕塑艺术元素，运用表现与再现、写实与写意融汇统一的表现手法，以再创造的独具个性特征的意象风格，丰富而又强烈地揭示了受害者的痛苦、挣扎、不屈、奋起，作者对他们内心情感和外化形态的把握十分准确、统一。在当时观摩这组主题雕塑后的学术研讨会上，我曾指出，这是可以堪称我国当代最高艺术水平的为数不多的雕塑作品，从世界范围来看，这样的作品在当代雕塑中也属杰作，它将作为这个时代雕塑创作的标志性作品留给后世。

在我国当代雕塑家中，吴为山创作作品的数量也是惊人的，已有近 500 件作品问世。题材从孔子、老子等古代圣贤，毛泽东、邓小平等老一辈革命领袖人物，到作为题材主体的近当代文化名人，还有稚童、妇女、老人等普通人的形象。吴为山以充沛的激情在自己的表现对象上倾注力量，挖掘人物具有深度的精神世界，赋予冰冷的材料以灼热的灵魂，赋予瞬间静止的造型以中国文化生动的人文精神。他的作品呈现着一种敦厚的"中国气质"，这种气质是无形的，但似乎是从人物的身心中洋溢出来，不管作品的人物是静止的，还是运动着的，神情是静穆的还是灵动的，都有一种厚度。我们正是从这种厚度中解读出吴为山作品追求的"中国精神、中国气派、中国风格"（吴为山）。我在 2008 年评论吴为山《史实力作，写意精神——吴为山的雕塑艺术》一文中，认为在雕塑手法上，吴为山借鉴西方现代雕塑经验，将中国传统美学的写意精神和绘画上的写意元素引入雕塑造型，抛弃烦琐的细节，捕捉形与神的统一，因此他的雕塑无论从"再现"的角度看还是从"表现"的角度看，都显得特别传神。吴为山的雕塑与西方人的雕塑拉开了距离，也与当下偏于西化的中国雕塑颇有不同，他以自己独创性的艺术形象，形成了人们所认知的独特的艺术风格。在近 10 年以后的今天，吴为山更以大量的优秀作品奠定了具有独特个性、独特面貌的个人风格。他的作品立在那儿，人们一望即知：这是吴为山的作品。创立具有广泛认知的独特个性风格，是一个时代杰出艺术家的必备条件，但仅此并不够，他的作品还须同时具备很高的文化品格和时代应该达到的最高艺术境界。吴为山可谓是一位三者兼备的雕塑家。2010 年，香港中文大学因吴为山的艺术创造成就授予其荣誉院士，指出吴为山"走在艺术发展的前沿，为雕塑开拓新视野，界定新定义"。著名艺术家熊秉明曾说："艺术家往往创作能敏捷挥就者，难刻画深入；能苦心经营者，少一呵而成之妙。为山作品神速痛快又能供人长期反复玩味，其用思灵活多出人意表。"著名艺术评论家邵大箴说吴为山的雕塑作品"不仅有刚柔相济的鲜明个性，有含蓄而强烈的艺术感染力，而且有深厚的人文精神"。著名科学家杨振宁说吴为山每一件大大小小的雕塑作品，都洋溢着真、纯、朴的特点，"打造了一个神似与形似之间的微妙平衡，而这种平衡正是中国艺术的立足之本。"我认为这些评论和肯定，从不同的角度指出了吴为山雕塑创作的本质，即从中国文化的深厚内涵和当代多元美学趋向（包括外来元素）中寻求形与神把握的平衡点，以形写意，以意见神，以神领形，以浑朴之形，寓灵动之魂，在契合当代中国审美意趣演变的形式美感把握中，去塑造个性化的艺术形象。正如吴为山自己所讲，要在"诗风荡漾、文气堂堂""形神兼备、气象万千"的独特意象风格中实践文化理想和艺术追求。

吴为山的创作以独特的艺术个性、朴厚的文化品格和神妙的艺术境界得到普遍肯定，其作品应邀在英、法、意、加、日、韩、荷兰等国家的重要艺术机构和纽约联合国总部展出，他以雕塑创作的成就获得英、法、俄等国的重要奖项和荣誉，他的"中国雕塑"在美、英、意、韩、丹麦等国的重要艺术殿堂或场所永久陈列。应该说，吴为山为中国当代雕塑以自己的面貌在世界艺坛占有一席之地而做出了重要的贡献。

吴为山的艺术成就并非凭空而来。是我们这个时代为艺术家创造了思想和艺术自由驰骋的阔大空间，正是在这样的时代背景下，吴为山在中国改革开放的新的时期，才能够以勤奋的努力去问道习艺，撷采中外，融汇古今，自成一家。吴为山在创作实践的同时，注重理论概括，他的《视觉艺术心理》《雕琢者说》《雕塑的诗性》等专著及《写意雕塑论》《雕塑与中国人文精神》《模糊与传神——从人物精神的塑造谈起》《我看中国雕塑的风格特质》等论文及他的一系列艺术评论，与他的创作呈现的艺术面貌一起，为中国雕塑的当代发展提供了具有独创性的借鉴。我想，他结合创作实践对中国传统艺术精神新的阐释和发扬，一定会对我国当代雕塑的创作产生积极的影响。吴为山艺术造诣全面，其书法、中国画、油画等也有很深的造诣，厚积薄发，文化厚度、理论识见和多种艺术表现力的积累，使他以自己的雕塑艺术作品，成为我们这个时代具有代表性、标志性的一位艺术家。

吴为山正值中年，艺术创造力也处于最旺盛的时期。中国美术馆馆长和中国雕塑院院长的工作重任，无疑会对他的创作产生影响。但吴为山似乎对管理与创作的关系处理得游刃有余，这两个机构都呈现着充满活力的职能状态，吴为山新的雕塑作品也不断问世。可以想见，他是把节假日甚至睡眠的时间用在创作上。来日方长，相信吴为山会以不断攀登艺术高峰的坚韧和执着，以意气风发的创作状态，将更多的新作品奉献给我们的时代。

2016 年 10 月 26 日

原载《艺术评论》2017 年第 1 期

为漓江山水立传

——《黄格胜研究文集》序

2006年10月中旬在桂林参观黄格胜先生的画展，200米长卷《漓江百里图》那淋漓挥洒、大气磅礴的笔墨气象和喷涌的生命激情，使我震撼。笔墨传统的魅力和创新探索的尝试，赋予桂林奇秀山水勃发的生机。画家笔下的桂林山水比自然山水更雄奇、更诡异，一览难尽。一年多过去，《漓江百里图》的笔墨意象在我脑海中仍然十分清晰。《漓江百里图》是黄格胜在1985年创作的，现在看起来，清新之气依然扑面而来。长卷200米，但它的意义不在超长的篇幅和众多的景致，而是打破了漓江山水原本给人片段式的印象，能够以一种整体的方式出现——晨午暮夜、阴晴雨雪中漓江山水的万千变化，都被作者以全景的方式悉数描绘。很多人看见这件作品，会觉得黄格胜画的漓江，与其他画家笔下的漓江不同。黄格胜是土生土长的南方人，他不拘泥于精巧和细致，执着地要画出家乡山水的大美。黄格胜不再是对漓江简单的模拟，他在尝试突破，他画出了现代人眼里的漓江，而这个漓江是雄壮、厚实、质朴和变化的，是活的漓江。

在《漓江百里图》后，黄格胜没有停止脚步，他尝试着更深入地去理解漓江。一次次地下乡写生，一遍遍地艰苦磨砺，大量的反复实践，使他练就了对景创作的绝活。他不是仅仅用眼睛绘画，更是用情感绘画——漓江的一草一木被他画入笔下，皆是漓江的生命。他的画变得充满生气而精神倍增。画面是山、是水，是树木、是房舍，即使是在没有人物的情境中，也使我们感受到浓郁的生活气息和人的存在。他画漓江的景物、风土人情，于是，就有了《漓江百景图》。因为用情，黄格胜的艺术更进一步，如果说在画《漓江百里图》的时候，黄格胜还在努力创造风格的话，那么到了《漓江百景图》，黄格胜已经在用自家自法挥洒笔墨了。看着这样的作品，可以明白是漓江滋养和抚育了黄格胜，黄格胜反过来，在用他的勇猛精进和饱满深情赋予漓江不同凡响的时代气息。黄格胜以几十年的艺术积累，融汇地域文化、生活气息、笔墨传统与创新的元素，形成了自己独特的具有标志性的绘画符号。而这种具有标志性的艺术风格是鲜活的，唯其独特与鲜活，黄格胜也成为我们这个时代的一位美术大家。

但是黄格胜不满足自己一个人纸上的漓江，他还要带领同好一同打造更有人文价值的漓江，所以就有了轰轰烈烈的"漓江画派"。这些年来，除去忙碌的教学任务和频繁的社会活动，黄格胜还拿出大量的时间和精力扑在"漓江画派"的事业上。他自己不仅亲力亲为，有非常多的优秀创作，还极力向社会推介广西其他优秀的画家，尤其对年轻人的成长提携，更是不遗余力。而且黄格胜思维开阔，做事果断，不喜欢拐弯抹角和斤斤计较，非常有人格魅力，很多人才愿意与他一起打拼天下，他的身边总是不缺乏朋友、帮手和志同道合者。这就是黄格胜的心胸，他不仅擅饮，还有海量的包容，作为"漓江画派"的领头人和广西美术的领导者，他对广西美术的促进，是众人皆知的。有天时、地利，还有最重要的人和。"漓江画派"在中国美术界能够拥有现在的影响力，黄格胜功不可没。

黄格胜和他的同道拿出前辈李可染"为祖国河山立传"的气魄，在为漓江山水立传。因为这个抱负，很多的工作、很多的任务都等待他去完成。但即使如此，我们仍然能够看见他持续不断的艺术创造力。可见黄格胜不仅志向高远，还不忘画家的本分，依旧脚踏实地地握紧画笔，下乡写生，闭门创作，从不懈怠。这使得他的成绩在同辈画家中非常突出。黄格胜已经不单是位美术教授、美术机构领导者和美术活动组织者，更是一个以绘画方式存在的文化自觉者。因为对脚下这片热土的爱，因为对中国绘画的无比自信，他正以自己的每时每刻，无怨无悔地实践着我们这个时代的文化理想。

这本书汇集了多位专家对黄格胜艺术的评论，他们从不同角度解析了黄格胜在绘画形态、艺术之美及其艺术创造等方面的价值。除文字之外，很多文章还写出了黄格胜对漓江山水的那份情感，相信读者会感受到这特别的深意。

是为序。

原载《黄格胜研究文集》，
文化艺术出版社 2008 年版

寻源问道　继承创新

　　在当今时代，各艺术门类在相互的影响中交融并淡化着自身的界限，同一艺术门类也因此可以扩展、丰富自身的呈现形态。但这种演变的趋向并不能抹杀艺术家创造个性的追求，而正相反，独特鲜明的艺术个性和高格调的文化品格，正是构成一个成熟的艺术家的主要标志。艺术个性的彰显和文化内涵的厚度，帮助一个艺术家的作品与当代观众产生内在情感与精神境界的紧密联系。因此，对当代艺术家而言，执着的艺术理想的追求仍然是不可或缺的。中国艺术研究院中国油画院筹划的"寻源问道——油画研究展"，除了展示我国油画艺术家代表当代整体水准的创作以外，他们努力追求自身艺术目标的执着，探寻体现自身鲜明艺术个性和艺术格调的认真，也是值得人们看重的。

　　百余年来，作为外来画种的油画在中国的传播过程中，不断被中国艺术家们选择、认识、认可，并在其中融入中华文化的艺术认知方式和观念，逐渐形成了富有技法特色和风格面貌的中国油画，使之成为中国艺术的重要组成部分。油画的传统技法与表现中国本土面貌相融合而呈现于创作，一直是中国油画家的执着追求。与传统中国画不同，油画以其材料、工具和技法的特殊性而另具独特的艺术表现力，在我国当代的艺术创作特别是在重大题材的表现方面与中国画相互补充、相得益彰，发挥了其特有的功能。同时，油画在反映日常生活、表现人物、表达自然魅力诸方面，又具有不同于其他画种的审美特点，深得我国众多艺术家和广大群众所喜爱。

近半个世纪以来，中国油画在20世纪前半叶成就的基础上不断发展，取得了令世人瞩目的重要成果，油画研究与教育不断深化与提升，创作队伍不断壮大，优秀作品大量涌现。在此过程中，老一辈油画艺术家以自己对艺术的挚爱和炽热的创作激情，投身于表现新时代的创作之中，用自己的画笔及时讴歌和反映社会主义革命和建设的伟大成就，展现人民生活和精神的崭新面貌，传达艺术家的审美认知，体现人们的审美需求，创作了大批堪称经典的优秀作品，充实和丰富了新中国的文化艺术宝库。在此进程中，由于"文化大革命"的极左影响，压制了艺术家的创造，也压抑了油画艺术民族化的探索。改革开放新时期以来，油画艺术的发展呈现新貌。著名的油画艺术家们，特别是很多中青年油画家继承传统，并积极探索油画艺术的语言特性和表现规律，不断创新，使油画艺术的本体语言更加丰富，精神内涵不断拓展。特别是在油画民族化的发展道路上，能不断从中国传统艺术中汲取营养，在油画创作中探索和发掘中国传统的审美认知方式和表现方式，使中国油画不离外来传统而又具有了更加丰富和鲜明的中华民族艺术特色。

创立于2007年的中国艺术研究院中国油画院，在建院过程中吸纳了一大批当代中国油画界的著名艺术家，致力于中国油画的创作与研究，并在油画创作后备人才的培养上积极探索，努力开辟中国油画继承、创新、发展的新纪元，已取得了丰硕的成果。

由中国艺术研究院主办，中国油画院承办的"寻源问道——油画研究展"，是中国油画院成立以来所组织的中国油画艺术家们创作成果的又一次集中展示。这次展览旨在通过油画艺术传承本体之"源"和油画艺术精神与法则之"道"的探寻，交流与探索中国油画在新的历史时期如何进一步体现中华民族的艺术特色，如何建立中国油画艺术的评价体系，如何体现艺术的核心价值，以及如何在科学发展观的方针指引下，以艺术的方式表现和谐社会发展的新面貌和人的内心世界，将进一步展现中国油画创作洋溢的民族文化自信和艺术魅力。我想，参展艺术家的精心之作，定会使这些想法得到充分的体现。

原载《中国艺术研究院中国油画院油画研究》，
吉林美术出版社 2009 年版

寻源问道　薪火相传

——《寻源问道——中国艺术研究院中国油画院杨飞云师生作品集》序

　　杨飞云是中国油画界一位具有鲜明个人风格的代表性画家，其创作呈现的艺术面貌和独特品格，早已为人们所熟知。他塑造的人物形象，特别是青年女性形象，淡雅而富有含蓄、内在之美，透过端庄而沉静的举止，其丰富的内心世界跃然眼前，而她们身上所蕴含的独有的精神气质，总是深深打动着观众的心，带给人们一种精神的享受和艺术的陶醉。现在，杨飞云描绘的对象在扩展，而从画面渐变的艺术面貌中也可以窥见他艺术探索的思考。但他作品深厚的古典油画魅力和圣洁的精神品格，仍然是构成其个人风格的重要特征。

　　当今世界的发展纷繁复杂，处于社会转型期的当代中国，更面临着从价值标准到思想观念的巨大变化。反映在当代中国艺术的面貌上，则呈现多元化发展的总体态势，具象、抽象、观念、行为、装置、影像、多媒体……艺术泛化，艺术边缘蔓延，艺术表现手段极大丰富，艺术表现形式多种多样，人们的浮躁和追慕时尚的欣赏眼光不可能不影响艺术家。在这样的时代，坚守艺术精神之境的追求，并非易事。成长并成熟于这个时代的杨飞云，也在思考着。他的个性、气质、学养、机遇使他最终选择了写实油画创作的表现形态，从而确定了自己的艺术道路。古典油画的表现形式没有过时，何况最原始的牛皮鼓也能敲击出震撼人心的当代节奏，最古老的六弦琴也能弹奏出永恒不朽的动人旋律，关键在于艺术家情感与精神的表达能不能沟通人的心灵。几十年来，杨飞云深深地沉醉于古典油画技法的探索中，观摩、写生、研讨交流，西方经典油画的本源依然是他艺术创造的坐标。他作品的精神指向，则表现出当代中国艺术家的责任感与情怀，与西方古典油画蕴含的人文精神的和谐融合，这使他的作品有一种让人思考后的沉静。

事实上，杨飞云的价值，早已被那些热爱他的油画作品的人们所认知。这绝不仅仅是因为他精湛的技艺，尽管绘画技巧是构成他每一件作品耐读、耐看的重要元素。他真诚而不媚俗，总是真实地表达着他的内心感受，这使得他与那些普普通通的观众心灵相通。他执着于自己的艺术理想，不断丰富、发展着自己的创作技巧，并从学养积累和认知能力上下功夫。杨飞云认为绘画技法、精神信念与学养水平和理解认知能力是构成一位艺术家最为重要的条件。他说："没有精神就没有生命，没有学养就没有水平，没有技巧就没有能力。三者集于一身才能成为一个好画家。"我深以为然。他寻源问道，不懈地探求绘画的本质及其内涵意义，用绘画之笔展现生活之真，展现人的内心的美好情感，并将这种生活之真提炼、升华而为艺术之美，在这艺术之美中蕴含的圣洁与真诚，让人们感受到千百年来仰望、礼赞的崇高与至善。杨飞云几十年绘画道路中一直坚守的艺术理想，由他的绘画形象得到了体现。

杨飞云不是一个孤独的前行者。在他的周围，有一大批学生、师友，与他志同道合，他的前辈艺术家们的信念与追求和良好的素养，在耳濡目染、潜移默化中成为杨飞云向往和追求的境界。杨飞云以自己的虔诚和努力，以自己的宽厚和平和，以艺术创造的魅力，薪火相传，把艺术的技巧与精神，把艺术的信念与理想，化作表率的践行，会聚起他的一个又一个学生，教学相长，寻源问道，不竭探索，以油画中国化的生动表达，使他们的艺术理想呈现出鲜活的生命力。《寻源问道——中国艺术研究院中国油画院杨飞云师生作品集》是杨飞云任教二十五年间部分学生与他共同探寻油画艺术本质和艺术理想的一个记录。这本书里的作品和理论的思考，会给同道以启发。我相信，这本书也会为当代中国艺术品格的提升，起到昭示的作用。

原载《寻源问道——中国艺术研究院
中国油画院杨飞云师生作品集》，
北京工艺美术出版社 2008 年版

中国工艺美术大师技艺成长史的全景展现

——《中国工艺美术大师全集》序

工艺美术有着悠久的历史、高超的技艺和丰富多样的风格，它是中华民族造型艺术的重要组成部分，还曾是传统农耕社会里最重要的技术力量。工艺美术密切关联着制度、礼仪习俗、生活方式、审美理想，所以是过往文明的物质与精神载体，历朝历代的手工艺人为中华文明史谱写了极具智慧和灵性之光的灿烂篇章。新中国成立之后，国家重视手工艺人的劳动，当代工艺美术品大量出口，曾行销世界一百七十多个国家和地区，不仅换回了大量外汇，而且向外输出了我们灿烂的民族文化。

工艺美术的强大生命力在于它兼具实用、审美、收藏等多种社会功能。自有人类社会始，工艺美术就既是物质生产，又是精神创造；既是经济，又是文化。许多工艺美术品类有着坚韧的生命力，如同一条文明的巨流绵延数千年不止，始终以美的形式服务于人们的生活。

工艺美术之可贵，在于它风格上多姿多彩，在品质上往往是唯我独有、唯我独精。我国的工艺美术有着自己的技术体系和造物哲学，在世界上以技艺精湛、民族风格独特而享有崇高声誉。各地的工艺美术在技艺和风格上又表现出鲜明的地方文化特色，如江南工艺的秀润雅致、北京工艺的富丽整饬、广东工艺的绮丽多彩等等，它们统一在民族风格之下，形成"万紫千红总是春"的繁荣局面。

客观地说，在"经济技术一体化"的时代，人们基本的生活需求完全可以通过新技术和新经济来解决，传统工艺美术的物质生产已不占主流地位。人们之所以仍然需要古典家具、艺术陶瓷、刺绣、漆器、玉雕、木雕……是因为它们与千篇一律的机器造物相比，凝聚着更多的文化积淀和艺术韵味。优秀的工艺美术品是天巧与人工的完美结合，它可以让我们感恩自然、怀念传统、感受人性的温暖。更何况当代工艺美术在继承传统的基础上，顺应时变，不断吸收其他艺术门类的营养，已建立起一种崭新的审美风尚。富贵、高雅、单纯、明快、清新的当代工艺美术品适应着不同人群的需要，不仅现实地构成了人们身边的物质生活环境，同时还不断地影响着人们内在的精神。

如今，把工艺美术仅仅当作经济行为的片面认识基本得到了扭转，它的文化属性和非物质文化遗产属性得到广泛的社会认同。譬如自1979年至今，国家有关部门分五批共授予了365位手工艺人为"中国工艺美术大师"称号，这是国家给予这一群体的最高荣誉；1997年国务院正式颁布了《传统工艺美术保护条例》，全国各省、自治区、直辖市结合实际情况也制定了保护与发展的具体办法；2006年文化部颁布了"首批国家级非物质文化保护名录"，其中超过四分之一的项目是属于传统手工技能；近年来，越来越多的省市开始把工艺美术看成是可持续发展的文化创意产业资源……

为推动工艺美术事业在新的历史时期的新的发展，总结"中国工艺美术大师"这一优秀群体的创作经验，展示他们精湛的创作成果，弘扬我国的工艺文化，中国艺术研究院与北京今日美术馆共同策划拟在近几年内连续出版大型丛书《中国工艺美术大师全集》，并于 2007 年 9 月正式启动了这项出版工程。

本丛书从获得"中国工艺美术大师"荣誉称号的手工艺人中选取符合条件的研究对象，每卷独立推出一位大师的研究，全景再现大师的生平事迹和艺术成就。整套丛书保持风格的连贯性和研究水平的一致性。各卷的主要内容包括大师口述史、专家对大师艺术成就的评述、大师作品、大师创作年表几个部分，有条件的附录大师作品的收藏和拍卖记录。

每一位中国工艺美术大师的成长都经历过数十年的技术磨炼，他们向读者娓娓讲述学艺的艰辛、创作的甘苦，还有鲜为人知的技术细节和个人传奇。这些珍贵的人生体验和艺术经验是一般理论家难以想象出来的，而这正是重构历史最可倚赖的材料，最可珍惜！专家评述部分是在完成大师口述史的基础上，站在时代高度对大师毕生所取得的艺术成就做出客观评价。大师作品图片的采集面涵盖不同时期，尽量选择那些能反映大师个人技艺成长史的典型作品。本丛书的编辑力图实现学术经典性与生动可读性的统一。

我们有幸邀请到国内工艺美术界的多位著名专家学者担任本丛书的编委，并从全国范围遴选相关的年轻学者担任撰稿人。希望该丛书的出版能弥补以往工艺美术领域理论研究的不足。在一个重视文化保护与发展的思想解放的时代里，理应改变把手工技艺视为"小道末技"的旧观念，大力总结和弘扬优秀的工艺美术文化。为后人留下一部可信的史书，是编委会同人的共同愿望。

是为序。

原载《中国工艺美术大师全集》，
四川美术出版社 2009 年版

中国工艺美术大师技艺成长史的全景展现 —

审美对象与器以致用的统一

　　高振宇出生于宜兴陶艺世家，少时即得名师顾景舟亲自传授紫砂技艺，在龙窑之火的熏陶下深谙传统紫砂技艺。后考入南京艺术学院陶瓷专业学习，毕业后留学日本。扎实的中国传统陶艺制作的训练，学院的现代艺术教育以及国外的开阔视野，为高振宇的陶瓷艺术创作打下了深厚的基础。高振宇回国后进入中国艺术研究院陶艺研究中心，在北京建立了高振宇陶瓷艺术研究室，进行陶瓷艺术的创作和研究。

　　高振宇的作品以器皿陶瓷艺术创作为主体，从其作品造型、纹饰、釉色及呈现的品质，都可明显地看到中国传统陶瓷根脉的浸润，但更重要的是毫无陈旧之感，而可感受到一种时代精神孕育的活力充盈其中。高振宇的作品柔和纯净、沉稳厚朴、优雅自然，他的智慧才艺与中国传统的审美意趣和现代观念凝结而形成了自己独特的作品风格。他认为"用是器皿的灵魂和生命，器皿因为有用而活着"。这种艺术观念，使他在创作中不仅仅把器皿当作审美对象来看待，"有用"和"美"成为他作品的灵魂。不事雕琢、古朴典雅、浑然天成及器以致用，也成为他作品的重要特征。

　　古老的陶瓷艺术，在今天呈现的发展景观是如此多姿多彩。创意，比以往任何时候更成为艺术提升的动力，疏离传统也成为一种时尚。而高振宇却刻苦执着，孜孜以求，更深地扎根传统，以自己的艺术理想和心灵感悟，在融汇传统与现代的艺术创造中，把土与火幻化的美妙呈现在我们面前。

原载《艺术评论》2006 年第 9 期，

《高振宇陶艺展》前言

坚守手艺

——王亚雄与传统技艺

日新月异的现代化进程，迅猛发展的现代科技，推动人们的生产方式和生活方式发生着根本性的改变。在喧嚣、趋利的市场经济社会，从农业社会传递而来的传统手工技艺，还有生存的空间吗？它存在的价值在哪里？还会有人以执着坚守的信念和辛苦的劳作去从事这些手艺吗？中国艺术研究院研究员王亚雄以自己不懈的实践，对这些问题做了十分肯定的回答。

王亚雄以手工制作家具、文房用具、茶具酒具和其他陈设器具，并从事学术和书籍装帧等项工作。他曾留学日本多年，归国后居住在现代化的大都市北京，竟能一以贯之、毫不动摇地从事手工技艺创造。在我的印象中，他信念的坚定，对技艺追求的一丝不苟，似乎没有过一丝的游移。为什么坚守？王亚雄告诉我，传统的手工技艺是宝贝，不能在我们这一代丢失。他还说，"日用即道"。这既是他作为手工技艺的传承者所秉持的技艺创造的宗旨，也从生活方式的层面说明了当代社会人们对传统手工技艺产品的生活需要。这样的认识，或许是王亚雄乐此不疲的思想基础吧。

王亚雄的每一件作品，大至家具，小至可握掌心的葫芦砚，都是难得的艺术品。他的作品，首先是形制创造上构思精妙，品格雅致。同时在制作上不事雕琢，自然质朴，也同样透射出古朴脱俗的品格。从这些作品中，可以看到其中寄寓的传统文人的审美理想，也可以看到现代人崇尚自然之美的一种时尚品位。以传统手工技艺从事生产性创造，做出品格，显出雅致，洗去雕琢的俗气和不陷于粗陋，是我看王亚雄作品的第一印象。其二，是其作品品质的纯真。他的作品的材料，有不少来源于葫芦、灵芝、石头、砖瓦、竹木等等，不管经济价值高低，他都一丝不苟地精选。他的作品有不少是与漆艺结合在一起的，包括漆艺在内的各个生产程序，他都完全使用自然材料，绝不因材料的难得和工序的繁杂而稍有改变。我们看到当代一些传统工艺美术品质量的降低，一方面是制作技艺不到位，另一方面也是因为材料品质的粗劣所致。而王亚雄的作品，从地道的手工技艺和高品质的材料两方面结合，达到了耐人品味的艺术境界。其三，王亚雄的创作追求艺术境界、文化品格和审美理想的显现，但每一件作品又都是生活实用品。传统工艺美术的很多类型，大都是从生活实用品的制作演变而来，从生活实用品到追求审美表现，不少类型发展为单纯的艺术品。在当代，传统工艺美术品的功能，主要分为实用制品和艺术制品两类，生活实用品当然也追求审美表现，但这两种类型追求的主要方向是不同的。王亚雄却是把追求实用与艺术审美融为一体，在他的作品中这两者结合得完美，使人难以评判哪一件是实用品和艺术品。"日用即道"的"道"，即非常道，既是要坚持充分体现手工制品"用"的本质特性，又要追求作为手工，同时也是作为精神创造物的文化内涵、情感内涵。王亚雄的作品受到人们的喜爱和行家的肯定，他数十年如一日不变初衷的追求，也是值得年轻的传统手工技艺传承者学习的。特别值得一提的是，王亚雄作为黄苗子先生的学生，其成绩的取得，除了自身的努力，离不开郁风、黄苗子两位艺术家的教诲。郁风先生已经离我们而去，年届九十八的黄苗子先生身体尚健，面色红润，思维清晰，言语清朗，仍握笔有力，写出的字仍有鸿朗高畅之风。王亚雄多年在两位老人身旁，耳濡目染，润物无声，得益良多。黄老的书法作品，王亚雄多有刻制；王亚雄制作的砖瓦砚和竹刻上，不少都有黄老的题铭。这些合作的作品，更以独具的品格耐人审视。

现代化进程中的中国，必将以科学发展而崛起，文化建设成为现代化建设的重要组成部分，包括传统手工技艺在内的非物质文化遗产的保护，也成为国家的文化发展战略。当今时代，保护非物质文化遗产，守护人类共同的精神家园，是我们每一个人的责任。王亚雄以对传统手工技艺的坚守，为我们做出了榜样。

原载 2011 年 2 月 13 日《人民日报》

知行合一追梦人

　　魏立中的十竹斋以传统木版水印技艺的传承而闻名全国。而五六年前，我国北方地区这一领域的人们还不太知晓魏立中和他的十竹斋。今天说到传统木版水印技艺，北京荣宝斋、上海朵云轩、杭州十竹斋已是三家齐名。而魏立中以这几年连续的传承成果，以十竹斋的作品积累，以不断举办的展览和传承教学的影响，更显示出一种非物质文化遗产传承实践的新锐之气。

　　十竹斋木版水印技艺已有近四百年的历史，其创造和传承的过程中，积累了丰富深厚的文化遗产和传统手工技艺。但到20世纪80年代末，十竹斋木版水印技艺却走入濒临失传的境地。也正在此时，年轻的魏立中却以人们难以理解的虔诚和痴迷，投身于十竹斋传统木版水印技艺的研究与传承。2001年，魏立中成立杭州十竹斋艺术馆，决心全面恢复并发展十竹斋传统木版水印技艺。

　　在继承、发展十竹斋传统木版水印技艺的探索中，魏立中下的是实功夫。对传统的挖掘、学习执着认真，对刻印制作全过程的每道工序一丝不苟。十竹斋木版刻印复制的《富春山居图》《五牛图》《雷峰塔藏经卷》、唐868年王玠刻本《金刚般若波罗蜜经》、《十竹斋笺谱》，及水印版画《二十四节气》《西湖十景水印笺》《杭州西湖全景图》等等，这些作品从刻印刀法、线条、结构、色彩、套印以及材料等方面都体现着地道的传统手工技艺的匠心独运，洋溢着优秀传统文化积淀的深厚气息。这些作品有的是魏立中独立刻印，有的是他领衔刻版，但制作的每一个环节，都有他洒下的汗水。《周礼·考工记》云："天有时，地有气，材有美，工有巧，合此四者，然后可以为良。"顺应天时，适应地气，巧用材料，工艺精巧，在魏立中的心中，古今同理，人不欺天，方有超越的造化。在魏立中的手中，即便是刻印复制传统的作品，绝不是拿来便刻，从题材的选择开始，收集文献资料、实地考察调研、拜访专家学者、研究论证方案，到各个环节的设计筹划，都下了无数诗外功夫。魏立中刻版技艺的深厚扎实，从他刻画的一百多幅近现代人物头像可见一斑。木石之上，方寸之间，笔意刀法讲究，技随心到，人物形象形神毕肖。造型、刻画能力如魏立中者，中青年艺术家中实不多见。每次见到魏立中，看他总是风尘仆仆，或考察，或参访，或参展，或讲学……忙碌的汗水，总浸在他的额头。看魏立中刻印的《唐玄奘西行图》，我的脑海总浮起魏立中的形象，心无旁骛，筚路蓝缕，孜孜以求，在传统木版水印技艺的继承创新中坚守前行。术业在勤，功庸弗怠，在坚守与奋进中，魏立中以令人瞩目的成就，不仅显示了木版水印技艺在新时代的生命力，也为它的传承赋予新的希望。

魏立中对于传统木版水印技艺传承的虔诚，首先来源于他对祖先留给我们的这份珍贵文化遗产的喜爱。魏立中1990年入中国美术学院学习绘画和版画，从前辈艺术家那里认识了木版水印技艺，他的学习，从制作这门技艺的使用工具做起，到选题、勾描、分色、刻版、水印……提刷吊耙一干就是几个小时。学院教育与传统手工技艺结合的学习，使魏立中从艺术视野、绘画基本功到实用技艺的掌握，都得到全面的训练。而从不同艺术的比较和对十竹斋传统木版水印技艺的深入了解中，他也真正认识了传统木版水印技艺的价值，刻刀下线条虚实变幻的玄妙，水印呈现的中华优秀文化的斑斓，吸引魏立中这位可以在广告设计职场上生活优裕的年轻人以信仰般的虔诚投身于它。在十多年的传承探索中，这个时代的趋利性和浮躁的心态对艺术家的冲击，都与他无缘，魏立中似乎以世外心境埋头前行。由对传统木版水印技艺的喜爱而到对这份宝贵文化遗产传承的自觉，使魏立中的胸襟更高远，脚步更踏实。今年5月中旬，我到杭州时专门去中山北路237号十竹斋艺术馆参观。300余平方米的场地，有展品，但学员的工作台似乎占了主要的空间，国内外的学员正在精心地勾描、刻版。还有一个空间，正有一队小学生在饶有趣味地听讲解并学习印刷，各自拿着自己印出的作品品评。我的印象是艺术馆很小，但空间布置丰富、充实，洋溢着欣欣向荣的生气。参观之后，我问魏立中馆长他的办公室在哪里。魏立中带我们走下地下室。在十来平方米的空间里，不见自然光，一张长条桌，创作、办公兼招待来访客人喝茶，都在这长条桌上。除了出差之外，魏立中一天中总有几个小时甚至十几个小时都坐在这里，特别是人们都下班之后，他以盒饭打发用餐，手握刻刀，很快进入忘我的创作境界。魏立中说："做这一行其实非常辛苦，在湿冷到骨头的江南冬天，雕版时手也一点不能抖。心要定，一刀下去就是一条线，刻错一条就坏了一块版，哪怕是到了最后一条线都要重来。"我问他，在这么封闭狭小的空间中，是否会束缚创作。他告诉我，一是尽可能腾出空间用于展览及传承，二是正可以此磨炼自己。这使我想到刘勰《文心雕龙》"神思"所讲"寂然凝虑，思接千载""眉睫之前，卷舒风云之色"，正可谓此也。陶钧文思，贵在虚静，疏瀹五藏，澡雪精神，正是以此，魏立中以自己的境界，在物与欲、技与艺、文与质、用与美的自我修养与创作审美的把握中，不仅以高品质的作品，也以美的情怀，为包括传统手工技艺在内的非物质文化遗产的传承树立了榜样。

近五六年来，魏立中应邀在中国国家图书馆及美、英、法、西班牙等国家举办木版水印技艺的展览和展示，在北京大学和一些院校及不少中小学举办讲座和技艺展示，都引起热烈反响。魏立中把很大一部分精力和时间及经营收益都用在公益性非遗保护的宣传普及工作中，并捐资在中国艺术研究院设立了专门资助学习木版水印技艺学生的奖学金。这些工作给十竹斋的运营带来很大经济压力和困难，但魏立中乐此不疲，在他的心中一切都可舍弃，只为了木版水印技艺的弘扬与传承。魏立中说："十竹斋就像一个孩子，突然来到我的身边，我只是抚养他长大，再目送他远去。"他决心以传承发展的努力，让十竹斋传统木版水印技艺一代代接续下去。他的梦想是将来有一天，能在西湖边上建起一座"杭州十竹斋木版水印技艺博物馆"，让更多的人认知中华民族这份优秀的非物质文化遗产。接近梦想的希望，总在坚持不懈的努力之中。魏立中是一位知行合一的追梦人。其行其达，可嘉可期！

魏立中编撰的《饾版风华》出版之际，他嘱我为之作序。序者，序其篇章之所由作。魏立中对传统木版水印技艺的总结，独到而精辟，我不想赘述，而对其传承中华优秀文化的自觉与执着的印象做了一些记叙，以表达我对这位纯粹的非物质文化遗产传承人的钦敬。

是为序。

原载《饾版风华》，浙江摄影出版社 2015 年版；

《出版人》2016 年第 3 期

中国画现代转型的多样性探索

在"幻象·本质——'当代'工笔画之新方向"展览开幕之际，也看到同名画册的出版。这本画册及相关展览，让我们看到了用传统工笔画语言表现当代精神的新探索。当然，令我感到欣慰的还有：策展人杭春晓，参展画家徐累、张见、郑庆余等都来自中国艺术研究院，代表了我院洋溢着艺术创新朝气的青年艺术家们在这一艺术方向上探索、研究的最新成果。

长期以来，关于本土文化的当代性问题，一直是学术界争论、探讨的焦点。因为，伴随现代化进程，中国一方面是全球经济一体化带来的高速发展，另一方面也面临着本土文化失语的危险。怎样才能在这种矛盾中获得传统文化的现代转型，是我们不可回避的时代命题。现代文化学研究表明：一个国家的崛起除了需要硬实力，还需要文化软实力的支撑。而一个国家的文化软实力，则直接来源于本土文化的现代转型。

我们应该意识到：全球化并不代表"全盘西化"，因为中国也是全球化进程的组成部分，我们应该在这一过程中注入中国元素，从而在融合中实现本土文化的再生，并成为影响全球化进程的力量之一。这种文化介入，强调融合之中的本土表达。因为只有这样，本土文化才能成为影响全球化发展方向的动力，并在中华民族整体复兴的过程中发挥越来越重要的作用。

中国绘画的发展，同样面临上述问题。但相当长的一段时间内，美术界一直存在着两种文化姿态上的误区：殖民性奴化、民族性固化。前者多表现为虚无主义，在全球化浪潮中以消失自我特征为代价，获取融入西方的身份；后者多表现为保守主义，抵制全球化带来的现代转型之契机，故步自封，从而走向衰竭。应该说，这两种姿态都会制约中国当代绘画构建自己的主体艺术体系。历史经验表明，任何时期，文化的实力和影响都是以本土文化为基础，并从对外来文化的兼容、开放中产生。

这本书及其相关展览，正试图以自己的努力表明，在上述误区之外，中国绘画还可以以多种途径实现自己的现代转型，此即一种可能：以本土绘画语言为基础，同时强调当代社会精神表达的现代转型。这些青年艺术家的艺术创造、尝试，呈现着活泼的生命活力，无论从形式到画面，传达给我们的文化甚至哲学层面的思考，都让我们感知中国画的艺术魅力与内在精神。我们相信：中国画可以介入世界艺术的发展格局中，并因其东方属性而为全球化进程注入中国元素，从而成为影响世界艺术发展方向的力量之一。

对此，我感到由衷欣慰，并寄予极大希望。

原载《幻象·本质——"当代"工笔画
之新方向》，安徽美术出版社 2008 年版

带给你生命的活力

——《汪易扬书画作品集》序

汪易扬先生年逾古稀，但他的精神气韵、言谈步履，都透出一种年轻人才有的豪迈、敏捷，似乎看不到岁月曾留给他的诸多磨难、坎坷。而观看他的画，听他创作的歌曲，那艺术创造的新鲜气息，那催人激情奔涌的旋律，都使人感奋。汪易扬先生出生于福建厦门鼓浪屿，从小酷爱音乐和书画艺术。在他以后的人生经历中，读书、参军、当编辑，音乐和美术创作都是他生命的一部分。特别是在受到不公正待遇下放河北馆陶县的二十一年中，不堕其志，更把生命倾注在音乐、美术创作和培养辅导群众业余文艺队伍中。丰富的人生经历和人民生活的赋予，使他的音乐作品具有鲜明的民族特色、生活气息，并给人以一种具有浓厚内涵的情感体验。他的"狂草人物画"，融音乐节奏、旋律于笔墨之中，酣畅、简洁、准确的狂草线条勾勒的创作意象，给人以强烈的感情冲击。汪易扬先生以独特的生活体验和人生感悟，以不懈的艺术创新追求，为人们奉献出独具个性的音乐、美术作品。他的豁达心胸、宽阔视野、青春活力、火热激情和艺术创作活力源自哪里？他自己说："一心一意想为祖国和人民多做一些力所能及的贡献。"并说："但愿我所创作的书画和音乐作品，能带给你生命的活力。"这朴素的语言，却是他发自心底的人生誓言。努力去实践这人生誓言，使他脚步不停，身体健康；使他创造不止，硕果累累，并保持思想和创造的青春活力。

我钦佩汪易扬先生在人生挫折中磨炼出坚韧，在艺术创造的长途中不断摆脱因循，努力创新。祝愿汪易扬先生永葆艺术创造活力，收获更多的硕果！

原载《汪易扬书画作品集》，
中国文联出版社 2009 年版

陶宏的佛像艺术

佛像绘画在我国有久远的历史。范晔《后汉书》记载："世传明帝梦见金人，长大，顶有光明，以问群臣，或曰：'西方有神名曰佛，其形长丈六尺而黄金色。'帝于是遣使天竺问佛道法，遂于中国图画形象焉。"《后汉书》是可靠的历史资料，虽然近代以来有的学者认为此书只是把汉明帝求法当作历史传说而非历史事件记录，但也不完全是捕风捉影。另据《魏书·释老志》所记："自洛中构白马寺，盛饰佛图，画迹甚妙，为四方式。"这"画迹甚妙"的佛图，虽然不仅是佛像，但肯定也包含了佛像。到魏晋南北朝，随着佛教的发展，佛教艺术也大为兴盛。今天我们在很多地方都可以看到历史遗存的佛教壁画，仅敦煌莫高窟壁画就有 4.5 万多平方米。据史料记载，中国人画佛像，最早为三国吴人曹不兴，此后从西晋卫协到唐代吴道子、王维等都善画佛像。佛教是外来宗教，佛像的绘制自然也应受外来艺术特别是印度艺术的影响，但至唐代，已基本上演变成表达中国人审美习惯的中国绘画了。

中国画从佛教中吸收了不少思想和艺术的营养。《唐书·王维传》描述王维的画"山水平远，绝迹天机"，他的画和诗都受禅宗思想的影响。中国历史上很多著名画家及至清代四僧，追求的绘画境界都与禅学崇尚的空灵超脱思想相关。佛教传入中国之后，是在与中国传统文化的撞击过程中，经过移植与融合、顺应与同化才发展起来。佛教史上很多高僧倡导儒、释、道的融合，康僧会主张"儒典之格言，即佛教之明训"。东晋南朝的名士把般若学和玄学相结合，就是把佛学和老庄相结合。唐宋都有不少高僧主张三教调和融合，宋代天台僧人智圆，自号"中庸子"，主张儒佛合一，三教同源，提出"以宗儒为本""修身以儒，治心以释"。佛教对中国传统文化的吸纳和融合，使之尽管与儒、道在生死观上有很大的不同，但最终也成为中国文人可以从中寻求精神寄托也可以借之表达思想情怀的载体。中国文人的佛图和佛像画当是如此。因这一题材的绘画与思想精神的紧密联系，作者绘制中的倾心倾情成为一种必然。我们可以看到佛像这一单一题材绘画的万千情态，都表达的是不同作者深入的感情体验的微妙变化。但因为"佛"像这一形象在人们心目中的约定俗成，可以画作"万千情态"，但如果画成"万千形态"，就不大可能被人们认同。所以，佛像绘画的以形写神与形神兼备，就成为画家追求的境界。

青年画家陶宏以独具个性的佛像绘画引人瞩目。他画的佛像，形神兼具。他画佛像，不是表达对佛供养的虔诚，而是作为无尽的艺术境界去追求。他最初醉心于具象绘画的描摹，以写实的手法，从造型、构图、色调、光影等讲究的表现，达到形真的追求。随着他对佛学研究的深入，开始尝试以超现实主义的方法去表现这一题材，创作出一系列带有超现实主义风格的佛像作品。苏轼的《净因院画记》主张绘画须"合于天造，厌于人意"。所以画家历来注重在"意"上突破。祝允明亦云"绘事不难于写形而难于得意"，并指出绘画不能不知"天地间物物皆有一种生意"。绘画从讲求艺术造型技法的客观形象描摹到塑造艺术形象并借以表达情思，所谓造形写心，既是表现技法提高的过程，更是作者对艺术理解、感悟的深化过程。从陶宏佛像绘画作品的变化，我们可以看到他对佛学及其艺术理解和把握的不断提升。油画与中国画绘制佛像，虽然在形、神的把握上有一致性，但由于工具的不同、技法的不同，画面效果上亦各有千秋。阅读陶宏的作品，可以看出他在造型、构图、色调、光影等方面，具有扎实的功力和优异的画面控制能力。他画的佛像自然，清远不凡，神情含蓄而气度饱满。而我觉得更可贵的是，陶宏绘画中吸收的雕塑艺术的元素，使他的作品看上去很有气度，而中国画和书法元素的借用，使佛像造型线条准确，虚实相宜。陶宏的很多佛像，是佛的头像几乎占据了整个画面，留白处宋元山水在佛像的背后隐隐可见，缥缈淡远的传统山水与佛的恢宏形象虚实相映，更衬出佛像的高大。陶宏是以准确的理解和饱满的情感去表现他的对象，因之法、意有度，情蕴其中。

佛教在中国扎根已逾千年，成为博大精深的中国传统文化的重要组成部分。今天社会物质财富日益丰裕，然而人们对精神的追求并没有因此消减，而是愈加强烈。陶宏选择佛像作为自己的创作题材，不仅是因为他对于佛教艺术的喜爱，还显示着他希冀通过佛像的塑造，让人们在欣赏艺术美的同时，也得到心灵的净化。在我们构建和谐社会的今天，陶宏的佛像艺术会愈加显示出文化上的价值。

2009 年 5 月 28 日
原载《佛国的微笑——陶宏佛像油画集》，
华夏翰林出版社 2009 年版

《中国画的精神家园》序

　　在艺术理论与艺术创作领域，近几年来涌现了一批思想敏锐、富于开拓精神的青年人，由于他们的努力，艺术理论和艺术创作得以在较高的文化层面上展开，从而在整个社会文化活动中，起到了相应的作用。唐建以其宽广的学术视野与活跃的艺术创作，从艺术理论与艺术实践两方面不断深入探索，不断互为阐释并生发新意，显得格外引人注目。

　　唐建是20世纪60年代后出生，在艺术创作与理论方面都颇有建树的中国当代青年画家。多年来，他含辛茹苦而又意气风发地劳作、耕耘，以其厚重的学术功底，勤奋的艺术实践，活跃在当今中国画坛，成为在中国画创作、教学与理论研究上颇有建树的青年艺术家。唐建现为中国政法大学人文学院教授、艺术系主任，曾先后在国内外举办了十余次个人画展，出版了多部个人画集和理论著作。他善于将特定文化内涵和学术理念融入创作之中，注重艺术理论与实践的结合。他的论文集可以看作他对中国艺术传统与当下艺术实践的一种梳理、研究与分析，同时也是他将艺术实践不断思考、提升的理论著述。在论文集中，诸如关于"形神""意境""繁简""线"等传统命题，他都提出了自己的独特思考与见解。

唐建在艺术理论中坚持"传统与创新"并重的艺术观念。并在其艺术实践中坚持体现这种艺术理念。他注重一边从古今中外艺术传统中学习优秀的品质，为我所用；一边坚持有所突破、有所创新。他认为："如果我们能像徐悲鸿先生所讲的那样，'古法之佳者守之，垂绝者继之，不佳者改之，未足者增之，西方画之可采入者融入'，能够从中国古代儒、道、释文化思想中汲取营养，必能创造出更加辉煌的新时代的中国画来。"这可以看作他最为执着追求的艺术理念。再比如在《我看八大》的文章中，他提出："我们从崇拜中学习伟大的精神，在其中构筑自我风格的大厦。一句话，我们在对大师的崇拜中接近大师。"由此可见，他对传统的艺术态度是："有承有破""法自我立"。

　　唐建的创作既遵循文人画的路径，坚持笔墨传统，又融合西画造型，吸收素描技巧。他在中外艺术传统氛围内熏陶受益，但又不愿简单地承继中西画的艺术传统，而立志有所突破、创新。他认为，只能通过对既有模式重新加以提炼与组合，并在此过程中大胆地吸收古今中外的文化成果进行新的创造，中国画才能在新时代有所作为。显然，唐建的艺术观念有突破性，不过他的这种突破性是建立在对传统尊崇、热爱和有深刻认识的基础之上的，是一种要把新旧传统向前推进的、带有建设性的突破。他对中外艺术有冷静、理性的分析，他深知传统文人画的优长与不足以及"五四"之后中国画发展的艰辛曲折。在他的画作面前，我们为他准确、生动地把握对象的形、神，为他挥洒自如地运用线、墨、彩，为他表现的鲜活的物象而心生赞叹。唐建笔下的物象具体、丰满而生动，意境沉静而淡远，中国画写意手法反映现实的写实能力，在他这里得以鲜明地彰显。

从他的画中，我们可以看出他走的是传统中国画的路子，其中宋元以来的文人画对他影响较大。特别是梁楷的酣畅淋漓、徐渭的奔放洒脱、八大的空灵简约、吴昌硕的苍劲古拙、齐白石的质朴情趣，都深深地影响了他，他努力把传统精粹的元素融化在自己的作品中。无论是山水画还是花鸟画、人物画，他都非常注重对艺术精神本质的表现，其作品的意味为观众进行艺术欣赏拓展了空间。与此同时，他又特别强调绘画作品的形式感，善于把握作品的整体气势。他的画写意而重法度，勾皴颇存古雅，染墨幻化意趣，赋色多见灵机。无论花鸟、山水、人物，内容丰富，风格清新，脱俗见雅，形神兼备。唐建在写意与写实的融合中在笔力与墨韵、线与皴的创造中，在语言手段的虚实变化中，施展自己的才智。他的画有耐人审视的品格，也有亲和生动的趣味，并洋溢时代的清新气息。唐建的艺术实践体现了他所追求的"承继传统"的同时进行"突破创新"的艺术观念。可以说，正是丰富的艺术实践带动了他对艺术理论不断深入地思考与研究，同时，不断深化地思考又提升了他的艺术实践。理论与实践的相互转化、深化、互为滋养，是唐建艺术理论探索和创新的鲜明特点。

艺术理论既要有独立的、自成系统的探索，又不要丢掉宝贵的现实品格。作为艺术家又兼具艺术理论研究者的唐建，坚守了这两个方面的责任。艺术理论和实践都要尽可能地对画家和大众产生影响，既要研究基础理论问题，又要眼睛向下，面向画坛，研究艺术创作和艺术发展的现实问题；既要研究画坛思潮的变化，又要研究时代审美趣味的变化。这些，在唐建的艺术理论研究与艺术实践中都给予了充分的关注。

可以说，近十年来，艺术创作和艺术理论的主要成果之一就是在自身的发展过程中，充分显示了精神自由、学术自由、创造自由的可贵。作为艺术理论家和艺术家，除了应该有很厚实的专业造诣外，最主要的还要有正直的人格，独特的思想，创新的见解，深刻的思考能力。只有如此，艺术理论和艺术创作才会真正出现百花齐放、百家争鸣的局面，才会让人们从中真正感受到自由创造的无穷力量。我们可以看到一些年轻的理论家与艺术家为此做出的贡献。唐建作为一位艺术创作与艺术理论紧密结合的实践者，便是其中一位勤奋有为的具有独立思考品格的艺术家。而他的论文集也正是这种具有独立品性的艺术思考的结果，我们可以从中感受到很多作者独特思考的智慧显现。

原载《中国画的精神家园》，
中国政法大学出版社 2008 年版

理论与创作的双收获

　　我和豹隐同志相识已有二十多年。期间既有工作上的联系，也不乏文字方面的往来。读过他不少文艺评论文章，其文字的凝练和揭示评论对象内在意蕴的准确性，给我留下深刻印象。得知他即将出版自己的五卷本《文集》时，深为朋友勤奋努力取得的成果感到振奋。

　　豹隐同志 20 世纪 80 年代主持一家在全国颇有影响的文化艺术报。后来又到了陕西省委宣传部、陕西省戏曲研究院、陕西省文化厅等单位担任领导工作。豹隐同志工作上努力，多有成绩和建树。可以想见，在忙碌的工作状态下，属于自己自由支配的时间不会太多。然而就是在这种情况下，豹隐同志从来没有放下他手中的笔，几十年间写下了这么多的文字，出版了二十多种著作，获得过中宣部"五个一工程"等国家级、省级奖项。现在他将数百万之文字，分门别类、精心遴选，编成 150 万字的五卷本《文集》，对自己大半生的写作成果进行梳理和总结，完成他作为一个有专业追求的知识分子，一个作家、评论家人生的一件快事。我想，这一定会是他最感欣慰的一件事，这也是作为朋友为之高兴的一件事。

　　翻阅豹隐同志之《文集》，我感到其字里行间飘逸着作者一种独有的风采，显现着作者文字的几个鲜明特点。首先，《文集》涉猎广泛，几乎涵盖了文化艺术的整个方面。再从文字的形式来看，理论、评论、小说、随笔、散文、剧本乃至新闻通讯、人物专访，都在《文集》中闪着亮点。阅读《文集》可以从一个视点领略到我国当代文化艺术的恢宏气势、煌煌风貌。其次，《文集》中有不少篇目选自 20 世纪 70 年代后期在报刊上发表的评论文章。那个时期是思想解放的伊始阶段，可以看出作者能够较早地发出文艺理论和创作需要大胆解放思想、回归本体的声音，这是富有时代感和现实意义的呼唤。这些文章，论述有据，观点鲜明，敢讲真话。值得指出的是，当时这种呼唤"拨乱反正"、推动文艺理论和创作健康发展的时代的声音，是需要一点"艺术家的勇气"的（恩格斯语）。还有，《文集》呈现出一种理论与实践相结合、评论与创作相伴生的特点。从事创作与理论研究是以两种不同的思维方式为基础的，从这些文字，可以看出作者把握文字形式的能力，也可以看出作者对生活和理论观察、思考的深度。著名文艺评论家胡采曾指出："豹隐同志专门从事文艺研究和文艺评论以来，不但努力钻研马克思主义经典作家关于文艺的论述，力求运用马克思主义的观点去考察文艺现象和文艺创作。而且密切联系实际，从具体的文艺现象和文艺创作出发，品评其得失，概括为理论……"我读豹隐同志的文章，深信此言诚矣。记得 1994 年我在主持《中国文化报》期间，曾开辟"以优秀作品鼓舞人"的笔谈栏目，豹隐同志写的《高扬文艺的时代精神》一文在此栏目发表，因为理论论述独到深刻，又紧密联系创作实际，发表后在读者中引起强烈反响，给我留下深刻印象。再如，获得文华大奖的眉户现代戏《迟开的玫瑰》，他为之连续撰写了五篇文章，在全面论述该戏艺术创造的同时，又从理论上阐释了戏曲如何更好地表现现代生活的若干问题，引起了戏曲界的关注，对推动现代戏的创作具有真切的启示意义。

豹隐同志在长期从事文化组织工作的同时进行创作与评论，文化工作有自己独具的特性。这种特性尤其要求它的组织者、管理者全身心地热爱文化、全面地熟悉文化、深层次地懂得文化。而这种热爱、熟悉、懂得，落在实处的一个具体体现便是善于形诸笔墨，运用某种适宜自己的写作方式，将自己对文化艺术工作的理论思考、观察体验、心得体会总结表达出来，这实际上也是对从事文化组织工作的一种指导、引导方式。豹隐同志是这样做的，而且多有收获。这给我们从事文化组织工作的同志们树立了一个榜样。

《文集》的出版，是豹隐同志阶段性写作成果的总结。豹隐同志身体仍健，文思泉涌，我相信，他会继续有更美好的文字奉献给读者。

原载《孙豹隐文集》，陕西人民出版社 2011 年版

以传统艺术展现当代之美

阳春三月，是一年中气候最好的季节。春意盎然之际，中国艺术研究院的著名艺术家骆芃芃来到伦敦举办艺术展，我想有两个美好的意愿：一是我们在这里沐浴春风，以对古老的艺术方式——篆刻艺术的欣赏，及共话艺术的传承与当代的发展，彼此增进了解和友情；二是我们的艺术家在这里以艺术的方式，为伦敦奥运会的举办表达祝贺的心愿。

印章和书法，都是中国主体的传统艺术方式。在中国古代，印章曾是至高无上的权力和尊贵的象征，印章也是代表着中国人诚信、守诺的凭信物。作为艺术，印章艺术已有三千多年的历史，它集文学、历史、哲学、训诂学、文字学、美学、书法、刀法等多种学识和技艺于一身，在"方寸"之中表现"大千世界"。印章艺术的创造，自宋元时代起就是中国传统文人修为的一个途径。而在今天，篆刻艺术印章已成为中国人喜爱的一种艺术方式。

书法艺术是源自殷商时期中国甲骨文演变而来的一种艺术方式，原是用于语言交流的书写载体。魏晋时期逐渐发展成为一门中国特有的水墨造型艺术。印章和书法是中国最独特、最古老、最具代表性，同时也是迄今为止广泛传承的中国传统艺术方式。

2009 年，中国的篆刻艺术和书法艺术被联合国教科文组织列入"人类非物质文化遗产代表作名录"。中国的印章艺术和书法艺术的传承，为维护世界文化的多样性存在，为保护、传承和发展人类的艺术方式做出了贡献。

骆芃芃是中国艺术研究院的艺术家，同时也是中国当代著名的篆刻家、书法家。她的书法、篆刻在中国艺术界有着很高的评价。她的艺术创造有广泛的社会影响。她的书法、篆刻有丰厚的中国传统文化的底蕴，而又具鲜明的个人创造风格。她的书法和篆刻的作品，传统功力扎实，时代感强。比如，她带到这里来的作品中，有一部分是以书法和篆刻的方式表现中国古代伟大的思想家孔子、老子、孟子、韩非子、荀子等人的经典名句，深刻的哲理，反映在当代中国艺术家的艺术方式上，既古意淳厚，又以毫不拘谨的篆刻刀法和书法用笔，体现出新的阐释品味。骆芃芃的篆刻和书法，在日本、韩国、新加坡和东南亚一些国家，以及台湾、香港、澳门等地区的同道中也有着重要的地位。骆芃芃的书法和篆刻是当代中国艺术家传承和发展中国传统的主体艺术的一个缩影。

当代中国正处在改革开放和新的文化艺术创造的时期，传统艺术的深厚基础，为中国艺术家的当代创造提供了取之不尽的丰富资源。他们正以自己对新的发展时代的理解和体验，在传统的传承中融合时代新的审美趣味，创造着当代的新的艺术。骆芃芃以自己对传统艺术的理解，执着地坚持着传统；而她同时又以对新的时代的体验，在艺术创造中以渐变的方式表达出时代审美取向的变化。

通过这次展览，不仅能够更好地了解骆芃芃的艺术，我想，也可让更多的英国朋友了解中国的文化和中国的传统艺术。双方在交流中共同探讨在不断发展、变化的社会时代进程中，文化和艺术的传承与创新，同时，也在面对面的艺术交流中增进人民之间的友谊和了解。

原载《"中国印"的世界——骆芃芃篆刻书法艺术展作品集》，文化艺术出版社 2012 年版

"写实画派"的价值

　　写实画派自 2004 年成立以来已经走过了五年的历程。由原创之初的 13 位画家,发展到现在的 30 位画家,写实画派逐渐会集了一大批当代中国油画领域具有相当学术影响力的艺术家,而写实画派也因其队伍的不断壮大、作品的不断推出、影响力的不断加强,成为当代中国油画创作的一支中坚力量,引起了社会各界越来越广泛的关注。

　　画家以画派的方式合作结社并发表宣言,是绘画艺术界的一种新的现象。写实画派以宣言的方式强调了他们尊重艺术语言、尊重传统、崇尚自然的体验。在创作上,写实画派的总体面貌归于写实,但每位艺术家又有不同的风格;在艺术呈现上,他们具有强烈的东方色彩。尽管从造型意识和表现方式的角度来看,写实画派并不否认油画的西方根源,但同时又力图将几代中国艺术家对西方油画的继承发扬,转化为油画家对于本土情感的精心描摹、对中国式情趣的准确捕捉和对审美的民族化改造。写实画派以自己的风格追求与不懈努力,得到了社会承认;在写实画派的影响下,之后又成立了一些新的画派,也从一个侧面彰显了写实画派作为一个重要艺术流派的存在价值。

　　然而,写实画派又绝不仅仅是创作方法与风格上的称谓,其最根本之处，在于写实画派的精神。事实上，在社会生活无限丰富的今天，艺术观念的更新、艺术创作手法的多样、艺术表现形式的自由，已经极大地拓展了艺术的表现疆域，甚至完全打破了艺术的原有界限。艺术创作本应有不同流派、不同风格甚至不同观念，但另一方面，观念泛滥、物欲横流，传统的价值观给予精神的影响已经逐渐微弱，许多原有的是非标准也渐趋模糊。"艺术"的概念不断拓展、迁移，以至于一些所谓的艺术创作丧失了精神指向，也让许多人陷入了无所适从的境地。艺术何为？艺术的标准是什么？写实画派作为一个画家群体，重新高扬起尊崇真善美的旗帜，并以清晰的方式表述了自己的精神诉求，他们昭示的不仅是对于艺术理念的选择，更是一种价值观的确认，一种敢于判断是非美丑的责任与勇气。也因此，在 2008 年 5 月汶川地震举国震惊之际，写实画派的艺术家们以难以抑制的激情，率先集体创作了巨幅作品《热血五月》，并将义卖募得的巨额善款捐助灾区人民，表现出艺术家们的深厚人文关怀与强烈社会责任感。无论历史和观念怎样行进，人类追求真善美的理想亘古不变，写实画派的艺术追求由此具有了信念的力量。

写实画派成立以来，每年都成功举办一次展览，画派的艺术家仍然在时光的推演里手不辍笔、辛勤耕耘。画派的影响力日益增进，作为个体艺术家的艺术成就也在不断升华，然而五年时间对于一个画派而言毕竟短暂。写实画派的更高成就，应当在于超越对具体物象的技术性描摹，发现现实生活中动人的一瞬，并进而达到挖掘现实生活本质的真实，从而获得艺术的永恒价值；写实画派的艺术家们，在秉持共同的艺术理念的同时，也要更为主动地追求自己的独特个性与创新性，才能使整个画派保持艺术的新鲜气息和植根于独创性的艺术感染力。

迄今为止，春秋五易，写实画派也迎来了五周年汇展。这次展览是写实画派五年来成就的总结和回顾，是个人业绩的展示也是志同道合的整体结晶。祝愿写实画派全体艺术家创作出更好的作品，也希望真善美的精神长存于人的信念之中。

原载 2009 年 10 月 29 日《中国文化报》；
《中国写实画派五周年典藏》，
吉林美术出版社 2009 年版

深邃的思想之光　精湛的艺术表现

　　——纪念戏剧大师曹禺

　　话剧作为外来艺术，在中国已经走过了一百多年的辉煌历程，成为我国"民族化"的艺术，它不仅在我国深深扎根，而且取得了丰硕的成果。作为话剧最负盛名的剧作家之一，曹禺先生一生创作完成了《雷雨》《日出》《原野》《北京人》等十多部享誉中外剧坛的剧作。他1933年创作的话剧《雷雨》，不仅奠定了他在中国话剧史上的地位，而且也成为中国话剧艺术走向成熟的标志。曹禺先生的剧作以深邃的思想之光和精湛的艺术表现，把中国话剧艺术推上了一个新的高度，为话剧艺术谱写了精彩的传世华章。他的作品，不仅提高了中国戏剧文学的水平，而且对导演艺术、表演艺术和舞台美术的发展也产生了极为深刻的影响。

　　曹禺先生在其漫长的艺术生涯中，为推动中国文学艺术事业的发展和繁荣建立了不朽的功勋。特别是在推动和发展中国话剧艺术事业上，他的卓越贡献更是多方面的：作为剧作家，他的代表作已经成为中国近百年文学艺术的经典；作为戏剧教育家，他为中央戏剧学院的创建，为培养戏剧影视人才，做出了特殊贡献；作为北京人民艺术剧院创建者之一，他与北京人艺的同志们一起，经过几十年的奋斗，把北京人艺建成一个具有中国演剧体系和风格的著名剧院。

今天，我们在这里缅怀曹禺先生的业绩，追忆曹禺先生的足迹，弘扬曹禺先生对戏剧艺术事业毕生挚爱的可贵精神，学习和继承他宝贵的艺术经验和高尚的艺德，对于学习和研究曹禺先生的创作，继承中国话剧优秀传统，推动社会主义文化大发展大繁荣，具有十分重要的意义。我们纪念曹禺先生，要深入回顾总结他在中国话剧发展史中的地位和价值，更好地从曹禺先生宝贵的艺术经验中汲取营养，要在前人的基础上努力创作出人民大众喜爱的具有强烈思想震撼力和艺术感染力的精品力作，努力培养新一代德艺双馨的剧作家；要深入学习他潜心戏剧创作、珍爱戏剧舞台、心系广大观众的敬业精神，勇于探索追求、不断开拓进取的创新精神，以及忘我工作、服务大众的奉献精神。这些都是我们应该继承和发扬的宝贵精神财富。曹禺先生始终关注现实生活，始终保持对所经历的生活的深刻感受和对社会、对人生的思考，对所关怀所同情的人物命运的关注以及对艺术规律的不为探求，这些成为激发他不断创新的动力之源。这种创作态度和精神，仍值得当今从事戏剧创作的人们思考和学习。

目前，我国正处于文化建设发展最好时期，戏剧艺术事业呈现发展和繁荣的良好态势，戏剧创作题材丰富，表现形式多样，精品佳作迭出。但是，戏剧艺术事业的发展与人民群众日益增长的精神文化需求相比，仍然存在着差距。当前，全国文化系统都在深入学习贯彻胡锦涛总书记 7 月 23 日的重要讲话精神，加强对文化产品创作生产的引领。这就要求我们创造各种条件，营造良好氛围，为优秀的戏剧艺术人才的产生创造良好的环境；要求我们坚持文艺的"二为"方向和"双百"方针，弘扬社会主义核心价值体系，按照"三贴近"的要求，不断推出更多深受群众喜爱，思想性、艺术性、观赏性统一的精品力作，陶冶人的情操，提升人的精神境界，促进人的全面发展。

我们相信，纪念曹禺先生诞辰100周年系列活动一定会取得圆满成功。广大戏剧工作者一定会以曹禺先生为社会、为人民而创作的精神为榜样，并继承他留给人们的宝贵的文化财富，不断开拓进取，勇于创新，为我国戏剧事业和文学艺术事业的繁荣与发展做出新的更大的贡献。

原载 2010 年 11 月 12 日《中国文化报》

一生为人民的艺术家

——纪念华君武

著名漫画家、美术活动家、新中国美术事业的奠基者和领导者之一，我们尊敬的华君武同志 6 月 13 日在京逝世。我们为这位为中国美术事业做出重要贡献的优秀艺术家和领导者的离去深感悲痛。今天我们在这里缅怀他，相信他留下来的作品和他的作品闪耀的精神之光会在今后中国美术事业的发展中继续发扬光大。

华君武同志年轻时，目睹国家和民族的灾难，奔赴延安投身抗日救亡运动，之后历经解放战争和新中国的社会主义革命和建设，漫画都是他作为一个革命文艺工作者贡献力量于社会的武器。他的漫画以鲜明的社会性、现实性、形象性和独创性，伴随着他一生走过的革命历程留下了鲜明的印记。华君武同志的一生与中国的革命和建设息息相关，华君武同志说过："我的思想意识与对自己的国家和人民的热爱与责任分不开"，他不仅这么说，更是身体力行在这么做。他早年的政治时事漫画，富有战斗性，鲜明的政治观点，坚定的阶级立场，强烈的爱憎和揭示问题的深刻性、准确性，在革命战争中发挥了有力的宣传鼓动作用。如在抗日战争胜利后他创作的《磨好刀再杀》即是经典性的作品之一。从延安时开创"内部讽刺画"，一直持续到他艺术创作的最后时刻，他以幽默的讽刺画,辛辣地鞭挞了社会上种种丑陋、落后的现象。"华君武漫画"在20世纪50、60和80年代,可谓家喻户晓。他的作品幽默、通俗而富有哲理,构思巧妙新颖、内容丰富多样,"华君武漫画"充满着民族的睿智、幽默,并成功地以他的作品将这些融入当时大众的社会生活。他追求艺术大众化、民族化,广泛吸纳各种艺术门类的营养,把艺术信念与理想融入创作中,形成把思想形象化了的独特艺术风格。他的漫画作品不仅具有社会所需要的批评精神、讽刺力量,更可贵的是他用幽默蕴含教化,用漫画承担了社会责任。

作为延安文艺座谈会的与会者,华君武同志在创作和社会活动中认真践行艺术为人民服务、将艺术融入大众生活的崇高追求,并且身体力行地提倡艺术为大众服务。他对基层的美术爱好者真诚相待、耐心帮助,广交朋友。几十年来,他多次把漫画作品展览办到工矿、部队以及农村的田间地头,产生了广泛的社会影响。华君武同志平易近人,为人坦诚热情,20世纪70年代末,他在文化部艺术局担任领导工作,那时我在艺术局戏剧处工作,办公室就在他办公室的斜对门。他的风度、他的工作热情,以及他对"四人帮"危害的疾恶如仇,还有他对老同志、对年轻同志的关心,都给我留下深刻印象。90年代中,我主持《中国文化报》工作期间,与华老也多有接触,他关心美术工作的执着与热忱,至今令人难忘。

华君武同志是杰出的美术组织工作者和领导者,他忠诚于党的文艺事业,维护大局、淡泊名利,通观全局,有远见卓识,凝聚和团结广大的美术家,努力创造良好的美术创作氛围,为中国美术事业的繁荣发展做出了突出贡献。他对由于时代的局限所造成的错误，不回避、不掩饰，勇于承担自己的责任，真诚道歉，襟怀坦荡，令人钦佩。

在晚年，华君武同志无私地将自己的数千件作品捐赠给国家，由中国美术馆等美术馆收藏，以实际行动支持文化部实施的国家美术作品收藏和捐赠工作，为艺术界和社会树立了无私奉献的典范。

华君武同志虽然离我们远去，但他卓越的艺术实践、崇高的艺术追求、高尚的精神境界，将随着他留下来的珍贵艺术作品和精神财富流芳百世。

2010 年 6 月 28 日

原载《美术》2010 年第 8 期

人性与爱的真诚展现

　　著名油画家李自健的"人性与爱·李自健油画新世纪巡展"，即将在中国美术馆拉开帷幕，在此谨表示热烈的祝贺！

　　李自健在四十多年的油画创作历程中，一直执着地坚守自己的艺术信念。他以直面人生的创作态度，撷取历史和现实生活中人的生存状态加以表现，不管是悲剧性的、艰难困苦的，还是田园牧歌、静穆平和……没有浮光掠影，每幅作品都倾注着他的心力和情感。李自健以全身心的投入，用画笔营造着他独特的审美追求，表达着深刻的人道主义思想。多年来，他以"人性与爱"为主旨，创作了众多的艺术形象，或以其表现的深刻性使人内心震撼；或以其善良美好情感的传达使人如沐春风；或以其描摹人生的真实使人如在其境。李自健的作品，正是以艺术表现的真实性、深刻性，以人性与爱的呼唤，深深地感动着人们。

　　今天的世界，是一个艺术观念、艺术流派和艺术表现方式异彩纷呈的时代，人们的审美趋向和艺术家们秉持的美学原则都在演变。在这样的背景下，创作的浮躁心态，使得不少艺术家丢失自我，以追赶新潮为时尚。李自健不去盲目顺应艺术时尚，而是坚持自己的艺术探索，以扎实的写实功力，以真挚感人的艺术形象，去传达人性与爱的永恒主题。

从根本上说，艺术是情感的表现，艺术以情感人。李自健的作品具有深沉的艺术感染力，其中重要的因素就是他把饱满的情感赋予其中。这种情感，来自于他对乡土、父老乡亲和祖国的爱。他多年来热心于公益慈善事业，也曾在汶川大地震前后八次入汶川写生，这一切都表现出一位艺术家的仁爱之心。他的感情既是个人的，同时也饱含了丰富的社会时代内容。他以这种感情融汇在自己的艺术创作中，融汇在自己塑造的艺术形象中，他的作品以真诚情感的展现而真实、生动。

李自健是一位走向世界的艺术家。十多年来，他的作品在世界上几十个国家巡回展出。今年5月从北京中国美术馆出发，他又开始了自己新作品和代表性作品的全国和世界多国的巡展，我相信，一定会获得圆满成功。同时，一位真正的艺术家要在坚守自身艺术的追求中探索，也要在博采众长的融汇吸收中不断提高，相信李自健会在坚守和创新中取得新的更大的成绩。

2010 年 3 月 20 日
原载《文艺生活》2010 年第 5 期

朱乐耕的陶艺创造

　　朱乐耕是一位极具艺术才华和创新能力的陶艺家。他不模仿别人，也从不重复自己。他的每一次作品展，都以新的创造令人惊叹不已，正可谓神工独运，穷极造化之功；塑形赋彩，尽揽意象之奇。此次"澄怀观道　抱朴成器——朱乐耕陶艺展"，展出的作品大都是朱乐耕近一年来新创作的作品。他展现在我们面前的是又一个新的艺术世界，不仅让我们看到了一个陶艺家以新奇的构思和灵巧的双手赋予黏土生命意象，使之在烈火中幻化的绚烂艺术之美，也使我们在对其作品的凝视品味之中，感受作者在其艺术创造中蕴含的意旨：心怀澄澈，方悟宇宙万物运行之道；追求本真自然，方能开掘不事雕琢的朴拙之大美。中国传统文化最简洁也是最耐人品味的理念，融合在朱乐耕绚烂的当代艺术创造中。内在的朴拙之美，使朱乐耕作品的五彩斑斓毫无浮泛之色，沉静、从容、大气，时代的宏阔气象与时代审美趣味的融合，手工技艺的精湛与瓷彩幻化的天然之美，让朱乐耕的陶艺创造令人陶醉不已。

　　展览中首先让人感到震撼的是作者新近创作的红绿彩系列作品。五联巨幅的红绿彩"奔马图"瓷板，金色的原野上奔跑着一群骏马，红绿色为主点缀着些许黄蓝紫色，夸张热烈洋溢勃勃之生气。骏马造型虚实结合，物形、气韵兼具，尤其骏马之气势骁勇之状，几不容于瓷板，画迹赋彩，亦恣意挥洒而见方寸。观瓷板奔马图，足见作者造诣之深厚，技艺之精湛。红绿彩作为中国陶瓷传统彩绘技法之一，有悠久的历史，尤其在民间陶瓷彩绘上有广泛的使用。朱乐耕曾花大量时间采集研究民间红绿彩绘，对其艺术创造特色与技法运用有深入的体会。但朱乐耕在吸收运用上不是就其技法与风格照搬模仿，而是吸收融汇，化为新的创造境界。民间陶瓷红绿彩绘基本是运用在器物上，朱乐耕的瓷板画，则主要是运用红绿彩洋洋洒洒地将画面描绘在平面瓷板上，营造出画面的宏阔气势。他彩绘前先用景德镇瓷器彩绘传统工艺的本金敷以底色，在彩绘时又以金石篆刻、印章书法点缀于画面之中，赋予传统的民间彩绘手法以中国文人绘画气息。从瓷板的画面色彩构成上，不同色彩的点、面、线条的交接，既让人看到传统的工艺底蕴，又极具现代绘画的构成意味。我们在朱乐耕的作品里找不到单纯因循传统而显现的陈旧，也找不到片面创新而丢失的醇厚，朱乐耕从传统与当代性的融合中，寻求着自己的作品与当代人审美趣味的一致性。

牛和马是很多雕塑家热衷表现的对象。我们从朱乐耕此次的展览中，也看到他塑造的这两种不同的艺术形象。他用强烈的红绿彩装饰雄强壮硕的牛头、马头，营造出一个充满诗意和梦幻的氛围，以此延展人们想象的空间。摆在展场中与牛头、马头相连接的是二十几头用窑变釉烧成的充满力量感的耕牛，厚实、雄壮，蓄势奋起，带给观众审美和精神的愉悦。牛和马的形象一直是朱乐耕艺术创造离不开的题材，但他从对象在不同情境或瞬间的不同形态入手，塑造了造型、神情、气势不同的艺术形象，又加上赋彩与窑变釉的神奇变化，每一个形象都显示不同的个性。朱乐耕把这些牛、马的形象的系列作品，赋以"农耕时代"的称谓。马和牛是农业社会中与人们的生产和生活最为密切的动物，它们构成人们最重要的家庭财富和生产力。社会在前进在发展，马和牛离人们越来越远了，但人们回首从远古岁月中寻找遗失的许多情感和记忆的时候，马和牛会进入人们的视野。朱乐耕说，他赋予创作对象的那些不同的神情、形态、气势，表达了他的怀旧情绪和惆怅的情感。但即使在惆怅的情调中，我们也还是感受到一种雄强的奋起的力量。艺术家惆怅怀旧情绪中滚烫炙热的对于土地和我们的先辈世代生活的家园挚爱的赤子之心，从他的不同形象的这类作品中，我们可以鲜明地感受到。处在城市化、现代化进程中的我们，与艺术家感同身受，或许这也是艺术家的作品使我们感动的原因。

朱乐耕一部分新的作品，尝试探索人的精神和情感世界，以哲学和文化的意味，赋予其作品让人思考的厚度。如他的系列雕塑作品"空"和"颂"，都以素色洁白的人物为表现对象，表达作者呈现的东西方不同的对世界的认识方式。作品"空"里的人物手持莲花，静谧内修，似乎让自己的心绪在一个空灵的、无拘无束的思考中徜徉，以一种内敛的、通过内心世界的修炼方式来取得对宇宙万物的理解和认识。而在"颂"这组雕塑中，聚集的是一群极具表达欲和创作欲的人，他们仰望天空，他们歌颂上帝，他们是热情洋溢于外的西方人。艺术创造不仅要追求形式美感，更需注重内心世界的体验和精神情感的表达，朱乐耕的这类作品的探索尝试，让我们强烈地感受到了其艺术开掘的深度。朱乐耕的另一系列作品"莲"，也是属于同一类的艺术探索作品，白色的莲花、莲蓬、莲叶亭立在白的鹅卵石上，似与系列作品"空"中手持莲花的"人"形成呼应。这类作品不仅以形式的美感吸引观众，还以其文化品格和意境以及带给观众形而上的思考而引人瞩目。

继承与创新的探索是艺术本体发展的永恒课题。脱离传统的创新与抛弃创新的坚守，都不会使艺术的发展走上充满生命活力的前途。质沿古意，文变今情，艺术家如何在继承与创新中以自己彰显个性的艺术创造，追求与当代人审美趣味的协调，是一个不能回避的问题。朱乐耕既具有深厚传统底蕴又有鲜明现代特色的陶艺创作，为当代艺术家的继承创新提供了宝贵的经验。而这一点，也是他的作品深受观众欢迎的重要原因。

本次"澄怀观道 抱朴成器——朱乐耕陶艺展"，是作者继2010年11月在法国巴黎、2011年2月在德国柏林举办的"新历史语境——朱乐耕陶艺展"之后，举办的又一次大型展览。他的这两次在国外的展览，及此前在北京、上海等地举办的多次展览，都受到国内外观众的热情欢迎。同时，朱乐耕的陶艺作品在韩国、日本等国家的陶艺界和观众中得到高度评价，让人们看到了古老的陶瓷的国度——当代中国陶艺家创作的新的艺术面貌。

相信这次新的展览同样会取得圆满成功。

2011年11月25日
原载《光明日报》2011年12月1日

尽善尽美的境界

——"星云一笔字书法展"前言

几年前，应星云大师之邀，与文化、艺术、哲学界和教育界的学者在钓鱼台国宾馆餐叙。席间，星云大师讲起两岸文化的同根同源，讲起梦中思乡之情，那沉郁恳切之音容，令人至今难忘。星云大师作为佛界高僧的爱国情怀与推进两岸文化交流的热忱，素令人钦敬。星云大师耄耋之年，应中国艺术研究院和中国美术馆之邀，在中国美术馆举办"星云一笔字书法展"。展览的举办，会让大陆书法界的朋友们和广大观众看到大师特殊的一面：作为书法家的高僧，或作为高僧的书法家。

书法，作为中国传统文化的一朵奇葩，自先秦传承至今，名家各擅胜场，可谓异彩纷呈。而书论书评与书法相伴相生，评骘各有眼光，立论各有境界。虽说评论不必拘于道法而贵在真诚，但我不敢妄评大师的书法造诣。古代书法品评的标准，无疑仍然是今天人们审视书法艺术的基本尺度。但当代审美趋向演变的影响，也是人们看待书法艺术高下的一个因素。但不管如何，我以为孔子当年"尽善尽美"的法则至今仍然是艺术的至境，是很难达到的境界。可是，我看大师的书法时，却想到了这四个字。

赵朴初先生生前经常说："佛教是文化。"佛家文化与儒家文化、道家文化等共同构成博大精深的中国传统文化。大师所书写的内容，全部是佛家劝人向善、积极乐观、通达湛然的哲理、格言、警句。其中蕴含的佛法大意和人生境界，是东方智慧最凝练的表达，是历代大德的精神遗产，有助于塑造当代人的健康人格和帮助良好道德的养成，有助于丰富人们的精神世界，有助于我们构建和谐社会。这样的内容，可谓"至善"。

大师罹患眼疾之后，为了弘法利生，与书法结缘，反而独辟蹊径，卓然成家，独创"一笔字"，堪称当代书法界的奇迹。拜读大师的笔意时，可以深刻体会到佛家"八万四千法门"但"法无定法"的道理。

大师的字超越了一般的书法理论和要求，不但无笔无锋，无经营位置，甚至无势无骨、无横竖撇捺，但却神采生动，气韵流畅，法象自然，适眼合心，让人联想到禅的境界："青青翠竹，皆是法身；郁郁黄花，无非般若。"在那超越了俗世"规矩"和"方法"的如行云流水般的墨迹中，有一种鲜活灵动之美和深刻的禅意。古人把一种最自然、最没有雕琢痕迹、最没有烟火气的艺术作品称为"逸品"，并将其置于"神品""妙品"之上。这样的艺术，可谓"尽美"。看大师的书法，想到苏轼在《小篆般若心经赞》中说的那句话："心忘其手手忘笔，笔自落纸非我使。"大师目力不及，听笔所至，心手相忘，才有了天然绝逸之美。

去年，"中国书法"已被联合国教科文组织批准为"人类非物质文化遗产代表作"。弘扬中华文明，是两岸中华民族子孙的共同责任。中国艺术研究院与中国美术馆举办"星云一笔字书法展"，这是两岸文化交流的重要内容，无疑将促进两岸人民的兄弟情谊，并对中华传统文化的继承与发扬起到有力的推动作用。

2010 年 3 月 25 日

原载《中华文化画报》2010 年第 6 期

冯其庸：寻源问道终不悔

冯其庸先生是民族学术传统和精神的继承者，他的学术人生投射出中国传统知识分子的自强不息与刚健挺拔。冯其庸先生也是与共和国一起成长的学者，在他的身上我们可以看到鲜明的时代特色。他用朴实的学术研究和深邃的哲学思考，忠实而又爱憎分明地记录了波澜壮阔的文化历史，抒发了壮怀激烈的崇高情怀。

醉心学术

出身贫寒的冯其庸先生，自小就深知人生勤奋耕耘的重要，不论是作为耕牧之童，还是跻身学术之伍，都将勤奋的品格保持了一生。

他兼济文献、文学、红学、书法、摄影、绘画、考古、戏曲等等，远远超出了常人的余限，卓然一代文史书画大家。原因何在？翻开冯先生很多的文集自述，可知他很多著述是日以继夜写成的，有的甚至是在旅途中构思动笔的，他的诗画则多是在学术研究的间隙创作的。因为与冯先生同处一个单位，我常常去看望他。有一次，冯先生身患"缠腰龙"住院，我走进病房时，他正躺在病床上休息，身体因为病痛不能动弹，可手里依然握着一本书，潜心阅读。如今，已经九十高龄的冯先生，仍然笔耕不辍，新作迭出，重新补充、编校的《瓜饭楼丛稿》（35卷）最近就刚刚由青岛出版社隆重发行。可以说没有刻苦自立的精神，没有坚韧不拔的毅力，没有勤奋追求的品格，要想完成1700万字的《瓜饭楼丛稿》是不可想象的。

冯先生说："昔日之我即今日之我也，昔日之牧童耕夫，今日之学界野马微尘，皆一也。"如果没有如此从容自下、虚怀若谷的情怀和扬鞭奋蹄的精神，何以成为今天的学术大家！

求真问美

冯其庸先生学术人生的另一特色是求真问美。冯老从学六十余年，逾一甲子，是什么信仰支撑了他一以贯之、持之以恒的探索精神？

1963年，他在故宫文华殿看到《五庆堂重修辽东曹氏宗谱》，一面之缘后便一直记挂于心。后来一个偶然的机缘，他见到了《五庆堂老谱》的抄本，便一路追踪查找，从而得到一大批文献资料，丰富了红学研究的史料基础。为验证曹雪芹的祖籍，他四次前往辽阳，并在河北涞水县张坊镇沈家庵村找到了五庆堂的曹家大坟。他说："真实的史料往往经得起任何细节的验证。"

我们浏览冯老的文集常常能感觉到，有一种精神气质跃然纸上，这就是他对真理的热爱，对艺术美的沉醉。通观冯老的成果，其中既有严谨缜密、慷慨激昂的求真文字，也有个性独具、风格鲜明的艺术创作。学术贵在求真，艺术贵在扬善求美，冯老以自己的实践再次彰显了学术与艺术相结合的创造价值。

实证求知

冯先生是一位善从实践中求真知的学者。冯老认为做学问不能只在书斋里做，尤其是碰到历史、地理方面的问题时，需要真真切切、切切实实地进行调查，需要一定的实证与还原精神。在研究某种社会思潮或文化思想时，特别需要从一定社会历史条件下，分析其特定的经济关系。他曾以《史记·项羽本纪》为依据，调查其所记载的地名及其地理位置，以增加对古籍的历史把握。他以主要精力把《红楼梦》作为研究对象，典范性地运用马克思主义的唯物史观对《红楼梦》的思想蕴含做出深刻的解释。

关于治学读书，冯老也有其独到、精辟的理解。在冯老看来，读书既要分类来读，又要连类来读，分类是通读专史专书，是竖读；连类是读通史、综合史，是横读。"凡书都有其独到之处，也有其不到之处。我们取其独到之处而知其不到之处，取其独到处，则只有所得，知其不到处，则明以谋补也。"冯老真是深得读书的精髓。因此，不论是对《红楼梦》历史的考证和形而上的思想分析，还是对项羽之死的考证，对玄奘东归之路的确定，他都认真地做了历史调查或者实地调查。他说不亲历不放心，走过一遍，心里才踏实。正是这种不迷信典籍，对追寻历史真相充满渴望的精神，才让他从征询曹氏足迹一路走到探访玄奘东归的路上。

"不有艰难，何有圣僧。为学若能终身如此，则去道不远矣！"冯先生心仪玄奘，所以他重走漫漫西域长路。冯先生仰慕徐霞客，所以他遍行东南与西北。冯先生信仰马克思主义，所以他坚持实事求是、服从真理。冯先生跋涉不止的人生经历，令人悟出他的为学之道。

冯先生曾用"沧海横流日，书生意气稠。凭将三寸笔，风雨动神州"来概括施耐庵的生平与创作。我们同样可将此言回赠给冯先生，以表达对他奉献学术、追求艺术之美人生的由衷赞美。

原载 2012 年 2 月 23 日《人民日报》

艺术的本质是创造

—— "刘国松创作大展——八十回眸" 前言

中国美术界和许多观众仍然清晰地记得刘国松先生 1983 年 2 月在中国美术馆举办大型个展的情景。那次展览轰动一时，不仅因为随后三年他的作品展在大陆 18 个重要城市连续巡展，重要的是因为当时在整个中国社会改革开放的时代背景下，中国画坛正酝酿和萌发自身变革的强烈冲动，从传统母体中孕育而又与新的时代的审美趋向相契合的中国画的当代形态是一种什么样的境象？刘国松先生以传统的中国山水画理念与技法和现代抽象观念融为一体的新奇的画法，引起人们的惊奇和赞叹。以后几年刘国松先生在台湾和各地的展览，更引起人们的关注。吴冠中谈对刘国松作品的印象时说："我的印象是：突兀，梦幻，蜕变。动、静不相克，奇变与单纯穿插，画面既厚重，亦轻盈，此情此景何处寻，谁知。"黄苗子说刘国松的绘画"冷和暖、动和静、传统和创新、现实和超现实、幻和真的对立统一，处理得如此和谐，叫人只能想到梦，但不是古人和外国人，是一个现代中国人的梦"。两位艺术大师评论刘国松先生的绘画，都谈到梦幻般的印象。如梦如幻、亦虚亦实，楮素之上缥缈幻化的朦胧之美，时空无限的意象之美，天然造化的自然之美，既带给人们强烈的视觉冲击，也带给人们中国绘画的新视觉经验。正是这令人眼前一亮的梦幻般的水墨画世界，为当时寻求变革的中国画坛创造了一个可以预示前景的"影像"。二十八年后的今天，我们来看当代中国美术的万千景象，特别是它呈现的主体性的创新变革脉络的时候，仍然可以比较清晰地看到刘国松先生开风气之先的观念变革和形式创新带给中国绘画的影响。

放眼世界，中国现代水墨创造的影响，已引起国际艺术界的关注。我们从后起的著名艺术家和现代水墨当下艺术形态来看，则可以更鲜明地看到刘国松先生原创性水墨的影响。中国画的基本的审美原则，它艺术创造的呈现形态的多种多样，那些达到极致的经典作品都别有创造蹊径。中国画的继承与创新也有多种路径可循。而刘国松先生以自身创作的成果和创新的境界，以自己的方式为20世纪80年代初中国绘画界的创新尝试树立了信心，也以他自己成功的艺术探索，为中国现代水墨的发展注入了充满活力的元素。

刘国松先生说"艺术的本质是创造"。他一直走在坚韧开拓的无止境的艺术道路上。今天，刘国松先生已是八十老人。从在中国美术馆举办个展后的近三十年中，他仍然在坚实的艺术创新中前行，他的作品更充沛地洋溢着中国的文化精神，更自信地表达着他的审美理想，吸收中国传统艺术的精髓而又融汇西方艺术创新元素，从创作观念、绘画方法与技巧，甚而工具材料，都在他独特的创造中交相融汇，以物我相融的挥洒，营造出现代水墨的清新绘画境界。二十多年来，刘国松先生的绘画在大陆也有展出，最近期的是2007年在北京故宫博物院武英殿举办的"宇宙心印：刘国松绘画一甲子"个展，这些展览和对刘国松先生作品的研讨，使人们更深入地了解了其作品的内涵和意义。我们从"西藏组曲""九寨沟系列"中以及《吹皱的山光》《诺布朗瀑布》《汨罗江水》等他近二十多年中创作的一系列作品，都可以看到浑厚、奇特、清新、灵动的种种意象及参差交错而又虚实相生幻化的精神气韵，画面精心营构，却似自然造化而成，不由人不叹服艺术家的高妙技艺。清人包世臣《艺舟双楫》有评右军书法语："同自然之妙，有非力运所能成。"宋人苏洵论文曰："风行水上，涣，此天下之至文也。"我观刘国松先生绘画，有异曲同工之妙。看这些作品，觉得似有灵动的魂魄隐于画面充沛的气韵之中，观之荡人胸襟。

这次"刘国松创作大展——八十回眸"，将展出他自 1949 年至 2011 年间的作品一百六十余件，观众既可以从中比较完整地看到他艺术创作寻觅探索的脉络，更可以比较完整地看到其艺术创造成就的全貌。他还精选出各个创作时期的代表作《冰川的叹息》《雪网山痕皆自然》《春波荡漾熊猫海》《小雪》《法界（三联屏）》《宇宙即我心之五》《四季系列之十六》《日之蜕变之三十》《莲之蜕变》《羌寨》捐赠给祖国。刘国松先生距首次在中国美术馆举办个展二十八年之后的本次回顾大展，必将以他中国绘画特别是现代水墨探索之路的蹊径异彩，以中国传统艺术当代转换的神妙绘画语言和表达的时代精神，以他呈现给我们的美的艺术世界，使人流连忘返，沉醉其中。我们仍会强烈地感受到他艺术的震撼力和不竭的创新精神。

刘国松祖籍山东青州，出生于安徽蚌埠。少年坎坷，但聪颖勤奋，喜欢画画。从 17 岁以同等学力考入台湾师范大学艺术系，即走上艺术之路。他说自己是个北方人，却在南方成长；是个东方人，却在西方成名。他在全世界举办过八十余次个人作品展及多次参加重要团体展，世界重要的美术馆和博物馆都收藏其作品。这样一位"东西南北人"，却怀着强烈的爱国爱土之心。他是改革开放后第一位来大陆举办画展的台湾画家。他与艾青、李可染、吴作人、刘海粟、吴冠中、黄苗子、黄胄、程十发、叶浅予等艺术大师和后辈艺术家结下的真挚友情，他为两岸文化交流付出的热忱和努力，都使人感动和钦佩。我一直敬佩先生的艺术和为人。1983年2月在中国美术馆观看他作品展的震撼至今记忆犹新。后来，他一直把自己的文集和创作资料寄我。虽然忙，却没有忘记浏览和细读某些部分，并一直关注着刘国松先生的艺术活动。与刘先生的接触，觉得他的创作激情与才情是和从容与厚道合而为一的，据说他年轻时以锋利的辩才著称，而今则多是淡定。而他的平易、朴实，更使人产生对这位杰出艺术家的尊重。刘国松先生杰出的艺术创新和具有时代标志性的艺术作品，已经奠定了他在当代中国美术史的重要地位。先生身体健朗，创新不已，他曾说："突破自己，不与世俗妥协，也不与自己妥协。"其行也，其达也，必将以不拘成法之不断开拓而愈加展现异彩，化出新境。刘国松先生八十回眸大展之时，命我为他的画集作序。对他的作品，不敢做门外之评，只能把感想写出，作为一个钦敬他艺术的观众的感想，当作书的前言。

2011年2月27日

原载 2011 年 4 月 10 日《人民日报》；

《刘国松·八十回眸》，人民美术出版社 2011 年版

艺术创造是她的生命追求

——《奇虹导演构思》序

  张奇虹同志是我国当代一位承上启下的著名戏剧导演。

  张奇虹从 1946 年于华北联合大学文工团演《兄妹开荒》开始，到 1953 年已在几部话剧、歌剧中扮演主角。1954—1959 年赴苏联莫斯科卢纳卡尔斯基戏剧学院导演系学习，回国后有 10 年的时间在中央戏剧学院任教。从 1979 年调入中国青年艺术剧院开始，主要从事戏剧导演工作。张奇虹导演的戏大概有几十部，我看过的有《威尼斯商人》《十二个月》《风雪夜归人》《死亡天使的名单》《原野》《一个死者对生者的访问》《火神与秋女》《詹天佑》《海边有个男儿国》《这里一片绿色》《红雪》等。从张奇虹的艺术经历可以看出，六十多年来，她一直与戏剧结缘，特别是改革开放新时期以来，她以旺盛的艺术创造力，导演了话剧、儿童剧、歌剧、戏曲等不同题材、不同风格的大量戏剧作品。就我看过的戏而言，真可说是每部作品都有独具匠心的艺术处理，她精心的艺术创造让人看到导演建构艺术境界的大手笔。

  研究三十多年来张奇虹同志导演的戏剧作品，可以窥见我国改革开放三十多年来戏剧舞台艺术创造的概貌，那就是无论从反映生活的思想深度和广度，还是艺术表现的题材、样式，风格流派的多样性、探索性，以及两者构成的思想和艺术的震撼力、感染力方面，都呈现了一个前所未有的艺术创造的百花齐放、绚丽多彩的局面。无疑，首先是改革开放为艺术家们的创作提供了良好的社会环境，而艺术家们的独具个性的创造，又为时代的艺术增添了异彩纷呈的绚烂色彩。改革开放三十多年中，张奇虹每一年或两三年都有一部新作品问世，每一部作品都以新的创造引人瞩目，其中《十二个月》《风雪夜归人》《海边有个男儿国》《西游记》等已成为深受观众欢迎、常演不衰的保留剧目。可以说，张奇虹以自己的导演艺术创造，奠定了她作为我国改革开放新时期一位具有代表性、标志性戏剧导演的地位。

张奇虹的导演艺术创作和她对中国戏剧创新发展的奉献精神都值得充分肯定。张奇虹的导演艺术造诣精湛，她善于处理不同戏剧题材的深厚功力及导演艺术手法的丰富性令人称道。比如《威尼斯商人》《风雪夜归人》《一个死者对生者的访问》三部戏的处理，《威尼斯商人》注重戏剧情节的曲折跌宕推进，层层剥笋，环环相扣，让人在清晰的人物关系演进中感受讽刺的深刻性。《风雪夜归人》注重戏剧情境的渲染和营造。《一个死者对生者的访问》则在多时空变化中，以现代的戏剧手法揭示人物的内心情感。对这些不同戏剧题材整体风格基调的准确把握，是以导演处理手法的丰富性来实现的。看张奇虹的戏剧，从戏的整体把握到人物、情节、细节的处理，从无单调之感。

张奇虹导演的戏剧题材丰富多样，既有表现外国生活的题材，也有中国历史题材和现代题材，还有神话、童话题材。现代题材中又有反映当代生活的题材和革命历史题材。她的导演处理既服从于剧作的内容，又以新颖的大胆的艺术构思，使戏更具可看性，从而使剧作的内容和人物的形象更有视觉冲击力和感染观众的力量。张奇虹从导演上对戏剧题材的娴熟把握和导演手法的丰富性，来源于她对中国民族戏曲的熟悉和对民族艺术审美传统的深入了解，也来源于她对国外戏剧艺术规律的理解。布莱希特的戏剧手法，特别是斯坦尼体系，对她的影响是深刻的。但张奇虹非常值得我们学习的就是她从不照搬哪一种戏剧手法，而是博采众长，融会贯通，为我所用。她导演的这么多部戏剧，导演处理风格的统一性、丰富性，都充分地说明了一个成熟的有独创性的艺术家，不会照抄照搬，而是以自己对艺术的理解，在以往艺术经验的基础上，不断探索和创造新的艺术境界。

张奇虹把戏剧看作自己的生命，为中国戏剧的创新发展奉献了全部心力。她从事戏剧艺术工作六十多年，可以说从未在学习和创作中止步。现在她年事已高，但我们看她近几年导演的神话剧《西游记》（一、二、三部），其舞台和人物处理的创新性令人惊叹，可以看出她仍然迸发出的艺术创造激情和处在舞台艺术前沿的创新精神。这部戏在全国儿童剧会演中得到评委们的一致高度评价，更得到孩子们的喜爱，现在已成为中国儿童艺术剧院的保留剧目。张奇虹同她这一代的许多艺术家一样，以自己的全部身心奉献于艺术创造，艺术是他们的生命追求。当然，他们不属于为艺术而艺术的艺术家，他们是把自己的创作同建设民族和时代的文化艺术融为一体的，他们也是把自己的创作作为奉献给人民大众欣赏的艺术品去努力的。他们有一种时代的责任感和使命感。我们从张奇虹的艺术创作经历和创作成果可以鲜明地看到这一点。我与张奇虹同志相识已有三十多年，她曾多次邀我去看她导的新戏，并共同探讨戏剧创作问题。时光荏苒，但今天她的艺术创造活力仍然不减，真让人为之高兴。《奇虹导演构思》出版之际，张奇虹同志让我为之作序。虽然忙于日常事务，但仍然匆匆写了以上的感言，以表达对张奇虹同志艺术创造和艺德的钦敬。

2012 年 8 月 18 日

原载《奇虹导演构思》，文化艺术出版社 2013 年版

任率英的艺术创造

　　时间的消磨，不仅不会使真正有价值的艺术珍品黯然失色，反而会愈见光彩。著名画家任率英以年画、连环画的杰出创造，为我国当代美术营造了一座璀璨斑斓的艺术宝库。从任率英的作品中，我们看到他那一丝不苟的创作态度，看到他那高超神妙的创作技法，看到他那融民族传统审美趣味和新时代审美趋向于一体的独特审美把握，这些都融汇为他具有鲜明个性特征的艺术呈现和创作特色。他的绘画，以通俗的画种而见文化品格之高，以小的画种而见艺术天地之大。任率英先生离开我们已有二十余年，但他创造的众多艺术形象仍栩栩如生地活在美术的长廊里，他艺术创造的精粹性更为人们所珍视，他对民族绘画艺术的贡献也更为人们所肯定。

　　任率英从艺六十余年，主要以工笔白描和工笔重彩创作出五千余张连环画、年画作品，还有其他不少中国画作品。到了晚年，他又以极大的毅力，绘制放大《古百美图》和《八十七神仙卷》并赋色，使中国古代绘画珍品再现工笔重彩神韵。任率英的创作以民族性、大众性和艺术的精妙境界而受到人们广泛的喜爱，真可谓雅俗共赏。他的年画和连环画印数都很高，像年画《百岁挂帅》累计印数达四百多万张，他的 9 种年画作品，一次性印数曾高达 1700 万张。由此，可见他的作品受到人们欢迎的程度。

任率英的作品，大都取材于中国历史故事、古典小说、传统戏曲、古典诗词，也有表现现实生活的题材。无论何种题材，他都十分注意表现人物的思想感情和个性特点。他谈自己的创作经验时，强调绘画要"注意不同的形象和性格特征"，指出"同类型形象，但性格和长相却各不相同"。如他画年画《百岁挂帅》中的十二女将，都画得俊美矫健而又各具个性特征；画连环画《秋江》将陈妙常、潘必正的性格画得活灵活现；画连环画《白蛇传》，他对"白娘子、许仙、小青和法海的个人性格做深刻分析，根据四个主要人物的性格特点刻画头像"。他画年画《嫦娥奔月》、连环画《鲁智深》等，也都是先从研究人物的生活经历、性格特征和在特定环境中的思想感情入手，然后确定人物形象的造型特点及如何表现。他在《琐谈古典人物画的生活经验》一文中说，即便画古典人物画，也最好能到故事发生的地方深入群众，了解地域特点、风俗人情、人物性格及有关传说、古迹等，也要寻找符合故事要求的人物形象和景物，记录下来作为素材，以便与从文学作品、历史记载、资料考据等材料里来的间接生活相结合而进行艺术创造。画历史人物，不但要研究人物的社会身份、思想情感、性格特征，还要研究其生活习惯和周围环境（诸如服饰、发型、用具、陈设和庭院楼阁、花草树木等），使其既符合主题要求，又具有必要的历史真实性。任率英绘画中的一个又一个鲜活生动的人物形象，就是因为贯注了作者源自观察体验而又发乎内在情感和心智的充沛的艺术情思，才使之具有了活泼泼的生命力和鲜明的个性特征。

任率英艺术创造的卓越成果，还得益于他高超神妙的艺术表现技法。任率英工于仕女画、深谙古典的传统技法，尤其是工笔重彩方面的艺术造诣令人称道。但不止于此，他的绘画还因为对中国民间绘画和西方绘画的表现方法兼收并蓄，而使人物形象愈加饱满充实，作品愈加洋溢着明丽清新气息。看他的年画，翻看他连环画的任何一页，画面结构的讲究，用笔的流畅生动，设色的准确和谐，愈审视愈觉尽臻其妙。挥纤毫之笔，妙墨落素，应手随心，宛若神巧，不由人不叹服。绘画六法之气韵生动、骨法用笔、应物象形、经营位置、传模移写，都见作者匠心。看任率英的作品，给人留下鲜明突出印象的还有他绘画线条的表现力。中国画的线条是创造艺术形象和表达艺术意境的重要手段，任率英具有娴熟、高超的线条运用和线条塑造形象的能力。他的作品线条工细、准确、潇洒、飘逸、遒劲、流畅，形式美感赏心悦目。当然这是有意味的形式。著名美术理论家伍蠡甫谈线条与绘画意境的关系有云："意境的抒发过程，同时也是笔下线条的盘旋、往复、曲折、顿挫以及疏荡、绵密、聚散、交错的过程。线条的每一运动和动向，都紧扣着每刹那间心境的活动。"〔1〕借用这段话来说明任率英绘画中线条运用的价值，再准确不过了。同时，他在高超线描基础上娴熟运用工笔重彩绘画技法创造的艺术境象又另具一格。先生晚年呕心沥血绘制赋色的《古百美图》和《八十七神仙卷》，并非原样摹绘，而是进行了新的艺术创作，画幅增高、扩长，人物形象刻画得更为生动，增补树木、花草、动物及环境场所，人、景、物交融呼应，赋色冷暖、深浅有致，浑然天成。著

---

〔1〕 见《中国画论研究》，北京大学出版社1983年版。

名书画家启功赞《古百美图》曰"观者披图如见宋元妙迹"。任率英绘制赋色的《八十七神仙卷》，也同样堪称今人工笔重彩的经典杰作。

任率英以深厚的功力承续传统，而又勇于探索创新，他和同时代的杰出艺术家共同赋予当代年画新的艺术风貌，并把连环画艺术发展到一个新的高峰。任率英和同道艺术家的创作成就，标志着当代年画、连环画艺术创造所达到的境界，他们的作品超越时代审美趋向的变化，仍然可称为今天艺术创造的经典。任率英是其中的佼佼者。他表现的题材和塑造的家喻户晓的人物形象，他的作品展现的民族气概和民族精神，也仍然以强烈的艺术感染力影响着今天的读者、观众。他作品的艺术魅力来自哪里？无疑，首先是精湛的艺术技巧呈现的精美的艺术创造。但他作品洋溢的清新时代气息，画中人物充盈的生命活力，则更多得益于他贯注其中的真挚情感。任率英说，绘画"首先就要热爱生活，爱人民，这是画家的感情问题，有情感艺术才有生命力"。综观任率英的艺术人生，为人民而画，画为人民，是他的宗旨。唯此，他才锲而不舍、始终如一，在把握时代和大众的审美趋向中展现自己的才华，以独特的艺术创造贡献于时代和人民。

当今，我们已进入新的社会发展时期，文化形态的多样性和文化产品的丰富性自是今非昔比，在一个文化消费日趋兴盛的时代，人们更是强烈呼唤和渴盼有更多经得起时间消磨、有耐人寻味、有艺术魅力的经典作品出现。杰作的出现需要有不趋时不趋利的纯粹的艺术家的精心创造。在这样的背景下，任率英的艺术创造经得起时间的考验，在今天仍然投射时代新意的创作更令人敬佩。最近在中国美术馆将再一次举办任率英作品展，在欣赏这些精品杰作的同时，我相信很多人会从心底生发对这位当代杰出艺术家的钦敬之情。人们经过时间考验之后的热爱，应当是对艺术家最高的嘉奖。

2011 年 3 月 28 日
原载《中国美术》2011 年第 3 期

为农民工塑像

表现现实生活，反映时代精神，描绘站在时代前列的新人形象，是当代艺术家不可推卸的社会责任。"同在蓝天下——为农民工塑像当代中国画主题创作展"，正是当代美术家以自己手中的画笔，艺术地反映农民工的社会生活，描绘他们的生存状态，表现他们内心的情感，展现他们的精神境界的一次美术创作实践。

农民工是改革开放和社会主义现代化建设伟大实践的生力军。参与此次创作的美术家们以高度的社会责任感和使命感，自觉尝试用中国画的形式表现农民工的形象和精神风貌，真实地记录他们在现代化建设中的奋斗足迹，着力描绘他们鲜活的人生状态，生动展示他们创造历史的辉煌业绩。美术家们把这次创作看作时代赋予艺术家的光荣使命，看作他们施展才华，通过新的艺术探索，在新的题材表现领域创造时代精品的难得机遇。他们以不同的方式深入农民工的生活，在建设工地和农民工工作的不同场所与农民工一起劳动，在农民工的家中一起畅谈，走进农民工的内心世界，了解农民工的所思所想，体察农民工的喜怒哀乐，与农民工交朋友，在心灵上与农民工沟通。美术家们深深地为农民工这个新的社会群体所感动，他们以自己的体验和感受，从不同的角度为农民工传神写照，用画笔彰显农民工勤劳质朴、积极向上的优秀品质，讴歌农民工吃苦耐劳、不怕困难的奉献精神。我们从展出的作品可以看到，美术家们以饱含感情的笔墨，为我们塑造了一个个血肉丰满、真切感人的农民工形象。

"笔墨当随时代"，当代中国画创作尤其是人物画应当画出新时代的风采，创造出新时代的人物形象。农民工作为新时代的特定群体有着独特的时代面貌。他们从世代生活的农村来到城市，城市化进程的大潮给他们带来实现美好理想的希望，也给他们带来迷惘、困惑甚至困境。但他们在祖国改革开放现代化进程的挑战和机遇中，以自己的拼搏和奉献，为国家的强盛和人民不断走向富裕年复一年地贡献着力量，并在这样的进程中也改变着自己的命运。农民工的奋斗历程和命运的变迁，从一个重要的侧面反映着我们国家波澜壮阔的发展和日新月异的变化。从一定意义上讲，为农民工塑像，也是为我们改革开放现代化建设新的时代塑像，也是为这样一个伟大时代中人民群众奋发有为、自强不息的时代精神写照。但从艺术创作的角度讲，农民工群体不是一个概念，其艺术形象应当是异彩纷呈的由万千具有不同艺术特征的人物形象构成的艺术群体。以传统的中国画的艺术形式来表现这样一个新的题材、新的主题，对参与创作的美术家而言，挑战是两方面的，首先是要了解、理解和熟悉农民工群体生活、内心世界；另一方面是如何以传统的水墨形式去准确地描绘这样一个群体。虽然中国人物画创作已经积累了不少表现当代人物形象的艺术经验，但表现这样一个新的题材领域无疑仍然需要开拓性的尝试，比如仅就农民工所处的现代化进程中的城市环境而言，就需要新的艺术尝试来表现，尤其是符合新的时代审美趋向的艺术表现和当代艺术语言的水墨形式转换，都需要参与创作的美术家们进行深入的探索。

　　我们欣喜地看到，在"同在蓝天下——为农民工塑像当代中国画主题创作展"中，出现了一大批思想性、艺术性相统一的充满清新艺术气息的优秀之作。美术家们以各自的独特视角，以多种多样的表现手法，充分展现了中国传统水墨难以想象的丰富的艺术表现力。美术家们的坚守，使传统形式的美感得到张扬；他们的创新尝试，又进一步丰富了传统水墨表现新题材的时代语言。不管是对火热的建设工地的描绘，还是人物普通生活情景的表现；不管是对人物外在生存状态的反映，还是对人物内心情感世界的揭示，都体现了美术家们对农民工生活的真实体察和感悟，表达了作者对农民工形象的钦敬之情。美术家们或工笔刻画，或挥洒写意，有宏伟与雄壮，也有细腻与柔美，通过不同的艺术风格和艺术追求，用画笔真实地表现了农民工的生存状态和精神风貌，形象地反映了农民工的喜怒哀乐。应当说，这次创作和展览是美术家们坚持"以人民为中心的创作导向"，自觉"贴近实际、贴近生活、贴近群众"，以自己精心的艺术创造，向时代和人民群众交出的一份优秀答卷。不管是有深厚造诣的著名美术家，还是朝气蓬勃的青年美术家，都同样以严肃认真的态度对待这次创作，在塑造当代新人形象、探索与反映的时代相适应的表现形式和绘画语言两方面都取得了可喜的成果。这次创作展览从总体上讲，是当代美术新创作一个十分重要的收获。同时参与创作的美术家们还在创作和深入生活的过程中，从农民工身上深切感受到时代建设者的博大胸襟和忘我情怀，并用自己塑造的艺术形象，以"同在蓝天下"的深情，表达了对农民工群体的深切关怀。

　　伟大的时代需要反映时代生活的艺术，需要昭示时代精神的艺术形象。我们要以不竭的艺术探索表现人民群众的伟大创造。我们与农民工同在蓝天下，同在一块土地上，同奔一个目标，也同圆一个梦想，那就是中华民族的伟大复兴。农民工和艺术家以不同的方式，共同描绘伟大祖国现代化建设最新最美的图画。在此次"同在蓝天下——为农民工塑像当代中国画主题创作展"的推动下，相信更多表现现实生活、塑造站在时代前列的新人形象的优秀作品会不断涌现。

是为序。

2012 年 5 月 6 日

原载《同在蓝天下——为农民工塑像》，
文化艺术出版社 2012 年版

洋溢清新时代气息的中国画语境

——评田黎明的绘画

田黎明是一位勇于进行探索性创新的学者型艺术家。他以具有自觉性的文化思考和别开生面的艺术创造实践，开创出中国水墨人物画的新境界，在中国水墨画的时代变革中迈出了一大步，为探索中国画的时代转型和契合时代审美趋向的演进做出了重要的贡献。

将生活作为衍生艺术形象的本源，而不仅仅是作为传统艺术形式的点缀，将时代生活的新鲜气息灌注于传统笔墨形式之中，艺术家的奇思妙想才能通过形式幻化为呼之欲出的清新的人物形象。田黎明正是从时代精神的气息中寻找到了人物的灵魂，并以创新的笔墨形式，赋予一个个人物鲜活的生命。将现实生活体验与精神层面的思考融为一体，通过艺术形象的独创性创造一种具有深厚文化内涵的人文境界，是田黎明艺术创作追求的基点，这也可以看作他艺术观的本源。田黎明属于"学院派"画家，他有扎实的中国传统水墨技巧，但他不局限于技术本身，而是着力在技巧蕴含的传统文化内核中挖掘和体味。他十分重视前辈艺术家的学术思想和继承，并把自己的思考赋于其中，在教学和绘画实践中加以凝练和提升。正是在此基础上，融会贯通，他才构建起集中国画本体特色、中国画气象内蕴和中国画风格于一体的田氏绘画艺术风貌。他所探索独创的融墨法、连体法、围墨法，系统地延伸和发展了中国画传统没骨法，从他的绘画中，我们可以看到，中国画传统水墨的表现力在今天依然洋溢着蓬勃的生命气息。

田黎明画中的阳光、空气、水代表了生命存在的三要素，这三者在其画中形成了相互照应和相互依存的构成关系，寄托了田黎明对人与人、人与自然和谐共处的美好希冀。田黎明通过清澈的水、纯净的空气、温柔的阳光和质朴的人物营造的情境，使观者能感受到人与自然的真切融会，品味到自然自由自在的生命力，进而获得一种宁静平和的精神体验。"万物负阴而抱阳"，人生、社会、自然都有其阴阳与虚实，我们从田黎明的画中能够体悟这种阴阳虚实的相生相济，它会唤起我们重新回味在生活的开合聚散中承受生命中不能承受之重与之轻，由此，也会体会到田黎明的艺术方式表达的是乐观进取的人生态度。尤其是处在科技为核心的现代化进程将人与人之间的距离迅速缩短的今天，生活节奏不断加快，每个人都在紧张繁杂中忙碌，忽视了对自己心灵的探寻与反省。田黎明绘画恰好给浮躁焦虑的现代人提供了一个心灵的栖息之地，一个可以获得心灵归属感和亲切感的精神家园。

田黎明之所以成为在中国水墨画继承与时代创新中别开新境的具有标志性的一位艺术家，首先是因为他秉持"立足社会，关注民生"的理念，把当下时代的人作为表现对象，注意观察和捕捉时代的精神气息融入绘画之中，他不去写实地表现生活情境，但时代的清新气息却扑面而来；其次，他敢于强调优秀传统文化观念对当前文化语境的启示性，把对传统文化的真切体悟融入绘画的意境营构，鲜活的画面与人文境界的统一，构成了他绘画的独特品格；同样重要的还有，他从中国传统水墨表现技巧与现代新的审美元素的融合中拓展出个性笔墨语言，使他的作品具有了鲜明的"这一个"的艺术风格与特色，以艺术的独创性而令人瞩目。田黎明的艺术实践，反映了一位当代杰出艺术家立足时代、勇于探索创新的艺术情怀，也充分体现了一位当代艺术家正确的艺术主张和有责任感的社会担当。田黎明的艺术追求和体现时代意义的绘画成就，都是值得我们肯定的。

原载《阳光·空气·水》，
安徽美术出版社 2012 年版

超越时代　追求个性

——姜宝林先生绘画印象

几次观看姜宝林先生绘画展，那展现眼前的体现深厚传统笔墨功底而又充盈创新元素的山水，守成法而不拘于成法、洋溢生命气息的大写意花卉，特别是以鲜明的形式构成、展现出强烈现代性的白描现代山水，以及那诸多题材系列中寄寓画家生命情感、呈现独特笔墨形象的"香榧系列"，无论是鸿篇巨制，还是逸笔小品，无不给人以清新的视觉感受、审美的艺术感染和文化意蕴的品味。

姜宝林先生美术创作的形态、风格是丰富多样的，正像他自己所说："我从泼墨山水、积墨山水、白描山水一直到大写意花卉，有着多种艺术面貌。""我的本行是画山水，先画泼墨、积墨，又独创白描现代山水，近20年来，对花卉大写意又情有独钟。"姜宝林先生还就他的创作理念与追求讲过这样的话："既要笔墨，又要现代。笔墨是旧的，越传统越好；形式是新的，越强烈越好。""现代意识与传统笔墨的交融，是我的探索和追求。"姜宝林先生对自己创作面貌的概括和创作理念的阐发，深切地表达了他艺术追求的执着和追求目标的高远。

艺术面貌的丰富性和作品的独特个性，使姜宝林先生的创作因具有鲜明标志性的风格而引人瞩目。一般而言，艺术面貌的丰富性和风格的多样性，往往会淹没艺术家的创作个性。姜宝林先生的作品"有着多种艺术面貌"，但从他一系列的作品中，却可以鲜明地看到一个共同点，即语言形式的新颖，它不单是笔墨，也更是画面布局、气韵、格调、蕴含和语言符号等融汇而成的整体艺术的创新，它使人感受到强烈和具有震撼力的视觉冲击。

单纯的形式没有力量，特别是对于中国这样一个有着悠久历史和文化传统的国度而言，几千年的文化浸润与审美积淀，使得人们绝不会满足于单纯艺术形式的演进和标新立异。因为艺术归根结底并不只是视觉的盛筵，而必须唤起人们情感、思想的呼应及满足心灵慰藉的期待。姜宝林先生绘画散发的强烈艺术魅力，不仅仅在于艺术形式的创新，而重要的是他的作品洋溢着来自生活的真情实感。他的画找不到矫揉造作，而是心会神融，直抒胸臆。绘的真情感，画的真灵性。这里不能不说到他年轻时期在浙江奉化文化馆工作的十年，令他受益匪浅。他与基层百姓的鱼水之情，使他多年来与乡民、与大自然魂萦梦绕，始终没有脱离"地气"。他对那些质朴的乡民以及自然山水、蔬菜瓜果、田园生活的真挚而深切的情感，使他的创作紧贴生活的本源。他没有躲进文人隐逸的深山，也没有躲进自成一统的阁楼，去潜心构筑虚无缥缈之境，而是以饱含深情的画笔，去描绘身边的美景，他对物写生，画遍了浙东秀美的山川河流、自然景物。直到今天，他仍然坚持以生活中所见之物入画，并从别人不能见到的地方发现独特之美。他的作品所充盈的艺术魅力，直接来源于他对"生活是艺术之母"的真切感悟。生活感动了他，他也以自己赋予作品的真情实感感染了观众。

超越时代 追求个性 —

231

姜宝林先生作品的艺术魅力，还来源于他创造性的笔墨技法形式语言契合当代人的审美趋向。而这种形式语言所依托的传统笔墨，又因他的深厚造诣，而使其作品具有厚实华滋、元气磅礴之气象。他执着传统，师法自然，以笔墨创造个性，笔奇、趣奇、格奇，以质朴、灵动自具个性的创造性笔墨技法，尽显中国传统文人画意蕴和形式美感。姜宝林先生"用古人之规矩格法，不用古人之丘壑蹊径"（清·唐岱《绘事发微》），努力探索"旧笔墨与新形式的契合"。如他的大写花卉，在不失中国传统花鸟笔墨精神的基础上，以香榧及各种野草、野花、野果入画，不拘泥传统文人画梅兰竹菊的题材局限，不仅拓展了当代花卉表现题材领域，并与之相应地创造和丰富了花卉表现形式语言。再如鲜明地呈现在人们面前的白描现代山水，以图像的平面化构成和具有强烈震撼力的现代性，展现了中国画当代转型的一种探索性实验。它的形式元素中无疑吸收了西方现代艺术的观念与表现方式，但主要的发端却是画家从中国画"以线造型"的脉线中萌生而来，并融合他熟稔的传统民间艺术及生活观察中的感悟而创造。这一新的山水图像，被人们称为"姜氏山水"。在任何地方一看即知，这是姜宝林先生具有独创性、标志性的艺术符号。这一艺术创造的景象，既是源自中国画的传统文脉和吸收多种艺术元素，而以笔墨构成的中国画，但它又以体现着西方现代艺术元素的意味，以强烈的现代性而更具国际性的语言。

一个优秀艺术家的创作，从本质上讲是当代艺术观念和时代精神的反映，姜宝林的绘画创作，正是比较真实地体现了我国改革开放时代背景中，深刻的社会变革给文化艺术的发展带来的重大影响。姜宝林先生曾讲："营造新意境，构建新形式，更新观念就成为首要前提。"他敏锐地吸纳新时期改革开放的清新气息，与时俱进的当代追求成为他艺术创作的灵魂。他从 1980 年前后清新、写实、抒情的江南小景绘画，到大泼墨与白描并进，再到泼墨泼色与白描融为一体，1985 年开始着重积墨加宿墨的探索，"并在立体主义倾向比较抽象的平面构成中得到发挥"，后来又以写实手法融入各种笔墨技巧，重在表现审美客体的深厚蕴含。姜宝林的艺术探索并不是为了花样翻新，他说这是基于：一个时期的探索与追求；来自生活的独特感受；不可抑制的感情。改革开放的深刻变革，赋予艺术家的独特感受和创造激情，无疑是一个优秀的艺术家追求独创性与个性的动力。姜宝林先生在他不同艺术时期所描绘的山水风貌与大写意花卉，都秉承着"既要笔墨，又要现代"的艺术理念，以"旧笔墨与新形式的契合"而执着探索，开创了具有鲜明时代性和独特个性的创作境界。他艺术成长、转换、成熟的 30 多年间，始终没有脱离创新的主线，他的作品无不显现大气磅礴、生机勃勃、气象万千的精神面貌。可以说，姜宝林的艺术创作历程，正契合着中国改革开放、真正走向世界的全面进程，他的作品体现的当代性、国际性，也是这一社会变革时代进程的精神写照。回首改革开放新时期之初，一些人认为，一个改革开放的现代化社会，不会见容于属于"旧"形式的中国传统水墨，因而谓其为"夕阳艺术"。实践已经证明，这是一种漠视中国传统民族艺术生命力和当代艺术家创新精神的偏见。正是因为许多艺术家顺应社会变革大势而为，努力进行艺术创新，"变则通，通则久"，人们已经看到中国画仍然具有恒久的生命力。姜宝林是以继承创新的探索不知疲倦一路走来，"知前人到处，到前人未到处"，以自己优秀的作品见证这一艺术转折时期的代表性艺术家，也是以自己创新的绘画语言丰富中国画当代发展的代表性艺术家。从这个意义上讲，姜宝林是应该进入一个多世纪以来推动中国画创新发展的代表性人物行列的一位艺术家，他独创性的艺术创作成果和他对当代中国画创新的贡献，无疑会在当代中国美术史上占有自己的地位。

姜宝林先生绘画成就的取得，既基于他师有正传、渊源有自及日事翰墨、未尝少倦的勤奋，也与他不逐时流，立志于中国画现代性的探索密不可分。在市场趋利性的影响下，我们看到不少画作尘容俗状、无病呻吟，真令人有滥觞莫拯之忧。正是因为有姜宝林先生这样一批继承传统而又勇于探索创新的艺术家，以自己的画品、人品，在中国画当代新境的开拓中产生着主体性的影响，我想，中国画的当代转型必定会光大前人之绪，不断呈现"山高水长，气韵生动"充满勃勃生机的喜人景象。

原载 2014 年 4 月 15 日《光明日报》

读方骏山水画

《倚江南·方骏中国画展》在中国美术馆与观众见面，这不仅是方骏个人半个多世纪以来艺术成就的一次集中、全面的展示，更重要的是，透过展览，让我们可以从一个侧面看到当代美术家以自己继承与创新的不懈探索，展示的当代中国水墨艺术创新的时代面貌。方骏作为我国当代一位具有代表性的艺术家，他的具有鲜明艺术个性的绘画，反映了当代中国传统水墨转型的新尝试、新进展。这次展览，对于喜爱中国山水画的观众而言，会得到契合当代审美趋向的审美愉悦，并可以沿着方骏艺术创作的足迹，探寻方骏艺术创作的全貌。

方骏的艺术成就，首先在于他突破传统青绿山水的既有程式，努力创造新境，他把"将青绿山水绚丽的色彩和水墨山水清新的韵致融为一体"，作为艺术探索的追求，以自己特有的笔墨技巧的创造与运用，营造出独特的笔墨气象和意境。近代以来，中国绘画始终在东方与西方、传统与现代的融合与对抗中，探索着一条自己的创新之路。任何一位有成就的艺术家都试图在对这样两个课题的回答中形成自己的面貌与风格。完美的答案绝不是照搬与模仿，而是在传统的坚守与新的审美元素的吸收中创造新境。在方骏的山水画创作中，我们更多看到的是"同自然之妙有"的艺术呈现，他的继承与创新的思考与实验都融汇在画面的和谐呈现之中，我们似乎看不到他纠缠于传统和现代之间的痛苦。他从没有为创新而创新，却能够在自己的创作中展现出不同于前人、不同于他人的面貌。这或许是因为方骏成长生活于江南这样一个有着丰富文化遗存、特别是中国山水画传统深厚的地域，他能够将自己的根深深地扎进传统；另外，更具个性的是他生性沉稳、不事张扬，几十年来一直坚持将精力与时间放在艺术创作当中，从容不迫地进行着自己的艺术尝试。而在南京艺术学院长期的教学工作，也使得方骏养成了理性思考的习惯。他从文化发展的层面去审视中国画的演进，技近乎道，艺术不应脱离时代的发展，而每一个艺术家的探索都应有超越前人的创造。地域文化的影响、时代审美趋向的变化都与方骏的思考和创作实践联结在一起，方骏将艺术实践的突破点选在了青绿山水的当代性上。这使他面临两个方面的挑战：一方面，自文人水墨兴起之后，青绿山水常被认为格调不高而使人们忽视了其艺术价值；另一方面，重墨与重色原本就是中国山水在发展过程中的两种途径，在技术层面比较难以做到二者相得益彰。但方骏偏就在此着力，将水墨与色彩的融合作为当代青绿山水的重要呈现形态，而着力在探索墨与色的融合上下功夫。这促使他深入研究青绿山水与水墨山水的异同，在传统皴擦点染的技法技巧上把握二者的融合。长期的思考总结与不断实践，方骏娴熟地把握了墨与色的相互关系，使色彩与水墨在一个画面中层次清晰而又晕染和谐，墨不碍色，水、墨、色浑然，色与墨相辅相成，在艺术家的创造中幻化出色与墨融合的自然神韵。方骏的绘画也由此而最终形成了自己独特的艺术风格。

方骏山水画的另一个重要特点，在于其突出的形象性。方骏画中的山川湖泊、田野屋宇、舟桥松石，无不是江南固有的景致，似乎哪里见过，仔细思量，却只在画家胸臆，是方骏创造的理想与现实交融的此岸世界。这种真实的效果，一方面，源于方骏苦心经营、精心描绘，使得他的画面结构严谨，鲜活灵动，从而使画面产生一种真实的形象感；另一方面，更在于方骏正确处理写生与创作的关系，既不凭空捏造山水景物，也不使画面受制于真山真水的束缚，而是在真实景物的基础上加工提炼，正所谓外师造化、中得心源。方骏十分注意学习吸收艺术前辈特别是金陵画派诸大家对待写生的态度和积累的创造经验，将写生与创作的关系回归传统。他不赞成像摄影器材对真实景物分毫不差的记录，而是一再强调绘画的抽象、提炼，严格区分实景真实与写实性的差别。也正因如此，方骏的山水画充满着强烈的传统意味。从写实性与真实性的关系出发，方骏又从另一个层面将自己的山水画面貌与他人区别开来。

在结构谨严、气势灵动恢宏的大幅山水绘画之外，方骏创作中表现的小桥渔翁、秧田屋舍、山村即景、果蔬花卉，也无不清新又别具情趣，铺陈出多样的人生况味，也将他性情中的文人情怀展露无遗。方骏是将对传统的体味、对时代精神的把握及深厚的文学修养和具有个人特质的文人情怀融入其绘画之中，这使得他的作品处处流露出格调雅致，充满着诗情画意。而其中深厚的文人情怀，又让方骏的作品多了一分耐读耐看的意味。"大肚古瓶绘青花，不插红榴插庄稼。人人都说春光好，秋实何尝不入画。"艺术表现题材开阔，重大事件题材自有厚重的内容，但眼前平凡物象，在真正的艺术家笔下，仍有回味无穷的真意，关键是艺术表现的清新和形式之美的呈现，以及艺术家赋予其中的文化品格。

身处今天的都市，浮躁与匆忙，唯有将心安定，才不至于迷失自我。方骏是一位沉静的艺术家，他几十年如一日潜心于绘画和教学。他人生态度的淡定与艺术追求的执着，都令人感佩。方骏作为一位艺术教育家，他用心教学，培养出不少可堪骄傲的优秀艺术人才。在创作上，他把生于斯长于斯的江南美景移入山水绘画，江南的美景也使他的绘画开创出当代的艺术新境。江南美景让人魂系梦绕，而方骏创造的山水艺术新境，也使人陶醉其中。

原载 2013 年 3 月 27 日《中国文化报》

一个时代的风骨与精神

——作为画家、诗人、学者、教育家的于希宁先生

编者按：于希宁先生（1913—2007）是中国著名花鸟画大师、美术教育家和美术史论家，今年适逢先生百年诞辰。近日，由文化部与山东省人民政府主办的"三魂一心——于希宁诞辰一百周年艺术展"在北京举办。中国艺术研究院院长王文章欣然为展览举行之际推出的《于希宁艺术研究合集》作序。本文选编自该序。

于希宁先生是我国当代卓越的美术家和美术教育家，是具有诗、书、画、印、美术史论全面修养的学者型艺术家，这在当代中国画界是不多见的。

于希宁先生出生于齐鲁文化昌达的潍县，在丰厚的中国传统文化熏陶中成长。中国文化的沃土滋养了他温文尔雅的君子人格，广收博取的宽广胸怀，以及"凭恃国魂怡笔墨，画魂深处寓人魂"的艺术思想，孕育了他坚韧、锲而不舍、倔强自强的性格品质。于老具有博古通今的文化素养，一草一木，一花一树，在于老笔下都成了人格情怀的外化与表露。高尚的精神情操、精湛的绘画技巧和浓郁的文化积淀，使其作品具有了鲜活的生命力和强烈的感染力，这直接体现了于希宁先生的艺术成就，也表征了一个时代的风骨与精神。

熔铸百家出新路

凭借多年的勤奋、刻苦，于希宁先生成为一位博学多能的学者型艺术家。就绘画而言，他也是多面手，始学绘事即遍师诸家，悉心摹写历代名画，无论花鸟、走兽、山水、人物诸种技艺，在青年时都已全面掌握。后着意专攻花卉，从唐宋经典名作到恽南田、华新罗及陈白阳、徐青藤，皆下过刻苦功夫钻研。在上海求学时，更得黄宾虹、潘天寿、诸闻韵、俞剑华等诸名师指点，为其日后发展奠下坚实基础。他承续前辈大家的创造精神，熔铸百家之长，走出了一条书画相参、诗文相映，具有深厚传统文化底蕴的绘画道路。

于希宁先生的作品，传统功力深厚，于苍劲之中见秀逸，于疏朗之中见典雅，笔墨精到而内涵丰富。其所绘凌霄、紫藤，笔走龙蛇，声势夺人。而牡丹、芍药则有临风含露之致。他笔下的瓜果蔬菜，鲜嫩欲滴，生活气息尤为浓郁。特别是他的梅花，往往整株梅树参天拔地、气势雄浑，笔墨立意不同凡响。其行笔运墨，干湿浓淡、刚柔相济，抑扬顿挫，虚实相间成趣。他曾有专著《论画梅》于1989年出版，书中详述画梅之发展历程、历代画梅名家及作品，进而系统梳理总结画梅技法。其间对梅花精神气质的解读，对画面意境的阐发均别具新意。

画魂人魂扬国魂

于老的书法，自幼即受父辈熏陶，喜爱临池，未尝一日稍有懈怠。他曾学王右军、颜真卿、黄山谷等，运笔工稳圆浑，笔势开张，点画飞动，雄伟峭逸，深得《瘗鹤铭》《松风阁》之风神。他又将书法行笔飘逸洒脱、遒劲有力、清刚跌宕之势融入绘画中，所写老枝铁柯，枯藤芳草，使转有力。其笔墨运动中的丰富而微妙的表现力，正是得力于他对行草、篆籀的多年体悟。书法的造诣及引书入画的实践，表明了先生对笔墨文化内涵和艺术表现语言有独到的理解，这是他对中国艺术气韵生动的深刻诠释。

作为一个画家，于希宁先生很看重诗，他的诗常常是绘画的必要补充——"在这方面我从寻益到受益，从立意到创意，丰富心灵，迁想妙得，从突破前线思路到突破自己思路，诗对我恩惠特多"，他如是解释。诗是人生之必需，故时常吟哦，并于历下结诗社以会友，影响了一批年轻的诗词爱好者，为弘扬中国文化做出努力。《于希宁诗草》汇集的三百多首诗，包括题画诗、游记诗等，多以独特的眼光观察景物，以诗人的情怀吟咏成章。他以诗词题画，抒情写意，寄怀言志，诗与画获得了完美的统一。

在篆刻方面，先生早年之学篆，得力于乡贤陈介祺之《十钟山房印举》，又深得吴昌硕弟子诸乐三的真传。求学期间选取昌化、青田、寿山等石五百余方，日夜操刀孜孜不倦，对秦代古玺、汉官私印做过广泛研究。所治之印，刀法纯熟，古朴大方，直追秦汉，曾得到诸多印学大家的肯定。于老曾先后为黄宾虹、李可染、吴作人、叶浅予、黄永玉等大家治印，《于希宁手拓黄宾虹藏秦汉印拾遗》是于老亲手拓得宾虹先生所藏秦汉印58方，成为印学界研习篆刻及探讨古文字的重要资料。

作为一个学者，不仅要具备为人称道的创造精神和专业技能，还要有垂范社会的思想和精神。先生律己以严，待人以宽，既重视画内功夫，又重视画外修养，认为人品居画品之上。他把中华民族的文化精神、大千造化的神奇灵秀以及画家的精神意念融会一体，即"才德勤修养，三魂共一心"，让画之魂、人之魂、国之魂一体化，让艺术作品成为塑造、弘扬具有中华民族精神气质之美的载体。他的梅花老枝纷披，生意盎然，具有一股昂扬不坠的力量，是他体会的民族气质的集中呈现，也是一个学者型画家风范、骨气、意趣以及个性禀赋的图像化表达。

闳约深美育桃李

于希宁先生于画史、画理、画论方面亦深有研究。1955年至1958年他跟随俞剑华先生研习中国美术史，从传统文化中汲取营养。他考察了鲁豫晋陕甘诸省，对石窟、雕塑、建筑、石刻、壁画做过深入研究，撰写出《北魏石窟浮雕拓片艺术》《敦煌考察报告》《永乐官混成殿元代壁画考察报告》《殷周青铜花纹沿革初探》等专业论著，为新中国的画学研究提供了珍贵资料。1977年到2007年三十年间，于希宁先生不辞辛劳在大陆各地及台湾、香港，以至日本、新加坡、加拿大、美国等地举办画展和讲学，先后撰写了《论画梅》《于希宁诗草》《手拓黄宾虹藏秦鉨汉印选》《于希宁论艺术》等多种著作，还有《从中国画的用笔谈起》《构图中的辩证法》等十几篇专业论文，以及《于希宁画集》《写意画花》《牡丹画谱》《于希宁画辑》《于希宁画选》等几十部教学画册和大型专业画集，在教学、研究和艺术创作上做了许多有益的事。

1936 年至 1949 年间，于希宁先生曾任教于上海奇峰国画函授学校、山东大学农学院等。1950 年开始，历任山东师范学院艺术系副教授、主任，山东艺术专科学校副教授、副校长，山东省艺术学校校长，山东艺术学院教授、副院长、名誉院长等，教书育人是其人生的重要组成部分。先生秉承师训，七十年如一日，废寝忘食，诲人不倦，投身于艺术教育事业。正如先生自己所说："艺苑耕耘几十春，喜见桃李已芳芬；回首往事浑如昨，两鬓秋霜仍修勤。"于希宁先生将"闳、约、深、美"提升为教育思想和教学方法，博采众长为"闳"，学志精专为"约"，钻研提高为"深"，心志高远为"美"，以之作为培养艺术人才的教学原则和方法。于希宁先生以过人的襟怀、过人的学识、过人的技能，在艺术教育领域辛勤耕耘，培养了大批优秀的美术人才，桃李满天下，为祖国的文化艺术事业做出了卓越贡献。

原载 2013 年 4 月 4 日《中国教育报》；
《百年希宁——于希宁艺术研究文丛》（全 6 卷），
山东美术出版社 2013 年版

一个时代的风骨与精神

《张长森文学作品集》序

张长森兄是我钦敬的一位朋友。

不仅是我，文化领域凡与他比较熟悉的人，都对他的睿智、幽默、热情，分析问题的深刻和工作的严谨给予很高的评价。

张长森兄让我钦敬，首先是他驾驭工作大局的能力。他从一个文学青年到山东省文化厅副厅长、厅长，在这个位子上一干30多年。文化工作曾是意识形态的敏感领域，"文化工作危险论"的说法曾流行了多少年。从20世纪70年代初起的30多年间，文化领域曾有多少波澜沉浮；改革开放以来，文化体制改革又有多少潮起潮落？在山东这样一个文化大省的文化厅长位子上，会需要怎样的心力驾驭文化的航船，穿越波峰浪谷，持续地推进文化建设？个中甘苦，大概只有身在其中者才能体会。这么多年来，山东从艺术创作、公共文化服务体系建设、文化遗产保护等方面，都在全国有令人瞩目的成就。不少次全国文化厅局长会上，张长森发言简洁明了，但他的思考，都会给人以启发。从山东多少年来持续稳健的文化发展和张长森实事求是、敢言直言的真知灼见中，很多人会思考文化艺术到底应该以什么样的思路和方式来发展来管理。

张长森兄让我钦敬，还有他待人的热情与直率。他身上，比较典型地体现着山东人的真诚、热情和直率。他心里想什么，都写在脸上。我的印象中，张长森像很多领导干部一样，每天都是上班下班，陷在没完没了的工作之中，他没有打牌、唱歌之类的业余爱好，也没有体育活动，工作是他的唯一爱好。他对自己工作要求严格，批评人有时不留情面。但他又有很细心的一面，对他工作范围内的每一位同志的个人发展，遇到的困难，包括家庭生活中的困难，他都放在心上。特别是对老艺术家的创作、教学和具体生活困难等要求，他都千方百计想办法去解决。山东的很多老艺术家对他有很深的感情，无疑都是从 30 多年的工作相处中积淀下来的。

张长森兄是一个敢讲真话的有原则的人，为人处世远非八面玲珑应付裕如，而在一个岗位上工作 30 多年，退休之时还得到大家真诚的拥戴与肯定，仅靠有工作能力是难以做到的。我想，大概很重要的是他在人生历程的曲折中历练的淡定使他有了定力。人之心胸，有欲则窄，无欲则宽；人之心气，有欲则馁，无欲则刚。从一个文学青年而一举为省文化厅副厅长，非己之想也，是时势之推也。既不因此而张皇，也不因此而忘形，我仍是我，脚踏实地，正派做人，不做凌云之思，亦不做趋炎附势之事。长森兄正是因着老老实实做人，踏踏实实做事，才一路长久地走来。汉代张衡在他的《归田赋》里说："苟纵心于物外，安知荣辱之所如。"持达观、超脱的人生态度，荣辱也就置诸脑后了。在张长森文化厅任上，也曾有过组织部门拟安排他到仕途更开阔的工作岗位之时，但长森兄婉谢了。有了这份超脱和淡定，所以工作抓得起，荣辱放得下。

张长森给大家的印象，是一位单纯的文化领导管理干部。其实，他的文化修养，特别是文学素养是很高的。从我们重新读到的他 20 世纪 50 年代末到 60 年代初创作的这些小说中，可鲜明地感受到这一点。这些作品发表在当时的《人民文学》《萌芽》《人民日报》等重要报刊上。五六十年后的今天看来，这些作品不脱稚嫩，又有思想的概念化，但洋溢其中的生活气息、生动鲜活的乡土语言以及刚刚走上文学之路的一位青年的内在激情，在今天仍有一种感动人的力量。青年张长森生活、劳动在农村，熟悉那些朝夕相处的纯朴的农民，比如在《成山爷训牛》这篇作品中，他描写的成山爷这位农民如何训牛的细节，没有生活的人是难以想象的。他描写的成山爷像对待孩子一样对牛犊的爱，读来也令人深深感动。一个20多岁的农村青年的创作，很难摆脱当时那样的社会环境的局限。实际上不少成熟的作家也很难摆脱这种局限。正是这种局限造成的思想概念化，使得这些作品在今天已难具有思想的意义。但正像作者所说，这些作品，记录了"一个农村青年从热爱文学创作到走向社会的心路历程"。当然这些作品也可以让读者从一个角度去看到当时农村社会的一个侧影，也可以让我们反思文学从本质上反映社会的永恒议题。读这些作品，我也想象，假如长森兄30多年前不在文化行政工作岗位上，而继续他的文学创作，在改革开放的思想进程中，他开阔的思想，与他洋溢的才情和很好的文学语言能力结合，一定会在不断突破思想观念的束缚中创作出具有震撼力的优秀之作。当然，人生历程往往非自己所能安排，长森兄在文化领导管理岗位上的成就，也堪称一张人生满意的答卷了。

愿长森兄保重身体，健康长寿！

原载《张长森文学作品集》，明天出版社2015年版；
《艺术评论》2015年第9期

《当代戏曲发展学》序

中国戏曲以精湛的表演和独特的演剧体系而在世界剧坛独树一帜，在它的发展史上，繁若群星的表演艺术家都以艺术创造的璀璨光彩引人瞩目，数以万计累积的传统表演剧目成为民族文化积累的宝库。千多年来，中国戏曲在衍变的进展中，表现形式、审美特征更趋鲜明，而令人们惊叹的是，其剧目的丰富性、表演风格的多样性，并未因此而衰减。它以同一表演体系下剧种、剧目和演出风格的多样性，成为最具亲和性的艺术，不同文化层次的观众都可与戏曲结缘。戏曲内容和形式的博大，它与观众的广泛联系，使之成为传达中华传统文化核心价值的载体，成为表达人们思想情感、悲喜怒愁和享受文化娱乐的最直接的形式，戏曲也因此成为中华民族文化的一个象征。

尽管戏曲发展的长河中也有泥沙糟粕顺流而下，但它的博大、精湛、艺术创造的妙境，无论用什么词来赞美，我认为都是名副其实。

这么优美的戏曲，在当代还会得到观众的亲近吗？会或是不会的简单回答，往往来自那些对戏曲不甚了解的人。真正了解戏曲的历史、现状和对其发展趋向思考的人们，对这一问题的回答，反而不会那么简单明确。在网络时代的今天，社会的发展正可以用"日新月异"四个字来概括。艺术方式的多元化，审美趋向的多向性，娱乐价值的消费性，以及生活的快节奏，使那些参与性强和易于欣赏的零距离感知的艺术方式，更为年轻人所选择。而认知戏曲，除了内容外，单就形式方面而言，戏曲的形式美感所决定的审美定式，都有一个从陌生到接受到喜爱的"看戏"过程，在今天艺术多样化的选择面前，许多年轻人都不再去经历这一过程。观众是构成戏剧的不可或缺的要素，除了戏曲演出本身外，演出团体还具备改变观众的能力吗？网络密集了人们的交流，交通的改善拉近了人们的距离，以鲜明地域文化为特色的戏曲剧种加快了消失或趋同……戏曲艺术的前景不能不使人忧虑。

在这样的时代背景下，研究当代戏曲艺术的发展现状，分析其发展趋向，总结其发展经验，得出规律性的认识，对于认识戏曲艺术如何正确发展就显得十分重要。

吴乾浩先生撰写的《当代戏曲发展学》，正可以为我们提供深入认识中国戏曲当代发展规律的一个借鉴。这本专著全面地总结了五十多年来特别是改革开放新时期以来戏曲发展的历史，对当代戏曲的发展机遇与面临的危机，当代戏曲发展的雅俗文野冲突、艺术的借鉴与创新变易、多元形态与审美特征的统一；对当代戏曲文学体制的发展趋势、传统剧目的神变与形变、新编古代戏的审美内涵、戏曲现代戏与时代的同步发展以及对戏曲演出市场机制的探讨，都有比较深入的分析。作者通过对戏曲动态发展的考察，指出了某些具有内在规律性的认识。尤其作者在当代戏曲文化发展的支撑体系、当代戏曲文化存在形态的确切定位等章节中，对当代戏曲艺术本质特征的分析概括，可以使我们得出戏曲艺术有多样化的呈现形态，时代的发展可以带来戏曲舞台艺术的丰富性。但是，在这样的发展中，坚持戏曲表演艺术的特质，也就是它的独特的表演形式的审美特征是十分重要的，这是它艺术的生命所在。作者指出，在综合艺术戏曲中的多种艺术再也不是原来单独存在的具有独立品性的艺术，戏曲不是各种艺术的混合物。故事演化为戏剧情节，音乐变形为具体的唱腔与伴奏，舞蹈转化为程式化的身段，美术体现为布景、道具，广义的表演也要规范于戏曲舞台之内，滑稽戏、杂技、武术都要丧失自身的独立价值，融合于戏曲情景之中……

正是这种统一戏曲本质特性的融汇，使得戏曲艺术不失自身特质而又不断得到丰富发展。戏曲艺术的生命，在于它独特的演剧体系能否坚持。戏曲艺术赖以独立存在的形成其审美特性的基础是戏曲舞台艺术的假定性。演员的表演不是生活化的、自然形态地去直接创造生活幻觉，而是通过程式化而非生活化的歌、舞、音、美，以及夸张、写意化的化妆、服装等表现形式，使观众形成"承认舞台上是在演戏"的特殊的感觉定式，进而被演员夸张虚拟的程式化表演创造的舞台假定性引进戏剧情境之中，获得独特的美感。戏曲舞台艺术以演员的表演为中心，演员非自然生活形态的表演，必然带来戏曲作为综合性艺术构成的文学、音乐、舞蹈、绘画、雕塑、建筑等元素被演员表演的假定性所统一。戏曲艺术是具有统一特质的多种艺术元素构成的一个艺术整体。在今天的艺术多元发展格局之中，戏曲艺术能否保持自己的独立品性，是关系到能否传承发展的关键之处。

正像《当代戏曲发展学》所揭示的，中国戏曲尽管在"文革"时期受到禁锢，但五十多年来的发展仍然取得了重大的成就，特别是其与时代同步发展的艺术表现力，在戏曲现代戏和新编古代戏的舞台表现上，得到了充分的展现。而这种表现，又是以传统戏曲的表演体系为规范的，这就尤其难能可贵。正因如此，今天戏曲艺术仍然与当代观众联系在一起。

我认为，戏曲艺术独特的审美特征，所传达给观众的艺术魅力，不会被时代的进步和发展所隔断，戏曲艺术不是过时的艺术，它的数以百计的经典剧目和优秀之作，从思想情感蕴含上仍然给我们以启示和感动，它的精湛的演唱艺术仍然以无尽的魅力让人回味无穷。但是，稳定持续的发展前景，还需要它坚持自身赖以独立存在的本质特征，在渐变中"移步不换形"。今天或许还有更重要的，优秀的戏曲表演团体应该得到国家完善的艺术经济政策的有力扶植，其团体本身也要以科学有效的经营，在以高质量演出赢得观众和以实际措施培养青年观众方面，做出持之以恒的努力。那么，我们可以肯定，中国戏曲艺术一定会随着时代与观众一起前进。

以上的想法，是读《当代戏曲发展学》引发的。五十多年以来的戏曲艺术发展，确实值得从学术层面深入研究。这种研究，要建立在对戏曲艺术发展现状全面而又深入了解的基础之上；同时，对戏曲艺术本体的规律，也要具有比较透彻的把握。吴乾浩先生是具备这两个条件的不多的戏曲研究者之一，他多年来一直从事当代戏曲艺术的研究，看的戏多，写的评论多，对当代戏曲的发展有比较深入的思考，从书中读者可以看到资料的丰富性，看到对戏剧现象揭示的生动性，看到有着个人视角的独到的理论阐述。当代戏曲艺术发展形态仍处在演变之中，而社会经济体制也必然对它的当代发展带来重大的影响，这一课题的深入研究还有待更多的学者积极参与。吴乾浩先生的《当代戏曲发展学》已经开了一个头，这是应当肯定和祝贺的。

原载《当代戏曲发展学》，文化艺术出版社 2007 年版

《当代戏曲发展轨迹》序

汉城先生年届九十，大家尊称他郭老。这不仅是因为他年高的缘故，汉城先生作为我国当代著名的戏曲理论家、戏曲史学家、教育家、剧作家和诗人，著述育人，成就卓著。郭老早在抗日战争时期就投身于革命文艺工作，新中国成立后五十多年来，他一直主要从事戏曲研究，是戏剧界德高望重的忠厚长者。我与郭老相识已三十年，这三十年中，我有很长一段时间在从事戏剧工作，与郭老有较多的联系。后来调到中国艺术研究院工作，虽然郭老已经离休，但我到他家去看他，或他到院里来参加学术活动，还是经常见面。郭老身体硬朗，精神矍铄，每每谈起中国艺术研究院的改革发展，谈起戏曲艺术创作、研究的现状和学术建树的构想，给我以很多的鼓励和启发。

最近，文化艺术出版社要出版郭老的戏曲研究论文集《当代戏曲发展轨迹》，郭老提出要我作序。这部二十余万字的书中论述的戏曲的审美特征、百花齐放与"三个并举"、现代化与戏曲化、戏曲的改革与建设，大部分内容都从郭老的文章读到过或在许多座谈会的发言中听他讲到过，这些对我国当代戏曲发展具有重要指导意义的理论思考，使我在戏曲艺术学术研究和实际工作中都受益匪浅。但为郭老的书作序，对他的这些理论思考做概括性的阐述，则非我能力所及。因此，这部书的出版推迟了很长时间，但郭老的坚持，使作为后辈的我深感一种内心相通的亲切，最后答应下来。重读书稿，并再次翻阅前年出版的《郭汉城文集》，心中忽然悟到，毫无疑问，选入郭老《当代戏曲发展轨迹》的文章都是他针对戏曲艺术发展中的现实问题做出的理论解答，"文为时而著"，它对戏曲艺术现实发展的指导意义不言而喻。但是，不止于此，郭老之所以有独到见解，从根本上说，是他坚持实事求是的学风使然。一直从事戏曲研究五十余年，从不"时云亦云"，对戏曲艺术价值、戏曲艺术功能的客观评判，曾经何其难哉！但郭老的学术探索却一直是建立在对戏曲艺术客观评判基础上的，所以才会以其科学性为人们所尊重。记得戏曲理论家傅晓航先生在前年《郭汉城文集》出版座谈会上的发言中曾说：《郭汉城文集》使他感触最深的，是文集体现的坚持真理和实事求是的精神。"文革"前的十七年，在戏曲研究中很少有人不受极"左"思潮的影响，在这一时期，不少名家、大家所写的文章，今天也很难再拿出手了。然而在我看来，恰好是这一时期汉城先生的文章最好看、最耐看，可以说是思想性、艺术性兼优。这实在是太难能可贵了。傅晓航先生的话，很真切地说明了郭老戏曲理论研究为什么有价值。我深以为然。《当代戏曲发展轨迹》也同样体现着郭老坚持真理的探索精神，由此而生发的独特见解，会使读它的人得到智慧。

郭老在新中国成立后历任中国戏曲研究院剧目研究室主任、中国戏曲学院附设戏曲研究所所长、中国艺术研究院副院长兼党委副书记、国务院学位委员会学科评议组成员、中国戏剧家协会副主席、中国戏曲学会副会长、文化部振兴京昆艺术指导委员会副主任、《中国戏剧》主编等。他是传统戏曲继承革新历程中一位重要的承上启下的开拓者，是现代中国戏曲理论科学化体系的创建者之一，是新中国成立后第一批以马克思主义理论为指导从事戏曲理论研究学者队伍中的领军人物。他担任艺术行政领导职务，不计较个人得失，为戏曲理论体系的奠基工程奉献出自己的组织才干和学术智慧。从20世纪50年代戏改开始，他坚持用马克思主义唯物论、辩证法的观点"一分为二"地看待传统戏曲剧目，实事求是地坚持自己的学术主张，经受过多次错误批判而不改求实的治学精神。20世纪70年代至80年代，他与张庚共同主持完成了中国戏曲"志""史""论"的编写工作，他们主编的《中国戏曲通史》《中国戏曲通论》《中国戏曲志》及《中国大百科全书·戏曲曲艺》卷，是新中国戏曲理论的奠基性著作，为现代中国戏曲理论体系的建立奠定了坚实的基础，在国内外产生了广泛影响。

作为戏曲理论家、戏曲史学家，郭老与张庚老一起把对中国戏曲理论的研究纳入学术规范。他的理论研究以辩证唯物主义、历史唯物主义思想为指导，突破了传统研究方法上的考证学视野和研究手段单一的局限，又克服了漫评杂谈式的主观随意性，从而使戏曲理论研究具有了科学性和哲学思辨性。其次，郭老以哲学和历史作为戏曲理论研究的文化基础，他把作家、作品置放在中国文化思想发展的历史长河中，置放在当时的社会背景下，当作一种历史的文化的现象来考察、分析，因此，他的理论有很强的历史纵深感。同时，他非常强调戏曲理论建设的系统性，对戏曲艺术本体及戏曲艺术现象，不仅仅囿于戏曲艺术本身去孤立地看待，而是善于从其内部与外部的联系，从其过去、现在与未来的纵向发展中寻找规律性的特征，避免了认识上的片面性。

作为戏曲批评家，郭老十分重视戏曲艺术的美学特征。他强调戏曲艺术作品与人物形象要给观众以"美感享受"，始终坚持在美学范畴评价戏剧创作的批评原则。郭老把自己的戏曲理论研究方法应用于他的戏曲批评之中，为现代戏曲批评开辟了新路，为当代戏曲艺术的健康发展做出了贡献，也为后来者树立了典范。他是分析鉴赏中国戏曲剧目的一流专家，无论是对古代的经典之作的剖析，还是对当代新剧目的评析，都能以独到、准确、深刻的艺术分析，得出令人信服的结论，其戏剧批评闪烁出不同一般的学术光芒。郭老在戏剧批评中强调戏剧要以生动的人物形象给观众带来美感并起到艺术潜移默化的作用；强调戏曲艺术独特的审美特征，他指出中国戏曲最大的特点是艺术辩证法，从事戏曲理论研究与创作都要遵循戏曲的本质规律；强调戏曲与人民群众的密切联系，他指出，中国戏曲之所以不断发展、绵延至今，其根本原因是它深深扎根于人民群众中，戏曲与观众是在双向交流中衍变的，今天的戏曲遗产一定意义上是人民选择的结果，尊重戏曲传统十分重要。他强调要从戏曲艺术发展的客观规律出发，把握戏曲本体的审美特性，对戏曲创作、戏曲现象做深入的艺术分析，要从理论上揭示戏曲的本质，在评论中体现艺术发现的深刻性、准确性，避免理论的肤浅和批评的概念化、随意性。同时郭老对戏曲人民性和现实主义精神的辨析，指出中国戏曲遗产精华与糟粕共存的整体认识，都对我们今天正确对待和继承借鉴戏曲遗产具有重要的认识意义。

作为戏曲剧作家，郭老继承了中国古代戏剧家"创作与理论并重"的传统，他的剧作体现了自己的美学思想，也体现了理论与实践相结合的治学精神。郭老自己的戏曲创作改编，从选材上对文人的文学本与民间舞台演出本同样重视，他的《海陆缘》《合银牌》《青萍剑》《琵琶记》等剧作都是根据古典剧作和传统戏改编的，产生了较大影响。郭老不是闭门书斋，而是身体力行，积极参与当代的戏剧创作、指导和评论。多年来，他与张庚、刘厚生等老一辈戏剧家走遍了祖国南北东西，与剧作家、演员、导演等座谈切磋，在戏剧界到处有知音，到处有朋友。

作为戏剧教育家，郭老曾指导过我国第一批戏曲研究生，他带出一批批戏曲专业的专科生、本科生、进修生、硕士生、博士生。他还经常和他的学生们共同署名发表文章或作品，这也是他帮助青年学者、带学生的一种方式。他还与许多剧作家、导演和演员成为朋友，以通信、谈心、座谈等多种方式，使许多剧作家和他们的作品得到提高，使许多演员在自己的艺术实践中受益。

作为学者型诗人，郭老的诗词，既严于格律，又富有现代感和中国气派，体现了他对艺术、对生活、对自然的敏锐感受力，显示了他作为艺术家的才情和创造力。

前年出版的四卷本《郭汉城文集》包括了他的戏曲研究论文集、戏剧批评集、诗集、剧作及"对郭汉城及其作品的批评"的附录，囊括了郭老半个世纪以来戏曲理论研究和艺术创作的全部精华和理论发现的奥妙，为我们提供了戏曲研究、艺术创作上的多方面启示和教益。郭老与张庚老带领中国艺术研究院戏曲研究所的老一辈研究人员，以戏曲史论研究的辉煌成果，成为新中国戏曲理论体系创立的奠基者，也为中国艺术研究院积累了深厚的学术传统，这些都是应该让我们记住的。

在《当代戏曲发展轨迹》出版之际，衷心祝愿郭老健康长寿！

原载《当代戏曲发展轨迹》，文化艺术出版社 2008 年版

白先勇与青春版《牡丹亭》

　　"白先勇的文学与文化实践暨两岸艺文合作学术研讨会"在京召开。中国社会科学院文学研究所在台湾文学研究方面人才辈出，成果显著，相信通过这次研讨活动，肯定能够推动中国文学界对白先勇先生更深入的研究，推动进一步加深对台湾文学的理解。

　　白先勇先生以文学和艺术创作享誉海内外。他以众多优秀的文学作品写出了其父辈一代在台湾的生活以及台湾的世相，他积极实践现代派的创作手法，开启了文学新风尚。白先勇先生还与其同人们创办了《现代文学》杂志，介绍西方现代派文学，开启了新的文学范式，推动形成新的作家群。白先勇先生的文学创作，以语言叙述方式的探索令人瞩目，更以真实的描写定格了一个时代特定人群的生存状态，他的文学创作影响是深远的。

　　就我个人与白先勇先生的接触而言，尤其是他在推动昆曲艺术的当代继承与舞台创新方面做出的努力，令人钦敬。2004 年，白先勇先生亲手改编整理戏曲文学经典《牡丹亭》，他把剧本送我的时候，也满怀激情地谈了要以"青春版"的形态重新把剧作搬上舞台。三十多年来，我看过不少不同整理本的《牡丹亭》舞台演出，它们都以整理者不同的着眼点诠释着这部经典，虽然大都抓住了柳杜爱情及其对封建礼教虚伪腐朽的揭露，但汤显祖原著丰厚的社会内容流失了，筋骨在而血肉薄。当时听了白先勇先生的"畅想"，也被他感染，但到底会是一个什么样子的舞台呈现？在不确定的疑问中等到了青春版《牡丹亭》的上演。它的首演即引起震撼，并一直产生着持续而热烈的反响。这么多年来，还不曾有一部像青春版《牡丹亭》这样整理的古典戏曲得到这么大的成功，它在台湾地区、大陆和世界巡演，都得到中外观众的热烈欢迎。我曾先后看过六场该剧的演出，不仅是为杜丽娘"生者可以死，死可以生"惊心动魄，也为青春版《牡丹亭》虽经取舍，但却完整而又充分地表现了汤显祖赋予该剧的丰厚内涵的巧妙整理而折服。我觉得青春版《牡丹亭》的演出有三个方面的重要意义：

一是，尊重原著，力争把原著的整体蕴含全面展现出来。《牡丹亭》这一类的经典作品，既是作者独特性创作的成果，也是人类智慧的结晶，其思想启示的意义与社会、人生认识的意义，只有"历史性"地展现，才会更具有今天的价值。那种从概念性的观念出发，为服务于某种主题而对经典进行取舍的现代化改编是要不得的，那只会概念化地演绎人物关系，使经典无尽的丰厚内涵狭窄化和浅薄化。青春版《牡丹亭》在改编的取舍上小心翼翼，有删减调整，但仍然是"浅深、浓淡、雅俗"独得三昧，无境不新，却对筋骨、血肉纤毫无伤。

二是，在舞台表演上，全盘继承昆曲的表演精粹。该剧大胆启用了沈丰英、俞玖林两位青年主演。年轻演员有朝气，会更好地表现原作的情境，但缺陷是表演技能有所欠缺。白先勇请来王世瑜、张继青两位名满昆曲舞台久负盛名的表演艺术家，从基本功到剧中人物表演的一招一式开始，向两位青年主演传授表演技艺。教得严格、学得认真，传统表演技艺的传承也在青春版《牡丹亭》的排演中完成了。今天我们看沈、俞两位青年演员的表演，唱做沉稳，舒缓有致，情绪饱满，情动于中而形于外，演出百场，纯熟的表演已进入忘我之境。他们的表演是以厚实的传统表演技艺为功底，昆曲的韵味和青年演员无形中赋予表演的符合时代审美趋向的新元素，也使青春版《牡丹亭》真正具有了青春的气息和活力。该剧在各个大学的演出气氛热烈自不待言，在剧场的演出也同样吸引了那么多年轻人观看，剧本整理的把握、青年演员担纲以及舞美等的革新都是产生艺术魅力的综合因素。该剧的排演模式，为作为非物质文化遗产的昆曲的当代传承提供了重要的借鉴。

三是，该剧由著名作家白先勇先生策划，白先勇先生本身即具有"品牌"的意义，两岸三地的诸多专家、艺术家共同参与，由苏州昆剧院作为主体进行演出，这种机制是灵活和有效力的。同时，白先勇先生亲自参与该剧的宣传和出面争取社会资金的支持，民间资金的投入，保证了该剧在国内外演出的持续进行。我深知此中有很多的艰难，但以白先勇先生的坚忍，使青春版《牡丹亭》的演出越来越有影响，使中华民族值得骄傲的民族传统表演艺术形式昆曲更放异彩。在推动中华民族非物质文化遗产的传承和戏曲经典的继承创新上，白先勇先生是一位榜样。

原载 2013 年 1 月 9 日《中国文化报》

《活的记忆——中国戏曲在当代》序

　　中国戏曲是一种神奇的艺术，它从单一的歌舞表演元素发展到今天，成为融汇文学、音乐、舞蹈、美术、雕塑及建筑艺术为一体的综合性舞台艺术，在不断吸收融合中壮大着更新变革的能力，经历千百年，不仅没有间断，而且今天还呈现为包含了300多个剧种，既有共同的演剧体系又有不同剧种个性的绚丽形态。

　　考察今天的戏曲形态，中国古代戏曲发展史上出现的原始歌舞、楚优表演、汉代百戏、隋唐参军戏、宋金元时期的诸宫调、杂剧、院本及明清传奇，都可以在当代的戏曲舞台表演中看到它们的印记。人类文化传递的信息作为记忆的积淀，以活的文化形态呈现在人们面前，这大概是不少当代观众观看戏曲时觉得耐人寻味，并往往被它的独特审美魅力折服的一个原因。活的文化记忆——这是当代中国戏曲作为人类非物质文化遗产传承延续的重要价值所在。著名川剧表演艺术家、导演田蔓莎女士和柏林世界文化中心的汉尼斯－奥顿塔尔博士主编的《活的记忆——中国戏曲在当代》，以寓意深刻的命题，准确地揭示了中国戏曲的这种内在价值。

　　中国戏曲体系是不同于欧洲传统的写实主义戏剧体系和布莱希特的"史诗戏剧"体系的一种自由时空的体系。它的自由时空的结构原则，形成了区别于其他舞台艺术的虚拟和程式化的独特表演艺术。但演员非自然生活形态的表演绝不是动作的简单模拟，而是注重以丰富的内心情感体验，来运用技术性的技巧表达剧中人物情感和创造人物个性。京剧表演艺术大师梅兰芳曾说京剧表演是"有规律的自由动作"，有造诣的演员既遵守艺术规则又自由运用，随心所欲不逾矩。戏曲表演要求形似，但更强调超乎形真，贵在神似。戏曲舞台上的人物个性是鲜明的，而表演呈现的独特的形式美，对于构成戏曲表演审美魅力而言，与人物塑造的鲜明性同等重要。这可以说是作为戏剧样式，戏曲区别于其他戏剧的一个独特的方面。

具有独特审美魅力的中国戏曲，在新的社会发展时期，是否如天边的夕阳即将衰落？这是不少当代中国人的疑虑。古老的中国戏曲在当代到底处在一种什么样的生存状态？这也是不少外国人关心的一个话题。《活的记忆——中国戏曲在当代》以中国戏曲中九大剧种的发展简史和对当代代表性艺术家艺术创造的描述，以及对中国戏曲与外国戏剧联系的介绍，不仅可以具体而又形象地回答人们的疑虑和关注，而且对于人们全面、准确地了解中国戏曲，会有很切实的帮助。尤其该书由柏林世界文化中心（德国）和现代出版社以德文和英文出版，对于在世界范围内介绍中国戏曲具有重要的意义。中国戏曲是中华民族想象力和智慧的创造结晶，也是全人类的共同文化财富。对于该书编者和出版者弘扬和传播中国戏曲的立意和付出的辛劳，是应该表达敬意的。

中国戏曲不乏新时代的知音。但是，现代社会的高度技术化和商业化，使人们对效率、速度的追求达到了前所未有的程度，现代生活方式决定了人们特别是年轻人很难坐下来品味古老的戏剧样式，他们更容易接受零距离认知的艺术方式，戏曲的观众当然会日趋减少。同时，当代多样性艺术方式的冲击，也在消解着戏曲艺术规则的自身建构。《活的记忆——中国戏曲在当代》既向读者介绍了中国戏曲的发展简史，又展现出中国戏曲在当代的生存状态及呈现的蓬勃活力。我相信，这本书在国外、在中国都会有知音。

原载《活的记忆——中国戏曲在当代》（德国），
现代出版社 2005 年版

《中国艺术研究院学术文库》总序

以宏阔的视野和多元的思考方式，通过学术探求，超越当代社会功利，承续传统人文精神，努力寻求新时代的文化价值和精神理想，是文化学者义不容辞的责任。多年以来，中国艺术研究院的学者们，正是以"推陈出新"学术使命的担当为己任，关注文化艺术发展实践，求真求实，尽可能地从揭示不同艺术门类的本体规律出发做深入的研究。正因如此，中国艺术研究院学者们的学术成果，才具有了独特的价值。

中国艺术研究院在曲折的发展历程中，经历聚散沉浮，但秉持学术自省、求真求实和理论创新的纯粹学术精神，是其一以贯之的主体性追求。一代又一代的学者扎根中国艺术研究院这片学术沃土，以学术为立身之本，奉献出了《中国戏曲通史》《中国戏曲通论》《中国古代音乐史稿》《中国美术史》《美学概论》《中国舞蹈发展史》《中国话剧通史》《中国电影发展史》《中国建筑艺术史》《美学概论》等新中国奠基性的艺术史论著作。及至近年来的《中国民间美术全集》《中国当代电影发展史》《中国现代戏曲史》《中国少数民族戏曲剧种发展史》《中国音乐文物大系》《中国艺术通史》《中国先进文化论》《非物质文化遗产概论》《西部人文资源研究丛书》《延安文艺史》等一大批学术专著，都在学界产生了重要影响。

十多年来，中国艺术研究院的学者出版学术专著至少在千种以上，并发表了大量的学术论文。处于大变革时代的中国艺术研究院的学者们以自己的创造智慧，在时代的发展中，为我国当代的文化建设和学术发展做出了当之无愧的贡献。

为检阅、展示中国艺术研究院学者们研究成果的概貌，我院特编选出版"中国艺术研究院学术文库"丛书。入选作者均为我院在职的副研究员、研究员。虽然他们只是我院包括离、退休学者和青年学者在内众多的研究人员中的一部分，也只是每人一本专著或自选集入编，但从整体上看，丛书基本可以从学术精神上体现中国艺术研究院作为一个学术群体的自觉人文追求和学术探索的锐气，也体现了不同学者的独立研究个性和理论品格。他们的研究内容包括戏曲、音乐、舞蹈、话剧、影视、摄影、建筑艺术、红学、艺术设计、非物质文化遗产和文学等，几乎涵盖了文化艺术的所有门类，学者们或以新的观念与方法对各门类艺术史论做了新的揭示与概括；或着眼现实，从不同的角度表达了对当前文化艺术发展趋向的敏锐观察与深刻洞见。丛书通过对我院近年来学术成果的检阅性、集中性展示，可以强烈感受到我院新时期以来的学术创新和学术探索，并看到我国艺术学理论前沿的许多重要成果，同时也可以代表性地勾勒出 21 世纪以来我国文化艺术发展及其理论研究的时代轨迹。

中国艺术研究院作为我国唯一的一所集艺术研究、艺术创作、艺术教育于一体的国家级综合性艺术学术机构，始终以学术精进为己任，以推动我国文化艺术和学术繁荣为职责。进入 21 世纪以来，中国艺术研究院改变了单一的艺术研究体制，逐步形成了艺术研究、艺术创作、艺术教育三足鼎立的发展格局，全院同志共同努力，力求把中国艺术研究院办成国内一流、世界知名的艺术研究中心、艺术教育中心和国际艺术交流中心。在这样的发展格局中，我院的学术研究始终保持着生机勃勃的活力，基础性的艺术史论研究和对策性、实用性研究并行不悖。我们看到，在一大批个人的优秀研究成果不断涌现的同时，我院正陆续出版的"中国艺术学大系""中国艺术学博导文库·中国艺术研究院卷"，正在编撰中的"中华文化价值通诠""昆曲艺术大典""中国京剧大典"等一系列集体研究成果，不仅展现我院作为国家级艺术研究机构的学术自觉，也充分体现我院领军国内艺术学地位的应有学术贡献。这套"中国艺术研究院学术文库"和拟编选的本套文库离、退休著名学者著述部分，正是我院多年艺术学科建设和学术积累的一个集中性展示。

多年来，中国艺术研究院的几代学者积淀起一种自身的学术传统，那就是勇于理论创新，秉持学术自省和理论联系实际的一以贯之的纯粹学术精神。对此，我们既可以从我院老一辈著名学者如张庚、王朝闻、郭汉城、杨荫浏、冯其庸等先生的学术生涯中深切感受，也可以从我院更多的中青年学者中看到这一点。令人十分欣喜的一个现象是我院的学者们从不故步自封，不断着眼于当代文化艺术发展的新问题，不断及时把握相关艺术领域发现的新史料、新文献，不断吸收借鉴学术演进的新观念、新方法，从而不断推出既带有学术群体共性，又体现学者在不同学术领域和不同研究方向上深度理论开掘的独特性。

在构建艺术研究、艺术创作和艺术教育三足鼎立的发展格局基础上，中国艺术研究院的艺术家们，在中国画、油画、书法、篆刻、雕塑、陶艺、版画及当代艺术的创作和文学创作各个方面，都以体现深厚传统和时代创新的创造性，在广阔的题材领域取得了丰硕的成果，这些成果在反映社会生活的深度和广度及艺术探索的独创性等方面，都站在时代前沿的位置而起到对当代文学艺术创作的引领作用。无疑，我院在文学艺术创作领域的活跃，以及近十多年来在非物质文化遗产保护实践方面的开创性，都为我院的学术研究提供了更鲜活的对象和更开阔的视域。而在我院的艺术教育方面，作为被国务院学位委员会批准的全国首家艺术学一级学科单位，十多年来艺术教育长足发展，各专业在校学生已达近千人。教学不仅注重传授知识，注重培养学生认识问题和解决问题的能力，同时更注重治学境界的养成及人文和思想道德的涵养。研究生院教学相长的良好气氛，也进一步促进了我院学术研究思想的活跃。艺术创作、艺术教育与学术研究并行，三者在交融中互为促进，不断向新的高度登攀。

在新的发展时期，中国艺术研究院将不断完善发展的思路和目标，继续培养和会聚中国一流的学者、艺术家队伍，不断深化改革，实施无漏洞管理和效益管理，努力做到全面协调可持续发展，坚持以人为本，坚持知识创新、学术创新和理论创新，尊重学者、艺术家的学术创新、艺术创新精神，充分调动、发挥他们的聪明才智，在艺术研究领域拿出更多科学的、具有独创性的、充满鲜活生命力和深刻概括力的研究成果；在艺术创作领域推出更多具有思想震撼力和艺术感染力、具有时代标志性和代表性的精品力作；同时，培养更多德才兼备的优秀青年人才，真正把中国艺术研究院办成全国一流、世界知名的艺术科学研究中心、艺术教育中心和国际艺术交流中心，为中华民族伟大复兴的中国梦的实现和促进我国艺术与学术的发展做出新的贡献。

原载《中国艺术研究院学术文库》，
北京时代华文书局 2015 年版